중독 심리치유 에세이

나를 사랑해야 치유된다

중독 심리치유 에세이

나를 사랑해야 치유된다

선안남 지음

좋은 책 좋은 독자를 만드는
㈜신원문화사

추천사

어떻게 살아갈 것인가?
어떻게 사랑할 것인가?

사실 추천사를 부탁받고 '내가!?'라는 반문부터 했다. 아직 책 한 권을 내어 본적도 없고, 그렇게 글 솜씨가 뛰어난 것도 아니기 때문이다. 하지만 책에서 전달하고자 하는 메시지가 중독과 관련된 것이라는 것을 알고 추천사를 쓰기로 결심했다. 단지 내 부족한 추천사가 오히려 이 책에 누가 되지는 않을지 걱정이다.

현대 사회는 중독의 사회다. 중독될 것이 너무나도 많다. 중독자들을 가까이 접하면서 그들이 나에게 던져준 중독이라는 큰 주제와 관련된 질문들에 대해서 중독자들과 함께 그 해답을 찾아다니며 난 그들을 통해 인생을 배웠다. 아니 지금도 배우고 있다. 그들이 나에게 알려준 삶의 의미와 행복, 사랑의 법칙을 통해 나는 무엇을 위해 살아야 하는 것인지, 혹은 어떻게 살아갈 것인지를 조금씩 알아간다. 그런 의미에서 나는 그들에게 빚진 것이 많다. 나는 그 빚을 갚기 위해 중독이 얼마나 무서운 것인지, 그리고 중독을 통해 깨달은 인생의 의미와 사랑의 법칙이 무엇인지에 대해 더 많은 사람들과 나눠야 한다고 생각했고, 중독에 대해 이야기할 수 있는 자리가 있다면 마다하지 않고 달려갔다. 그래서인지 중독에 대한 이야기를 하는 사람들을 보면 남 같지 않다. 나는 이 책을 통해 중독이라는 주제에 대해 더 많은 사람들과 함께 공유하고 나눌 수 있게 해준 선안남 선생님이 중독자들로부터 얻은 빚을 함께 나누어 갚아가고 있는 동지이자 동반자 같아서 너무 감사하고 고마울 따름이다.

내가 정신과 의사로서 깨달은 한 가지는 삶의 모든 문제는 결국 '어떻게 사랑하고 사랑받는가'의 문제로 귀결된다는 것이다. 중독의 문제도 예외가 아니다. 우리가 어떻게 관계를 유지하고 사랑하고 사랑받는지에 대한 기본적인 원리를 깨닫지 못하면 삶에서 상처받고 다치기 쉽다. 약물이나 알코올, 도박과 관련된 모든 중독은 뇌의 회로를 병들게 한다. 이 뇌 회로는 우리에게 생존을 위한 동기를 부여하고 살아가는 힘을 제공하는 곳이기 때문에, 이 회로가 고장이 난 중독자는 자신의 살아가는 힘을 잃어버리고 중독에 기대어 힘겹게 살아간다. 자신의 삶을 스스로 포기하게 하는 힘을 가진 중독은 그래서 참으로 무섭다. 더구나 중독이 병들게 하는 이 뇌의 회로는 우리의 생존과 관련된 동기를 제공하여 주는 곳이기에 중독은 중독자들만의 문제가 절대로 아니다. 중독은 우리의 인생과 삶에 깊이 관여하고 우리들에게 영향을 미치고 있다. 중독의 문제로부터 자유로울 수 있는 사람은 아무도 없으며 누구나 한 가지씩은 중독과 관련된 문제를 가지고 있다고 해도 과언이 아니다.

저자는 영화를 통해 중독과 관련된 다양한 삶의 모습들을 찾아 중독으로 나타나는 특성과 문제점을 살펴보고자 했다. 그것을 통해 진정한 삶의 의미가 무엇인지 제시하고 있다. 저자가 에필로그에서 말한 "소소하게 나누는 뭉근한 사랑의 힘"이 얼마나 소중하고 중요한지 난 피부로 느낀다. 이 소소하게 나누는 뭉근한 사랑의 능력을 잃어버리는 과정이 중독의 과정이고, 이 능력을 다시 찾는 과정이 중독으로부터의 회복, 즉 치유의 과정이다. 그리고 중독으로부터 회복할 수 있도록 돕는 중요한 치유적 힘도 소소하게 나누는 뭉근한 사랑의 힘이기 때문이다.

이 책을 통해 내가 중독을 통해 느낀 인생, 사랑, 행복의 비밀을 더 많은 사람들과 함께 공유할 수 있었으면 좋겠다.

푸름이 가득한 7월에
국립서울병원 중독 정신과(중독센터) **이 계 성**

프롤로그

커피 한 잔의 갈급함이 아닌 커피 한 잔의 여유를 위해

지난 10년 동안 내 몸이 카페인에 취약하다는 것을 알면서도 커피를 입에 달고 살았던 나는 중독에 대한 책을 쓰는 동안만큼은 커피를 끊어 보자고 결심했다. 처음에는 '단지 기호품일 뿐인데 그렇게 어렵겠어?' 라며 쉽게 생각했다. 그러나 나는 내 마음속에서 벌어지는 갈망과 의지 사이의 줄다리기를 지켜보며 매일같이 갈등했다. 커피를 끊기로 결심하고 나서야 나는 내가 카페인 중독자임을 알게 된 것이다.

커피의 유혹에 시달리며 흔들리는 순간마다 〈앨리 맥빌ally mcbeal〉이 라는 유명한 미국 드라마 속에 나오는 장면이 떠올랐다. 변호사인 주인공 앨리는 아침에 출근할 때마다 초조하게 서성이며 비서의 커피 배달을 기다린다. 그리고는 커피가 그녀의 손에 쥐어주기가 무섭게 단숨에 마신다. 마치 온몸의 세포가 카페인을 열망하고 있었던 것처럼. 그 모습을 본 그녀의 동료는 커피는 '마셔대는 것'이 아니라 '음미하는 것'이라고 그녀에게 일러준다. 향기와 모양, 혀끝에 느껴지는 감촉을 느끼도록 천천히 음미하라는 것이다. 앨리는 이를 통해 커피를 음미할 줄 알게 된다.

유독 이 장면이 인상적이었던 이유는 커피를 기다리고 마시는 나의 태도가 앨리와 같이 갈급했고 바로 이 모습 속에 중독자와 그렇지 않은 사람을 나누는 기준이 담겨 있기 때문이었다. '그것' 없이는 못 사는 것, 그리고 그렇게 좋아하는 '그것'을 음미하기보다는 '마셔대는 것'에 중독의 본질이 담겨 있다는 생각을 한다. 그런데 나는 드라마 속 앨리처럼 마신다면 중독을 의심해볼 필요가 있다는 것이다. 꼭 커피를 마셔야만 할 것만 같은 감각에 시달려 허겁지겁 커피를 왜 그렇게 맹목적으로 마시지 않으면 안 되었을까? 그것은 마음이 한곳으로 모이지 못하고 허했기 때문이 아닐까 싶다. 그 순간의 헛헛함을 채우기 위해 마시기 시작했던 것이 언젠가부터 마시지 않으면 안 되는 중독의 길에 접어들게 된 것이다.

중독의 문제는 우리 생활 깊숙이 자리 잡고 있다. 그물망을 촘촘하게 던져 우리의 일상을 살펴본다고 한다면 우리가 무심코 반복하는 무수히 많은 행동과 언어 속에 중독이 녹아 있다. 정도의 차이만 있을 뿐 우리는 때론 무언가에 과도하게 빠져버리고 통제감을 잃게 되는 순간이 있다. 그래서 나는 이 책을 통해 중독이 얼마나 우리 일상 깊숙이 들어와 있는지, 그리고 중독이 얼마나 치명적인 독을 품고 있는지를 다양한 중독의 모습을 포착하여 나열하고 싶었다.

우리는 모두 사랑과 삶으로 향하는 마음을 품고 있다. 그리고 사람들과의 관계 속에서 이 마음을 나누며 행복하고 건강하게 살고 싶어한다. 그런데 어떤 이유에서든 그 마음이 좌절될 때 우리는 그 마음을 건강하지 못하고 자신을 해치는 방식으로 해결하려 한다. 그 방식 가운데 하나가 바로 중독이다. 무언가에 중독될 때 우리의 마음은 브레이크가 고장 난 채 질주하는 자동차와 같다. 삶에 대한 통제력을 잃고 순간의 감각과 충동에 자신을 맡긴 채 자책하고 후회하는 모습을 반복하게 되는 것이다.

나는 그 이야기를 보다 쉽게 전하기 위해 중독에 대해 말해주고 있는 영화 몇 편을 소재로 이야기를 풀어나가려고 한다. 중독이 우리 일상의 문제이듯 많은 영화들이 중독 문제를 다루고 있다. 그리고 영화 속 중독자들은 우리 안의 어두운 면을 극대화시켜 온몸으로 살아내고 있는 것처럼 보인다.

Part 1부터 3까지는 중독의 모습을 세 종류(관계 중독, 물질 중독, 행위 중독)로 나누어 살펴본다. Part 4는 이런 중독이 불러오는 치명적인 결과를 다룬 영화를 중점적으로 살펴보고, 마지막으로 Part 5에서는 중독의 치유 과정을 보고자 한다.

프롤로그

    이 책에서 소개할 영화 속 주인공들은 각각 다른 중독에 빠져 있고, 중독에 빠진 이유와 양상은 다르지만 모두 관계 때문에 무너지고 또 관계 덕분에 일어서는 공통점을 보인다. 영화 속 인물들이 어느 누구 하나 혼자만 뚝 떨어져 등장하지 않듯이 중독은 중독자 혼자의 문제가 아닌 우리 모두의 문제라는 생각을 한다. 특히 중독은 우리가 맺고 있는 관계의 본질을 비춰주는 문제이기도 한 것 같다. 최근 더 심각하게 떠오르고 있는 중독의 문제는 결국 관계의 문제라는 것이다.

    모든 것이 음미될 새도 없이 빠르게 지나가버리고 마음 소통되지 않아 갑갑한 가운데 중독의 유혹은 더 크게 다가온다.

    마음이 허한 순간, 우리가 필요로 하는 것은 중독물이나 중독 행위가 아닌 사랑과 사람, 그리고 마음을 채워주는 관계이다. 어쩌면 여러분은 지금 카페인에 대한 갈망을 한가득 싣고 허겁지겁 커피를 마셔대던 나와 앨리처럼 허겁지겁 무언가를 갈망하며 맹목적인 갈급함에 빠져 있을지 모르겠다. 그렇다면 부디 이 책과 함께 스스로를 돌아보고 소원해진 관계를 회복하고, 마음의 여유를 되찾을 수 있는 기회가 되었으면 한다.

커피 한잔의 갈급함이 아닌 커피 한 잔의 여유를 위해
선 안 남 드림

일러두기

중독이란?

중독을 뜻하는 영어 addiction은 라틴어로 addicene '양도하거나 굴복하다'에서 비롯되었다고 한다. 또한 중독자를 뜻하는 addict는 '감금된 노예'를 부르는 말이기도 했다. 그만큼 중독은 우리를 창살 없는 감옥에 가두고 우리의 삶을 제한한다는 것이다.

우리는 다양한 것에 중독될 수 있다. 중독 '된'다고 하지, 중독 '한'다고 표현하지 않는 것을 보면 중독에 내재된 가장 중요한 특성은 바로 '수동성'과 '통제불능성'이라고 할 수 있다. 학자들마다 조금씩 다른 관점에서 중독을 정의한다. 하지만 대부분의 학자들은 자신의 욕구를 비현실적이고 건강하지 못한 방식으로 실현하는 '남용'과 더 많은 욕구를 느끼게 되는 '내성', 그리고 끊게 되면 나타나는 끔직한 고통에 해당하는 '금단현상'에 주목하여 정의를 내린다. 즉 어떤 물질의 사용이

일러두기

나 행위가 지나치거나 과도하여 이로 인해 일상생활을 해나가는 데에 부정적인 영향을 불러올 때, 우리는 누군가를 중독자라고 진단하게 되는 것이다.

이 책에서 말하는 중독은 의학적 진단이나 엄격한 학문적 정의를 내리는 것이 아닌 '결핍되거나 부족한 사랑의 대체물'이자 '삶에 대한 동상반응'으로서의 중독이라는 점을 미리 밝혀둔다. 중독에 대한 학문적 내용도 소개하겠지만, 이 책이 주로 관심을 가지고 있는 문제는 전문적 치료가 필요할 정도의 심각한 중독이 아니라 우리가 일상 속에서 무심코 먹고 마시고 행하는 모습에 담긴 문제다.

중독은 크게 '물질 중독'과 '행위 중독(과정 중독)'으로 나눌 수 있는데, 대표적인 물질 중독에는 알코올과 약물 등을 들 수 있고, 행위 중독에는 도박이나 쇼핑, 일 등을 들 수 있다.

정도의 차이는 있지만 대부분의 사람들은 일상의 사소한 습관이나 트라우마, 정서 조절과 관계의 어려움으로 인한 경미한 중독의 모습을 보인다. 앞으로 이 책을 통해 우리는 우리 안의 중독자와 우리가 주변에서 마주치게 되는 중독자의 모습을 자세히 살펴보려고 한다. 그럼으로써 중독이라는 마음의 감옥에서 벗어나 삶의 노예가 아닌 삶의 주인공으로 보다 생생하게 살아가는 방법을 함께 알아보고자 한다.

차례

추천사
어떻게 살아갈 것인가? 어떻게 사랑할 것인가? • 004

프롤로그
커피 한 잔의 갈급함이 아닌 커피 한 잔의 여유를 위해 • 008

일러두기
중독이란? • 012

 **Part 1 관계 중독, 너 없인 못 사는 병**

사랑받기 위해 나를 버리다 중독(2002) • 020
》》**사랑중독증** : 나를 세워야 건강하고 행복하게 사랑할 수 있다 • 026

태어나서 죄송해요 혐오스런 마츠코의 일생(Memories of Matsuko, 2006) • 029
》》**중독과 애착** : 애착이 좌절될 때 우리는 중독에 빠진다 • 038

버림받음의 끔찍한 고통 지아(Gia, 1998) • 040
》》**스타와 중독, 그리고 성격장애** : 가장 높이 떠오르던 사람이 가장 낮게 떨어지다 • 048

더 연결될수록 덜 친밀해지는 소셜 네트워크(The Social Network, 2010) • 050
》》**스마트폰 중독** : 스마트폰, 스마트하게 사용하자 • 058

돌이킬 수 없는 심각한 부상 허트로커(The Hurt Locker, 2008) • 062
》》**인터넷 게임 중독** : 무조건 금지하기보다는 중독 밑에 깔린 마음을 봐주자 • 071

 **Part 2 물질 중독**, 나의 사랑 대체물

관심 대신 먹어치운 생크림 케이크　301 302(1995)　• **076**
⟫⟫**중독과 섭식장애** : 사람들이 숨기는 병일수록 치료는 더 어렵다 • **083**

속이 텅 빈 권력 중독자　할로우맨(Hollow Man, 2000)　• **085**
⟫⟫**치명적 일 중독** : 중독은 고통에 대한 방패막이 될 수 없다 • **092**

중독에 빠지는 오만함 혹은 순진함　레이어 케이크(Layer Cake, 2004)　• **096**
⟫⟫**중독을 둘러싼 몇 가지 오해** : 오해를 풀고 살펴봐야 회복은 더 쉬워진다 • **102**

그림자에 홀린 외로운 다이어트 중독자　레퀴엠(Requiem for a Dream, 2000)　• **106**
⟫⟫**대뇌 보상 회로와 중독** : 쉽게 발견한 쾌락의 길은 우리를 파멸로 인도한다 • **113**

 **Part 3 행위 중독**, 고장 난 마음의 브레이크

내 안의 악한 늑대　나는 섹스 중독자(I Am a Sex Addict, 2005)　• **118**
⟫⟫**억압** : 사이렌의 유혹은 억압할수록 더 강력해진다 • **126**

지름신의 강림　쇼퍼홀릭(Confessions of a Shopaholic, 2007)　• **128**
⟫⟫**쇼핑 중독** : 나를 바꾸기 위해 필요한 건 물건이 아니다 • **134**

대박은 손에 잡히지 않는 희망 고문　타짜(2006)　• **136**
⟫⟫**도박자의 오류** : 어떤 교육을 얼마나 받았는가는 중요하지 않다 • **145**

항상 같은 얼굴이라 미안해 `시간(2006)` • **149**
  >>> **중독과 비교** : 과거의 짜릿한 경험이 현재를 지루하게 만든다 • **158**

 **중독, 삶에 대한 동상 반응**

출구 없는 알코올 중독자의 삶 `라스베가스를 떠나며(Leaving Las Vegas, 1995)` • **162**
  >>> **알코올 중독의 징후들** : 알코올 중독은 모든 중독의 기준이 된다 • **170**

중독과 맞바꾼 행복 `행복(2007)` • **174**
  >>> **중독의 세 가지 단계** : 중독은 세 가지 단계를 거쳐 심화된다 • **182**

치명적 유혹에 홀리다 `베오울프(Beowulf, 2007)` • **186**
  >>> **중독을 일으키기 쉬운 세 가지 조건** : 빠른 속도, 짜릿한 감각, 스트레스 • **192**

인간의 중독성, 로봇의 인간성 `월-E(Wall-E, 2008)` • **196**
  >>> **중독을 권하는 사회** : 첨단 기술 문명, 소비 사회, 변화하는 생활 양식이 중독을 부추긴다 • **204**

열정이 집착으로, 집착이 중독으로 `투포더머니(Two for the Money, 2005)` • **208**
  >>> **중독에서 살펴봐야 할 세 가지** : 중독자, 중독물, 중독 환경 • **216**

완벽을 향한 처절한 갈망 `블랙스완(Black Swan, 2010)` • **219**
  >>> **기질과 성격** : 선천적으로 중독에 취약한 기질과 성격이 있다 • **230**

차례　016 • 017

Part 5 치유, 내 삶의 주인은 나

사랑하기에 해줄 수 없는 일　남자가 사랑할 때(When a Man Loves a Woman, 1994) • **234**
>>> **중독 치유 과정** : 참된 변화를 위해서 반드시 거쳐야 할 단계가 있다 • **241**

변화를 위해 필요한 시간　28일 동안(28 Days, 2000) • **244**
>>> **치료공동체** : 너를 도움으로 나를 돕는다 • **253**

내 마음의 리모컨은 내가 조종한다　이프온리(If only, 2004) • **256**
>>> **기억과 중독** : '한 번만'이라고 하기 전에 '한 번 더' 참자 • **262**

중독자와 그 가족들　레이첼, 결혼하다(Rachel Getting Married, 2008) • **265**
>>> **공동의존** : 중독은 관계망을 타고 번진다 • **272**

일상의 중독에서 벗어나기 위한 만트라　먹고 기도하고 사랑하라(Eat Pray Love, 2010) • **276**
>>> **실천** : 일상의 중독에서 벗어나기 위한 여섯 가지 전략 • **285**

에필로그
결국 우리에게 필요한 건, 사랑 • **292**

Part 1

관계 중독, 너 없인 못 사는 병

중독(2002)

사랑받기 위해
나를 버리다

>> 모방에서 개성화로 향하는 과정

지금 나를 구성하는 수많은 몸짓과 생각, 표현 방식 가운데 처음부터 '온전한 내 것'이었던 것은 어떤 게 있을까? '나'라는 사람을 타인과 확고히 가르는 '온전한 내 것'은 어떤 게 있을까? 유기체들의 진화 방식과 인류 역사의 발전 과정, 한 개인의 발달 단계를 살펴보면 모든 진화와 발전, 발달은 모방 덕분에 가능했던 것 같다. 태어날 때부터 지금까지 우리는 우리를 스쳐간 많은 타인들을 흉내 낸다. 이 흉내는 의식적일 때도 있고 무의식적일 때도 있다. 우리의 발달은 이런 무수한 흉내 냄을 통해 '내 것'이 없었던 시기에서 '내 것'을 가진 시기로 건너간다. 단순히 모방이 아닌 우리는 그 무수한 모방의 몸짓을 통과하여 온전한 내 것을 창조해낸다. 그리고 또 다른 누군가는 이런 우리에게 영감을 받아 우리를 흉내 내거나 자신의 것을 창조하게 될 것이다.

세상의 모든 발전과 진화는 모방에서 시작해서 '개성화individuation'로 향하는 과정에 다름 아닌 것이다. 그런데 때론 우리는 타의이든 자의이든 개성화를 포기할 때가 있다. 이 세상에 유일무이한 '나'라는 한 사람, 그 가능성 많은 예술 작품을 모조리 다른 사람의 것으로 덕지덕지 붙이고 조형하고는 나를 잃어버린다(사실 잃어버린다는 표현은 적절하지 않을 수도 있다. 처음부터 나라는 고유성과 독특성이 형성된 적이 없을 수도 있으니 말이다). 단순히 타인에 대한 모방을 넘어서 내가 아닌 타인으로서 살기를 희망하게 되는 것이다. 이렇듯 내가 아닌 타인이 되기를 원한다는 면에서 중독을 조망한 영화가 있다. 영화의 제목도 〈중독〉이다.

>> 형의 여자를 사랑한 한 남자의 모방 연극

영화는 지독한 사랑 중독을 보여준다. 영화 속 대진은 형수인 은수를 사랑하고 있다. 그는 자신의 마음을 숨기고 자신이 형이 되기를 갈망한다. 그래야 은수의 사랑을 얻을 수 있기 때문이다. 그러나 은수는 그의 형인 호진을 사랑하여 그와 결혼을 했다. 대진이 은수를 사랑하는 자신의 마음을 숨기고 있기에 겉으로는 드러나지 않고, 대진의 마음속에서만 요동치고 있는 이 삼각관계는 대진을 비극으로 내몬다. 대진이 이 사랑을 포기하지 않기에.

형이 교통사고로 죽자 대진은 은수의 사랑을 받기 위해 인생을 건 모험을 한다. 바로 자기 자신을 형의 자리에 밀어 넣는 모험이다. 이를 위해 그는 '빙의'라는 상황을 가장한다. 겉은 대진이나 호진의 혼령이 자기 안에 들어온 것처럼 행동하는 것이다.

이때부터 그는 형을 단순히 모방한 것에 그치지 않고 자신이 형 자체가 된 것처럼 완벽한 연극을 하기 시작한다. 평소에는 하지도 않았던 형의 작업을 대신하고, 형이 아니라면 기억하지 못할 많은 기억을 이야기한다. 물론 그의 몸은 그대로이지만 그는 형의 몸짓, 말투, 지식, 기억, 꿈, 사랑을 송두리째 자기 안에 장착하고 있는 것처럼 보인다. 얼마나 완벽했던지 주변 사람들은 물론 은수조차도 그가 대진이 아닌 호진이라고 믿게 된다. 그럼으로써 그는 평생 그토록 은밀히 갈구했던 염원을 실현한다. 은수의 사랑을 받게 되는 염원이다. 그러나 그 염원이 실현되는 바로 그 순간 그는 과연 행복하기만 했을까?

›› 나를 버려야 사랑받을 수 있을까?

은수의 사랑을 받게 된 그는 누구보다 행복한 사람이 되기도 하지만 동시에 그 누구보다 비극적인 사람이 되기도 한다. 그의 비극은 이제 형의 여자를 사랑한다는 데에 있다기보다는 형으로서 사랑받는다는 데에 있다. 우리는 모두 사랑을 갈구하고 사랑하는 대상에게 사랑받기를 원하지만 그 욕망에는 '있는 그대로의 나로서'라는 단서가 따라 붙는다. 그런데 누군가를 사랑하거나 누군가에게 사랑받기 위해 자신을 구부리거나 감추거나 왜곡하거나 버려야 한다면 우리의 사랑은 우리에게 행복이 되지 않는다. 있는 그대로 사랑받거나 사랑하지 못할 때 우리는 사랑 때문에 더 불행해지고 비참해진다. 그리고 때로는 그 사랑에 더 집착하게 되기도 한다.

대진이 얻게 된 은수의 사랑에는 처음부터 이런 비극이 날카롭게 내재되어 있다. 그는 그토록 원하던 사랑을 받지만 그 사랑은 처음부터 그를 향한 것이 아니라 형인 척 가장하여 형 행세를 하고 있는 자신의 모습을 향한 것이다. 엄밀하게 말해, 그는 사랑받고 있는 것이 아니다. 형 행세를 하며 사랑받을 수는 있지만 그 사랑이 자신을 향한 것이 아니며 자신이 형이 아니라는 사실은 그 누구보다도 자신이 알고 있다.

자신을 버리고 다른 사람이 되어야 원하는 사랑을 받을 수 있다는 생각이 든다면 그 사랑은 사랑이 아니라 중독에 가깝다. 사랑 중독은 각자 따로 노는 생각과 감정들로 우리를 분열시키고 우리를 갈망과 열병에 시달리게 하고 우리 존재를 흔들어놓는다. 그러면서도 우리를 있는 그대로 보듬어주지 않기에 우리 가슴속 열병과 갈망은 사그라지기는커녕 더 진한 열병과 더 깊은 갈망으로 우리 마음을 장악한다.

대진은 사랑을 위해 자신을 버리지만 진정 사랑을 원했던 존재는 그의 형인 호진이 아닌 대진 자신이었기에, 사랑을 하며 그는 점점 더 분열될 운명에 처해있다. 내가 온전히, 오롯이 나인 채로 사랑받을 수 없다는 사실은 세상의 모든 금지된 사랑, 되돌려지지 않은 사랑, 거절당한 사랑이 가진 비극적 속성이다.

〉〉사랑, 모든 중독의 원인이자 해결책

 사랑의 결핍은 모든 중독의 원인이지만 중독을 치유하는 가장 최고의 해결책 역시 사랑이다. 사랑을 통해 우리는 자신의 모습을 있는 그대로 비춰보고, 그저 모방에 불과했던 나의 몸짓에 감정 파편들이 모여 의미를 부여해준다. 각자 따로 놀던 우리 안의 온전한 나로 합체되는 것도 사랑이 있어야 가능해진다. '있는 그대로의 나'가 사랑이라는 관계 안에서 잘 보듬어질 때 우리는 이 세계 속에 온전히 편입된다. 대상을 갈구하나 그 대상이 나를 있는 그대로 있게 해주지 않는다면 그건 사랑이 아니다. 그저 중독에 불과하다.

 중독은 우리를 분열시키고 본연의 자기 모습으로부터 멀어지게 한다. 척하거나 모방하지 않아도 나의 개성을 펼치고 뿜어낼 수 있도록 도와주는 대상, 그런 대상을 만나야 우리는 중독이 아닌 진짜 사랑을 할 수 있다. 바로 그럴 때에야 우리는 사랑하는 것, 그리고 그 사랑을 되돌려받는 것이 얼마나 큰 기쁨을 주는지, 온전히 오롯이 느낄 수 있다.

사랑중독증 :
나를 세워야 건강하고 행복하게 사랑할 수 있다

마사 비레다 박사는 사랑중독증으로 고통 받는 사람들을 전문적으로 치료해온 상담자이자 컨설턴트이며 훈련가다. 그녀는 사랑중독증에 관련해서 우리와 주변 사람들의 비합리적인 신념을 밝히고 보다 건강하고 행복한 사랑을 할 수 있도록 도와주는 책 《사랑중독증》을 내놓았다.

그녀의 정의에 따르면 "상대방에 대해 너무 격렬하거나 과도하게 반응하고, 몰입하고, 기대한다. 그 결과, 자기 자신에 대해서는 조금도 주의나 관심을 두지 않고, 돌보지 않"을 때 사랑에 중독되었다고 할 수 있다고 한다. 그리고 우리가 건강하지 못하거나 갈등이 많은 가정환경과 타인 지향적인 사회환경 속에서 살다보면 사랑을 둘러싼 잘못된 신념을 품게 되어 사랑 중독이 나타난다고 말한다. 그녀가 그 책에서 제시한 대표적인 잘못된 신념(혹은 불신)을 풀어서 설명하자면 다음과 같다.*

신념 1 : 사랑을 하면 상처받게 될 수밖에 없다고 믿는다.
신념 2 : 본 모습 그대로 표현하면 사랑받지 못할 것이라 믿는다.
신념 3 : 행복을 위해서는 다른 사랑의 인정과 확인이 필요하다고 믿는다.
불신 1 : 다른 사람과의 관계 속에서 자신이 원하는 것을 얻을 수 있으리라 믿지 못한다.
불신 2 : 관계 속에서 상황을 통제할 수 있는 힘이 있다고 믿지 못한다.
불신 3 : 스스로가 사랑받을 가치가 있다고 믿지 못한다.

그녀는 우리가 이런 신념을 품고 누군가를 만난다면 우리의 사랑 중독은 세 가지 유형으로 나타날 수 있다고 말한다.

첫 번째, '상대방에 대한 과잉 반응'이다. 사랑 때문에 너무 격렬한 감정을 경험하고 표현하게 되는 것을 말한다. 이는 들뜨고 흥분되는 모습으로 나타나기도 하고 강렬한 질투와 소유욕으로 나타나기도 한다. 또 때로는 엄청난 희생과 손실을 불사하면서까지 그 사람과 함께 하려고 하고 서로에 대해 탐색하고 알아보는 단계를 거치지 않고 곧바로 상대가 없으면 안 될 것처럼 절박하게 나타나기도 한다.

두 번째, '과도한 몰입'의 모습을 보인다. 그 사람만을 오매불망 생각하거나 관계가 시작되면 다른 모든 사회적 관계를 무시하거나 소홀히 하며 한 사람에게만 집착한다. 모든 일과 행동을 상대와 연결시키려 하고 사랑 이외 다른 일상적인 활동에 대한 흥미를 잃으면서 삶의 균형도

＊더 쉽고 명료하게 설명하기 위해 책의 표현을 수정했다. 저자가 표현한 사랑 중독에 대해 더 정확하고 구체적으로 살펴보려면 『사랑중독증』, (마샤 비레다·신민섭 역, 학지사, 2005)을 보자.

깨지게 된다.

   세 번째, '비현실적인 기대'의 모습으로 나타난다. 이런 사람들은 상대를 있는 그대로 보기보다는 상대에 대한 과도한 환상으로 대하면서 자신의 기대에 맞춰 상대를 바꾸고 싶어한다. 또 이들은 관계를 현실적으로 보고, 지금 현재를 느끼고 즐기기보다는 앞으로 이 관계가 어떻게 될 것인가에 대해 부푼 꿈을 꾸거나 과도하게 걱정하기도 한다. 그리고 사랑이 자신에게 줄 수 있는 것에 대해 너무 높은 기대를 하기 때문에 상대를 지치게 하거나 크게 실망하게 될 가능성도 크다.

   이 모든 사랑 중독은 정의와 이유, 그리고 유형이 어찌하던, 영화 속 대진처럼 사랑을 얻기 위해 자신을 버리게 되는 비극을 감행한다는 공통점을 보인다. 그러나 이 세상의 어떤 사랑도 사랑을 하기 위해, 그리고 사랑받기 위해 우리를 버려야 한다는 조건을 내걸지는 않는다. 나를 잃어야 사랑을 할 수 있는 것이 아니다. 오히려 그 반대가 옳다. 나를 세워야 사랑을 할 수 있고, 또 상대를 세워야 사랑을 받을 수 있다. 그리고 우리는 그 사랑을 통해 더 굳건해진 나와 너를 발견하게 된다.

태어나서
죄송해요

>> 불에 뛰어드는 나방처럼 나쁜 관계에 빠지다

　자신에게 좋은 사람이 아니라는 사실이 불 보듯 뻔한데도 자신에게 큰 상처를 주는 나쁜 관계에 절박하게 매달리는 사람들이 있다. 나쁜 관계에 빠져드는 사람들은 마치 자석에 이끌리는 철가루처럼, 불에 뛰어드는 나방처럼 맹목적이다. 시간이 지나고 만나는 사람이 달라져도 이들의 관계에는 같은 패턴이 나타난다. 이들이 관계를 시작하게 된 계기, 관계 속에서 느끼는 어려움, 관계를 유지하게 되는 이유에는 공통점이 있다는 것이다.
　이들이 자신에게 함부로 대하고 자신을 해쳐도 그렇게 하도록 허용하는 관계를 맺게 되는 근본적인 이유는 스스로 자신을 사랑하고 소중히 여기는 마음이 부족하기 때문이다. 스스로가 무가치하다고 생각하는 사람은 자신을 무가치하게 대하는 사람을 만난다. 반대로 자신이 가치 있다고 생각하는 사람들은 누군가가 자신을 무가치하게 대한다면 그들을 떠나거나 맞서 싸울 것이다. 누구와 어떤 관계를 맺든 우리에게 중요한 것은 '그가 나를 어떻게 대하는가?'가 아니라 '내가 나를 어떻게 대하는가?'에 달려 있기 때문이다. 그런데 때론 우리는 '그 사람이 나를 어떻게 대하는가?'라는 고민에 휩싸여 '내가 나를 어떻게 대하는지'를 돌아보지 못할 때도 있다. 영화 〈혐오스런 마츠코의 일생〉에는 평생 자신보다는 타인의 의견에 중심을 두고 살았던 누군가가 주인공으로 나온다.

›› 그녀는 왜 그토록 타인의 사랑을 원했을까?

주인공 마츠코는 평생을 단 한 번도 '내가 나를 어떻게 대하는가?'라는 질문을 해보지 못한 채 '그가 나를 어떻게 대하는가?'에 집착하느라 나쁜 관계에서 헤어나오지 못한다. 그리고 자신을 비참하게 만드는 관계 속에서 상처받으면서도 계속해서 자신에게 상처를 주는 관계를 택하고 집착한다. 그런 그녀의 모습은 마치 타인과의 관계 속에 자신을 함몰시키는 관계 중독을 연상시킨다. 영화는 불행했던 한 사람의 인생을 다양한 관점에서 되짚어보며 관계 중독이 우리를 어떻게 파멸시킬 수 있는지를 아프게 보여준다. 그녀는 왜 그렇게 자신을 비참하게 만드는 관계에 집착했을까?

우리는 그 이유를 그녀가 어린 시절 아버지와 맺은 관계를 보고 알 수 있다. 마츠코는 1남 2녀 중 첫째로 태어났다. 그녀는 아주 어릴 적부터 아버지의 사랑과 인정을 받기 위해 애썼지만 자신이 원하는 사랑을 쉽게 얻을 수가 없다. 그녀에게는 아픈 여동생이 있었고, 그녀의 아버지는 언제나 그 여동생 걱정만 하느라 그녀에게 눈길조차 주지 않았다. 그녀의 어머니는 화면 안에 제대로 등장하지 않는다. 아마도 막내 남동생을 아끼고 아픈 여동생을 간호하느라 지쳐 어머니 역시 마츠코를 돌볼 여력이 없었는지도 모른다.

세상의 모든 첫째들은 서럽다. 그들은 동생이 태어나고 나면 더 여리고 어린 동생이 있다는 이유로 돌봄을 받아야 할 시기에 부모님의 전폭적인 사랑과 관심을 받는 자리에서 물러나야 한다. 모든 첫째들의 서러움이 마츠코에게는 더 크게 느껴지지 않았을까?

〉〉중독적 관계 패턴의 시작, 사랑받기 위한 치명적 투쟁

보통 우리의 어린 시절은 어른들의 사랑과 인정을 받기 위한 투쟁과 게임으로 점철된다. 여리고 힘없는 아이가 생존하기 위해 할 수 있는 최선의 방식은 어른에게 기대고 의존하는 것일 수밖에 없기 때문이다. 이들이 안정감과 자존감을 탄탄히 형성하기 위해서는 내 편이 되어주는 어른들의 사랑과 인정, 보호가 보장될 필요가 있다. 그러니 아이들은 어른들의 사랑과 인정을 얻기 위해 필사적이다.

부모님의 관심과 걱정이 온통 동생들에게만 향해 있기에 마츠코의 사정은 다른 아이들보다 더 열악했다. 그리고 그만큼 그녀는 더 필사적일 필요가 있었다. 일생에 단 한 번 아버지와 함께 놀러가서 아버지를 독차지 할 수 있는 기회를 얻게 되어 기쁜 마츠코는 그 데이트조차 그냥 즐기지 못하고 이리저리 고민한다. 어떻게 하면 동생 걱정으로 웃음기가 사라진 아버지, 나와 함께 있어도 무감각하고 무덤덤하며 무관심한 아버지를 깨울 수 있을까? 그리고 이런 고민을 꼭 해결하고 싶었지만 해결하지 못했던 만큼 그 후 그녀는 무감각하고 무덤덤하며 무관심한 것을 넘어서 우울하고 폭력적인 남자들만 만나게 된다. 그리고는 또 같은 고민을 하게 되는 것이다. 어떻게 하면 그를 기쁘게 해줄까? 어떻게 하면 그에게 사랑받을 수 있을까? 그녀의 중독적 관계 패턴은 이렇게 자신이 원하는 사랑과 인정 대신, 고민과 걱정을 안겨주는 아버지와의 관계에서 시작된다.

우연히 우스꽝스러운 표정을 지은 그녀에게 아버지는 웃음을 보이고, 그녀는 그 뒤로도 단지 아버지를 웃게 하겠다는 일념 하에 예쁜 얼굴을 일그러뜨리는 그 표정을 계속해서 지어 보인다. 그렇게 해야만 아버지의 웃는 모습을 볼 수 있다고 생각한 그녀는 어른이 되어도 같은 장난을 계속한다. 하지만 아버지는 그런 그녀의 마음을 조금도 이해하지 못한다. 급기야 아버지는 정색하면서 장난은 이제 그만하라고 호통을 치기도 한다. 이제 더 이상 자신이 아버지를 웃게 하기란 불가능한 일처럼 느껴진 그녀는 슬프고 비참해진다. 그녀는 결국 절망하여 집을 나간다.

그 후 그녀의 인생은 자신의 본래 의도와는 달리 자꾸만 엇나가는 관계 속 패턴에서 평생 돌고 돈다. 도둑질 한 학생을 감싸려다 불명예스럽게 교직을 떠나게 된 그녀는 점점 바닥으로 떨어진다. 그와 함께 그녀의 자존감도 추락하고, 결국 그녀는 살인을 저질러 교도소에 수감되기에 이른다. 어떤 순간이든 자신을 돌보기보다는 이미 망가진 관계, 자신을 망가지게 만드는 관계에 집착하는 그녀의 삶은 이제 돌이킬 수 없을 정도로 망가진 것이다.

>> 혼자 있어도 지옥, 같이 있어도 지옥이라면…

그녀는 언제나 철저하게 외로웠다. 그리고 그녀는 그 외로움을 견디는 일이 나쁜 사람과 함께하는 것보다 더 어렵다고 느꼈다. 이런 그녀의 마음은 "혼자 있어도 지옥, 같이 있어도 지옥일 바엔 차라리 같이 있겠어"라는 말에 드러난다. 자신에게 고통을 줄 것이라는 사실을 뻔히 알지만 혼자 있으면 지독한 외로움 때문에 더 큰 고통에 빠질까 두려운 것이다. 그녀가 느끼는 지독한 외로움은 좋은 관계와 나쁜 관계를 구별한 그녀의 관점을 흐리게 만들고, 과거의 부정적인 관계 경험은 희망의 가능성을 볼 수 있는 시야를 가려버린다. 관계 중독에 빠진 사람들은 이런 외로움을 혼자서 견딜 수 없을 거라고 생각하고, 오로지 관계를 통해서만 자신이 구원받을 수 있다는 맹목적 믿음에 매달린다.

그녀는 그런 맹목적 믿음을 안고 계속해서 나쁜 관계 속에 자신을 내

던졌고, 상대의 마음에 들고 상대가 자신을 떠나지 않게 하기 위해 필사적으로 싸웠다. 어린 시절 여동생에게만 관심을 보이는 것 같은 아버지의 마음에 들기 위해 필사적으로 싸웠던 것처럼 말이다. 그런데 이상하게도 그녀는 자신의 모든 것을 상대에게 쏟아붓고도 언제나 견디기 힘든 고독 속에 홀로 남겨졌다. 결국 상처투성이로 만신창이가 된 그녀는 모든 관계를 단절한 채 쓸쓸히, 그리고 비참하게 죽어간다. 그녀가 어린 시절부터 꿈꿔왔던 환상 같은 사랑이 넘치는 관계를 한 번도 제대로 경험해보지 못한 채 말이다.

〉〉반복 강박, 마음속 상처에 대한 무의식적 반복

프로이드는 해로운 줄 알면서도 계속하고자 하는 중독을 '반복 강박 repetition compulsion'으로 설명한 바 있다. 내 마음속 깊은 상처를 남겼던 그때 그 사건을 무의식적으로 반복하게 된다는 것이다. 예를 들어 크고 작은 트라우마에 노출된 사람들 중에는 또다시 자신에게 트라우마를 줄 수 있는 위험한 상황을 재현하는 사람들이 있다. 자신이 스스로를 위험에 빠뜨리는 것이다. 얼핏 생각해보면 이해가 되지 않는 일이지만 어쩌면 그만큼 그 상처가 깊었고, 그 상처를 설명하고 어루만져줄 시간이 필요하다는 것을 보여주는 것이 아닌가 싶다. 이미 시간이 많이 지났다고 해도 우리 마음은 여전히 그 상처로 인해 무너지고 있기에 자신도 모르게 그 상황을 재현하는 것이다.

문제는 이로 인해 또다시 위험에 노출되기 때문에, 또 다른 상처마저 안게 될 가능성이 크다는 것이다. 그러니 이들에게는 그 상처를 안전하게 표현하고 설명하고 내 목소리를 내어 스스로를 어루만져줄 시간과 공간, 그리고 사람이 필요하다. 영화 속 마츠코에게 필요했던 것 역시 그런 시간, 그런 공간, 그런 사람을 통해 자신의 외로움을 스스로 이해하고 자신을 혐오하기보다는 사랑하는 것이 아니었을까? 그러면 그녀는 자신이 상대에게 무엇을 줄 수 있는가보다는 자신이 이 관계 속에서 원하는 것이 무엇인가에 집중할 필요가 있다는 것을 알았을 것이다.

타인의 눈을 통해서만 자신을 보고 타인의 사랑을 통해서만 자신이 사랑받을 만한 사람이라는 확신을 얻고 타인의 존재를 통해서만 자신의 존재를 확인받기 원하는 사람은 결코 행복할 수 없다. 타인이 사랑스런 눈으로 바라봐주고, 자주 사랑한다고 말해주고, 언제나 곁에 있어주려고 해도 그때뿐 마음은 언제나 공허하다. 사랑과 행복, 존재에 대한 근본적인 확신은 타인이 아닌 내 안에서부터 비롯되기 때문이다.

≫태어나서 죄송할 사람은 아무도 없다

혼자 있기보다는 때려도 죽여도 함께 있는 게 더 낫다는 마츠코는 절박한 외로움은 관계 중독의 핵심을 보여준다. 영화 중간에 우리는 '한 사람의 가치는 다른 사람에게 무엇을 받았는가보다 다른 사람에게 무엇을 해주었는가에 있다'는 문장을 만나게 된다. 마츠코와 같이 자존감이 낮아 관계에 중독되고 타인에게 휘둘린다면 이 말은 이렇게 고쳐지는 게 옳은 것 같다는 생각을 해본다. '한 사람의 행복은 타인이 나에게 어떻게 대하는가가 아니라 내가 나에게 어떻게 대하는가에 달려 있다'고. 아무리 타인이 나에게 중요하다고 해도 나의 전 생애 동안 나와 가장 많은 시간을 보내는 사람은 다른 누구도 아닌 바로 나 자신이니 말이다.

미쳐버린 그녀는 죽기 전에 자신이 살고 있는 집의 담벼락 위에 절박하게 한 문장을 써내려갔다. "태어나서 죄송해요"라고. 그러나 우리는 기억해야 한다. 이 세상 어떤 사람도 태어나서 죄송할 사람은 없다는 걸.

중독과 애착 :
애착이 좌절될 때 우리는 중독에 빠진다

폴 맥클린이라는 심리학자는 중독에 대해 이런 말을 한다.

"물질 남용이나 중독은 사회적 애착을 통해 제공되는 자연적 보상을 대체하려는 시도라 할 수 있다."

그가 말하는 사회적 애착이란 가족, 친구, 연인, 관계에서 느끼는 너와 내가 끈끈하게 연결되어 있다는 감정이다. 그가 말한 애착을 이해하기 위해서는 사랑에 빠졌을 때 어떤 감정을 느꼈는지 생각해보면 쉽게 알 수 있다. 사랑에 빠지면 우리는 상대를 더 자주 옆에 두고 싶다. 온 세상을 다 가진 듯 든든하게 느껴지기도 하고 자신감도 생긴다. 사회적 애착을 통해 우리는 크나큰 마음의 선물과 지지를 얻는다.

맥클린이 설명한 사회적 애착은 관계 속에서 자연스럽게 얻게 되는 힘이다. 그런데 어떤 이유에서든 이런 사회적 애착이 잘 형성되지 않거나 반복적으로 좌절되는 경우가 있다. 혹은 애착을 느끼는 능력이 결핍

되기도 한다. 그럴 때 우리는 그에 대한 대체물을 원하게 되고 중독물은 이 대체물 역할을 하게 된다. 그래서 코카인이나 아편과 같은 중독물이 우리 몸에 들어왔을 때 우리의 뇌를 살펴보면 사랑하는 연인의 사진을 볼 때와 같은 반응이 나타난다고 한다. 중독자들은 애착을 느끼는 대상이 우리 안에 불러일으키는 안도감, 안정감, 기대감, 설렘, 흥분감, 행복감을 중독물을 통해 느끼고자 시도한다는 것이다.

사랑에 빠지면 바라만 봐도 배가 부른다는 말을 한다. 그런데, 이는 단순한 은유가 아닌 애착과 관련된 우리 뇌의 실제 작용을 보여주는 표현이라는 것이다. 꼭 연인 관계가 아니더라도 사람들 사이에서 소속되어 있다는 느낌은 우리의 불안을 잠재우고 큰 안정감을 준다. 또한 강력하게 애착하던 대상과 떨어지는 것이 고통스럽고 힘든 것처럼 우리가 어떤 것에 중독되면 중독에서 벗어나기가 그만큼 힘들다.

마음이 지치고 힘들어지고 불만족스러울 때 우리는 그 마음을 진정시켜주고 안정감을 줄 수 있는 누군가를 원하게 된다. 그런 애착 대상이 없을 때 우리는 중독에 빠지기 쉽다. 그리고 결핍된 마음을 혼자 채우려 하다보면 애착과는 점점 더 멀어지고, 중독에는 더 가까워질 수밖에 없다. 그러니 허한 마음을 달래려 습관적으로 중독물이나 중독 행위에 빠지게 된다면, 한 번쯤 멈춰 서서 다른 누군가를 찾을 필요가 있다. 그때 우리가 원하는 건 애착이지 애착의 대체물이 아니니 말이다.

버림받음의
끔찍한 고통

›› 모두의 주목을 받는 순간, 가장 외로웠던 한 소녀

   17살에 필라델피아의 시골 마을에서 뉴욕으로 건너온 지아는 역동하는 육체를 가졌다. 그녀는 소녀라기보다는 '야생마'라는 표현이 어울릴 정도로 어떠한 수줍음과 망설임, 일체의 방어와 경계 없이 순간순간의 충동과 감각을 쫓으며 살아간다. 자유롭고 거침없어 보이는 그녀의 에너지는 '새로운 피'가 필요했던 그 시대 패션계의 요구와 그대로 맞아떨어졌고 그녀는 단숨에 패션모델로 중심 무대에 오른다.

   그 무대는 오로지 그녀만의 것이었고 그 무대에 올라서기를 갈망하는 모든 사람들, 그 무대를 동경하는 모든 사람들은 그녀를 주목했다. 그러나 모든 것을 다 가진 바로 그 시점에 그녀는 가장 불행했다. 모든 사람이 그녀를 찾는 그 순간이 그녀에게는 가장 외롭고 불안한 순간이었던 것이다. 그녀가 화려한 무대 뒤편에서 거친 숨을 몰아쉬며 내뱉는 대사를 불러오자면 그녀는 "사람들이 다 나를 떠나가기"에 힘들다고 한다. 이상한 일이다. 겉으로 보기에는 모두가 자신을 찾는데, 마음으로는 모두가 자신을 떠나가는 것처럼 느껴지다니 말이다.

주인을 잃고 방황하는 연약한 강아지처럼, 엄마의 가슴을 놓쳐버린 아이처럼, 그녀는 언제나 자기 옆에 있어줄 누군가를 열렬히 원했고 누군가가 자신을 보살펴주길 기다렸다. 하지만 그녀를 사랑하고 보살폈고 그녀를 원했던 어떤 사람도 그녀에게 진정한 위로가 되지는 않았다. 그녀가 어린 시절 경험했던 결핍감이 너무나도 깊어 그 누구의 사랑과 보살핌도 온전히 그녀를 채워주지는 못했던 것이다. 그녀는 언제나 사람들이 자신에게 해줄 수 있는 만큼보다 '더'를 원했다.

>> 패션=광고=돈=공허=마약=중독

영화는 생존에 지아를 알았던 사람들의 인터뷰로 시작한다. 그녀의 애인, 그녀의 가족, 그녀를 채용한 소속사 사람들, 그녀의 친구들, 그녀와 함께 작업을 했던 사람들이 나와 한 마디씩 내뱉은 말은 지아라는 인물의 퍼즐 한 조각을 구성하고 있다. 그리고 그 가운데 패션 사업에 대한 누군가의 말은 그녀가 모델이 된 후 어떤 경험을 했을지 짐작하게 한다.

"패션은 예술이 아니에요. 문화도 아니죠. 패션을 광고예요. 광고는 돈이고. 그러니 돈을 번다는 건 누군가가 지급하게 되어 있다는 것이죠."

아마도 패션계의 사람들은 겉으로는 재기발랄한 그녀를 흥미롭게 바라보며 그녀의 육체를 화보에 담아 그녀의 이미지를 팔고, 어떤 목적을 이루는 데에 혈안이 되어 있었을 것이다. 그리고 이 안에서 자신을 지키기보다는 자신을 드러내는 방법밖에 몰랐던 지아는 설명하기 어려운 공허의 고통에 빠졌던 것 같다. 이런 공허의 고통에 대해 그녀는 시종일관 마약이라는 퇴행과 회피로 해결하고자 했다.

›› 해결되지 못한 어린 시절 상처가 몰고 온 공허

1970년대 패션계에 혜성처럼 등장했다가 자신의 모든 것을 연소시켜 버리고 사라져버린 패션모델 지아의 삶을 다룬 이야기 〈지아〉는 마약 중독을 '버림받음의 고통'이라는 면에서 조명해주고 있다. 지아에게 마약은 과거에 경험했고 현재에도 생생한 버림받음의 고통에서 벗어나기 위한 해독제다. 돈과 명성을 모두 가진 바로 그 순간 그녀는 가장 위험하고 위태로워진다. 그리고 마약에 속절없이 빠져들게 된다. 모든 사람들이 그녀를 원하는 그 순간에도 버림받음의 아픈 기억은 그녀의 가슴팍에 명징하게 박혀 있기 때문이다.

모델이 되기 이전부터 그녀는 공허했다. 자신을 아껴주던 어머니가 아버지와의 불화 때문에 결국 가족을 떠났을 때 그녀는 세상으로부터 철저하게 버림받았다고 느꼈다. 그 후 그녀는 겉으로는 극적이고 즉흥

적이며 자유분방한 모습을 보였지만 마음은 언제나 뻥 뚫려 있었다. 일생 내내 이런 버림받음의 상처를 다독여줄 모성적인 인물을 찾아 사랑을 갈구했다. 하지만 이런 결정적인 상처는 나중에 어머니를 다시 만나서도 해결되지 않았던 것 같다. 어머니는 모델이 된 그녀를 자랑스러워했지만 그녀는 너무 자주 극적인 방식으로 퇴행했다. 그녀는 집으로 돌아가야 하는 어머니의 옷자락을 붙잡고 가방을 빼앗고 아이처럼 징징된다. 어머니는 그래도 가야 하고 갔다가 다시 돌아오겠다는 약속을 하며 그녀를 설득해도 그녀는 막무가내다. 결국에는 다시는 오지 말라며 가방을 던져버리고 난폭하게 문을 닫아버리기도 한다. 자신을 한 번 버렸던 엄마가 언제 자신을 버리고 사라져버릴지 모른다는 원초적인 불안과 고통을 기억하고 있는 영락없는 아이의 모습이다.

〉〉 상처받지 않으려다 상처받게 되는 모순

그녀는 어떻게 사랑을 믿고 어떻게 사랑을 받아들이고 어떻게 사랑을 표현해야 하는지 제대로 배운 적이 없다. 그래서 가장 사랑하는 사람에게 가장 난폭하게 굴고 사랑으로 자신을 참아달라고 요구한다. 다시 또 버림받지 않기 위해서 자기만의 방식으로 투쟁했던 것이다. 이 투쟁은 사실적이고 객관적인 버림받음이 아니라 그녀의 환상 속에서 나타나는 버림받음의 충격에 근거해 나타난다. 하지만 그녀는 이미 이 환상의 포로다. 철저하게 버림받았다고 믿게 만드는 이 환상은 그녀뿐만 아니라 우리 모두를 고통의 수갑을 차게 만든다. 그녀가 요구하고 투쟁할수록 그녀의 사람들은 점점 더 그녀를 감당하기 어려워하고 멀리하게 된다. 그들 역시 그녀에게 상처받는 것이 두려운 것이다.

버림받음의 고통이 심해질수록 그녀는 점점 더 마약에 의존하며 자신 안의 고통을 해결하려 한다. 마약은 그녀의 고통을 정지시키고 그녀를 고통스런 현실에서 벗어나 사랑하는 사람과의 환상적 결합을 가능하게 해주는 유일한 통로다. 시간이 갈수록 마약을 향한 그녀의 맹목적인 집착은 커지고, 패션계를 매혹시키던 그녀의 생생하게 팔딱이는 에너지는 사그라진다. 결국 길들여지지 않은 맹수의 거친 숨소리로 패션계를 떠들썩하게 했던 젊고 새로운 피는 마약 중독으로 인해 고통스럽게 죽어간다.

실제이든 상상이든 우리는 모두 살아가면서 수차례 버림받았다. 누군가를 절절히 원하고 필요로 했기에 여렸던 우리는 그 대상에게 버림받게 되는 그 순간, 고통이 우리 인생 전체를 관통해버린 것만 같다. 마치 우리 존재 전체를 어딘가에 저당 잡힌 것만 같이 느낀다. 그 이후 우리는 '버림받음'이라는 상황에 대해 더 예민하고 민감한 촉수를 가지고 세상과 타인을 대하게 된다. 그리고 예민하고 민감해진 촉수는 아이러니컬하게도 버림받음의 상처를 치유해줄 새로운 관계 형성을 방해한다.

버림받을 수도 있다는 사실을 잊어버려야 누군가를 온전히 안을 수 있고, 그 품에서 우리는 치유할 수 있는데도 '너도 날 버릴 거잖아'라는 태도로 불안해한다면 우리의 상대는 부담스러워하며 우리를 떠난다.

혹은 떠나지 않더라도 의혹에 휩싸인 우리 때문에 계속해서 큰 부담과 상처를 떠안고 우리에게 더 가까이 다가오기를 주저하게 될 것이다. 그러면 우리는 또 상처받는다. 버림받음의 상처가 우리에게 또 다른 상처를 불어오는 것이다.

이렇듯 상처가 깊은 사람들은 또다시 버림받지 않기 위해 필사적이다. 어떤 사람들은 관계의 가능성을 차단하거나 엄격히 제한하고, 또 어떤 사람들은 지아처럼 불안하고, 위태롭고, 일방적인 방식으로 요구한다. 그리고 버림받지 않기 위해 필사적인만큼 버림받음의 상처 속에 더 깊이 빠지게 되기도 한다.

›› 중독은 결코 상처에 대한 해독제가 될 수 없다

지아는 자신을 상처의 수렁에서 빠져나오도록 손을 내미는 사람들의 마음도 할퀴면서 중독을 택했다. 그녀의 중독을 가장 고통스럽게 바라보며 그녀를 안으려 했던 그녀의 애인은 절망 속에서 그녀에게 물었다.

"마약이야? 나야?"

그녀는 상처를 치유해주고 공허를 해결해줄 사랑이 아닌 자신의 상처를 덧나게 하고 더 깊은 공허 속으로 빠져드는 마약을 선택했다. 그 선택으로 인해 그녀의 삶은 마지막 희망의 배를 떠나보내고 죽음을 기다리는 행로를 돌진해가게 된다.

영화의 말미에서 그녀는 에이즈로 쓸쓸하게 죽어간다. 버림받음의 상처는 깊고도 깊다. 그녀가 원했던 것은 사랑이었는데, 사랑 대신 선택한 마약은 그녀에게서 사랑의 가능성을 빼앗아 갔다. 중독은 결코 상처에 대한 해독제가 될 수 없다는 사실은 그녀의 전체 인생을 걸어 증명해 보였다.

스타와 중독, 그리고 성격장애 :
가장 높이 떠오르던 사람이 가장 낮게 떨어지다

　스타들의 삶은 고단하고 이중적이다. 많은 사람들의 주목과 기대를 받는다는 면에서 자유롭지 못하기도 하지만 자신의 매력과 이미지로 대중들에게 원하는 메시지를 전할 수 있는 자유를 가졌다. 많은 사람들이 그들을 원하는 것 같지만 이는 현실적 관계 위에서 상호적으로 이루어지는 것이 아니라 환상적 기대 위에서 일방적으로 이루어진다. 이 환상적인 기대는 그들은 무한한 권력자로 만들기도 하지만, 또 다른 면에서는 무참히 취약하게 만들기도 한다. 그래서 스타들은 높이 떠오르고 주목받았던 만큼 아래로 떨어지는 주목받지 못하는 순간을 견딜 줄 알아야 하고, 부풀려지고 화려한 허상들을 헤치고 현실을 잡아낼 줄도 알아야 한다. 스타가 된다는 것은 심리적으로 취약한 상황에 자신을 내몰게 된다는 것을 의미하기도 하는 것 같다. 그래서인지 우리는 잊을만하면 스타들의 자살과 중독 소식을 접하게 된다.

정신의학자인 보르빈 반델로브는 이런 스타들의 심리적 상황을 《스타는 미쳤다》(지안출판사, 2009)라는 책에서 잘 정리하고 있다. 그는 온갖 스캔들과 가십이 끊이지 않고 중독과 자살, 범죄와 충동적 기행을 보이는 할리우드 스타들을 성격장애의 관점에서 살펴보며 그들의 정신 장애가 그들의 독특성과 매력을 구성한다는 점을 지적한다. 그리고 그들이 대중들의 변덕스런 욕구에 따라 그들이 휘둘리게 된다면 더 외롭게 미쳐갈 수 있음을 이야기 한다. 그는 이를 '역설적 호감'이라고 표현한다.

일반 대중들은 무대에 선 사람들의 사생활에 대중들은 관심을 갖는데 그들의 선행보다는 기행에 더 큰 관심을 보이기 쉽다. 정치인의 불륜, 연예인의 마약 복용 논란, 돈 많은 여배우의 절도 행각, 사생활을 침범하는 파파라치에게 유명한 왕자가 몰매질을 했다는 사건들이 대중들에게 가십거리가 된다는 것이다. 그는 일반 대중들이 하지 못하는 행동을, 즉 어두운 부분의 삶을 유명 인사나 무대에 서는 사람들이 우리 대신 살아내 주고 있다고 말하며 스타가 대중을 미치게 하듯 대중들 역시 스타들을 미치게 하는 데 기여하는 부분이 있다고 주장한다.

결국 스타들의 중독과 기행, 성격장애와 자살은 그들 개인만의 성격적 결함이며, 개인적인 사건이 아닌 그들의 일거수일투족에 촉각을 곤두세우고 우리가 감히 못하는 것을 투사하는 우리의 마음과 연결된 문제라는 것이다. 그러니 스타들의 가십에 잔일할 정도로 지나친 관심을 보이고 혹독한 평가를 하게 되는 대중의 속성에 대해서 우리는 한 번쯤 돌아볼 필요가 있다. 혹시 그들의 어두운 면이 우리 안에도 있지 않은지 말이다.

더 연결될수록
덜 친밀해지는

>> 현실을 뛰어넘는 가상현실을 살다

집으로 돌아오는 버스 안, 뒤에 앉아있던 두 남자의 대화가 들린다.
"결혼하려고 하는데 그것도 비싸더라."
"그치."
"하객들 초대하고 예식하는 데 필요한 것도 사려면 돈이 많이 들어."
이 두 사람 간의 대화가 심상치 않게 느껴진 건 간간히 내가 알아들을 수 없는 용어들이 끼어들어서였다. 더구나 결혼할 예비 신랑의 목소리치고는 어리다 싶어 얼핏 고개를 돌려보니 그들은 교복을 입고 있는 학생들이다. 의문이 든다. 이들은 왜 결혼식 비용 고민을 지금부터 하는가?
이들의 이야기를 더 들어보니 그들은 실제 결혼을 고민하는 것이 아니었다. 그들은 게임 세계에서 하는 가상 결혼을 하고 싶어했다. 그 게임을 접해본 적이 없는 나는 전혀 알아들을 수 없는 용어를 섞어가며 결혼 이야기를 하고 있지만 나에게는 의아한 가상 결혼이 그들에게는 자연스런 일상이 되어 있는 것 같다.

눈부신 기술 문명의 발달로 인해 우리는 여기에 앉아서도 지구 반대편에 있는 누군가와 연결될 수 있다. 불과 몇 년 전만 해도 은유로서만 사용되던 '지구촌'이라는 개념은 우리의 일상 속에서 그대로 '실현'되었다. 물리적으로는 멀리 떨어져 있는 누군가와 마치 한 동네에 살고 있는 친구와 대화하듯 만날 수 있고 대화할 수 있는 것이다. 그 모든 것이 인터넷이라는 사이버 공간이 있기에 가능해졌다.

사이버 공간은 도구의 발전을 통해 자신의 범위를 확장시켜온 우리가 만들어낸 최고의 도구, 모든 도구의 총집합체라고 할 수 있다. 사이버 공간이라는 도구이자 보조하는 것에서 벗어나, 현실을 뛰어넘고 현실보다 더 현실 같은 또 다른 현실을 우리에게 제공한다. 이 안에서 우리는 우리의 현실을 확장시키고 전과 다른 나, 전과 다른 관계를 창조하고 타진해볼 수 있는 기회가 주어진다.

이런 우리의 마음과 인터넷의 특성을 꿰뚫어본 이 시대의 선구자들은 이런 인터넷의 가능성을 십분 활용한 다양한 생활 속의 아이템을 세상에 내놓았다. 그 가운데 소셜 네트워크 서비스(SNS : Social Network Service)라 불리는 나와 타인을 잇는 통신망은 급속도로 성장했고, 이 세계를 열어준 시대의 선구자들은 상업적 성공은 물론 사회적 명성을 얻을 수도 있었다. '5억 명의 친구, 전 세계 최연소 억만장자, 하버드 천재가 창조한, 소셜 네트워크 혁명'이라는 카피와 함께 개봉된 영화 〈소셜 네트워크〉는 이런 선구자 중 한 사람이 마크 주커버그와 그가 만든 획기적인 소셜망 탄생기를 둘러싼 이야기를 담고 있다.

❯❯ 획기적인 소셜망의 탄생과 함께 현대적인 조건 속에서 펼쳐지는 보편 욕망

영화는 '인간은 사회적 동물'이라 했던 먼 옛날 아리스토텔레스의 명언처럼 시간을 견디며 살아남아 현대적 조건 속에서 펼쳐지고 있는 모습을 그린다. 이 최첨단 문명 속에서 우리는 아리스토텔레스가 관찰한 보편적인 욕망을 실현한다. 사람으로 태어난 이상 우리는 누군가와 연결되고 누군가와 영향을 주고받기를 원하는 보편적인 욕망 말이다.

그런데 어쩐지 이 욕망이 획기적인 소셜망의 탄생으로 인해 잘 실현되고 있는지는 의문이다. 어떤 면에서 우리는 인터넷 상으로는 활발한 활동을 하며 실시간으로 사람들과 연결되어 있지만 정작 자신이 직접 만나고 함께하는 사람들과의 관계는 소원해지기도 했다. 이와 함께 더 많이 더 빨리 더 다양하게 연결될 수 있는 가능성을 선사하는 기술 문명의 시대에 사람과 사람간의 관계가 더 소원해지는 모순을 걱정하는 목소리는 사회 곳곳에서 커지고 있다.

더 연결될 수 있으면서도 덜 끈끈해지고 통화버튼만 누르면 연결될 수 있는 수많은 사람들의 번호를 휴대폰에 저장해두고도 정작 어느 누구에게도 진심을 털어놓기 어려운 모순을 안고 있는 우리는 그보다 더한 모순이 이 영화와 이 영화의 배경이 된 페이스북의 탄생기에서 목격하게 된다. 바로 소셜 네트워킹이 가장 소셜하지 않은 사람으로부터 시작되었다는 점이다.

> ## 소셜 네트워킹,
> 소셜 네트워킹 서비스를 창조한 그가 가장 못하는 것

영화는 자기중심적이고 배려를 모르는 빵점 남자 친구 마크 주커버그가 여자 친구에게 차이는 장면으로부터 시작한다. 하버드 신입생이던 그는 인지적으로는 똑똑하고 유능할지 몰라도 정서적으로나 사회적으로는 미숙하기 그지없다. 그는 여자 친구를 앞에 두고도 철저히 자기중심적이다. 이런 그가 처음부터 여자 친구를 만날 수 있었던 것조차 놀랍다.

결국 여자 친구는 그에게 결별을 고하고 차인 것을 분풀이하고 싶던 그는 자신이 가진 컴퓨터 능력을 총동원해서 사람들의 흥미를 끌 수 있는 프로그램을 만든다. 그로 인해 교내의 모든 프로그램이 다운되었지만 이로써 그는 자신의 이름을 사람들에게 각인시킨다. 결국 그는 하버드 선남선녀 네트워킹 사이트인 '하버드 커넥션' 제작을 의뢰받기에 이른다.

그는 제작을 의뢰받은 사이트보다는 자기만의 인맥 교류 사이트를 만드는 데 놀라운 집중력을 보인다. 그리고 그 사이트가 폭발적인 반응

을 몰고 오면서 그는 부와 명성을 거머쥘 수 있게 된다. 그러나 이 영화는 젊은 CEO의 탄생이나 페이스북이라는 사이트의 성공을 중점적으로 조명하기보다는 그가 성공의 과정에서 보이는 사회 정서적인 미숙함, 그가 성공하는 과정에서 느끼는 관계 속 고립감과 피상성에 집중하고 있다.

정서적, 사회적으로 미숙한 그는 타인의 입장과 감정을 헤아릴 줄 모른다. 그보다는 자신이 원하는 것을 실현해내는 능력이 더 강하다. 그러기에 그는 전 세계인이 열광하는 소셜 네트워크를 창조했지만 결국 가까운 사람들과 멀어지고, 그들과의 분쟁에 휘말리게 된다. 돈과 명성은 얻은 한편 친구와 신의는 잃은 것이다. 가장 획기적인 소셜 네트워킹 서비스를 창조한 그가 가장 못하는 것은 소셜 네트워킹이다. 이 얼마나 역설적인가.

>>열광 뒤에 감춰진 폐해, 관심 중독과 집단 관음증

페이스 북의 창시자인 현실 속 마크 주커버그와 영화 속 마크 주커버는 약간 다르다고는 한다. 그러나 페이스 북과 같은 소셜 네트워킹 시스템에 대한 사람들의 열광과 폭발적인 반응은 영화나 현실이나 크게 다를 바가 없다. 사람들은 누군가가 격려하지 않아도 자발적으로 자신의 사진과 글을 올리며 자신의 초상권과 저작권에 대해 크게 개의치 않는다. 소셜 네트워킹의 장이 열리자 기다렸다는 듯 많은 사람들이 이 세계

에 입장한다. 이 세계는 놀라운 흡인력을 가지고 많은 사람들을 중독시킨다. 소셜 네트워크는 더 다양한 사람들과 연결되기를 원하는 우리의 욕망을 분출하기 딱 좋은 도구이기 때문이다.

소셜 네트워크는 가히 혁명적이라 할 수 있는 변화를 우리에게 가져다주었지만, 우리는 이 화려한 영광이 은폐하고 있는 현실도 쉽게 무시하기 어렵다. 이 가운데 가장 큰 문제가 관심 중독과 관음증이다.

소셜 네트워크를 통해 사람들이 올린 글과 사진, 댓글은 본 저작자와 초상권자의 의도와 무관하게 네티즌이라는 익명의 다수에게 노출되고 평가될 가능성이 커졌다. 상황에 따라 우리는 모르는 개인의 행동을 칭송하기도 하고 난도질하기도 한다. 또 헛헛하고 화나는 마음을 타인에 대한 과도한 간섭과 감시로 풀기도 한다.

우리가 자신에 대한 정보를 노출이 어떤 결과를 불러올 수 있는지 이해하지 못했거나, 타인의 관심에 절박한 나머지 정보의 속성을 살피지도 않고 정보를 전시한다면 우리는 큰 위험에 빠지게 된다. 노출될수록 관심 받을 수도 있지만 그로 인해 상처받을 가능성은 커지는 것이다. 서로가 서로에 대한 진실한 관심이 줄어들고 있기에 관심 받고 싶은 마음은 더 절실해진 이 시대에 소셜 네트워크 혁명은 관심 받고 싶었던 누군가의 순진한 마음에 돌이킬 수 없이 크나큰 마음의 상처를 남길 수 있다.

›› 우리의 참된 욕망을 펼칠 수 있는 기술을 원한다

우리는 모두 진실한 관계를 원한다. 솔직함이 상처가 되지 않으며 내 욕망을 펼침으로써 타인의 욕망 실현을 도울 수 있기를 원한다. 닿으려고 애쓰지 않아도, 화려하게 치장하지 않아도, 아닌 척 돌려 말하지 않아도 있는 그대로의 우리 모습을 그대로 보듬어줄 누군가를 원한다. 사랑받고 사랑하기를 원한다. 기술과 문명은 그런 우리의 욕구를 더 쉽게 실현해주기 위한 도구로써 만들어졌다. 그런데 가끔 우리는 이런 도구들에 가로막혀 서로의 욕구를 바로보지 못한다. 또 때론 우리는 타인의 욕구에 걸림돌이 되는 행동을 하게 되기도 한다.

더 많이 연결될 수 있을수록 더 어렵게 연결성을 확인하게 되는 이 시대를 살고 있는 우리가 기술 발전의 뒷등에 업혀오는 중독의 사슬에서 벗어나려면 우리는 기술을 어떻게 이용해야 할까? 가속도가 붙은 듯 더 빠르게 변화해가는 기술 문명의 한복판에 있는 우리는 자주 스스로를 꼬집어 깨우며 이 질문을 해야 할 것이다.

스마트폰 중독 :
스마트폰, 스마트하게 사용하자

이번 달 휴대전화 요금을 확인한 J씨는 얼굴이 새파래진다. 요금이 너무 많이 나왔다. 스마트폰으로 바꾸고 전화를 많이 사용하긴 했지만 이 정도로 출혈이 심할지는 몰랐다. 그러나 요금 이외에도 과도한 휴대전화 사용(혹은 남용)이 그의 일상에 불러온 폐해는 크다. 첨단 기계에 대한 무한한 경외심과 호기심을 가지고 있는 그는 수시로 휴대폰을 바꿨고, 스마트폰이 출시되자마자 구입한다. 더 새로운 버전이 나올 때면 꼭 사야 직성이 풀렸기 때문에 그는 엄청난 위약금도 물었다.

접근성과 편리성을 자랑하는 스마트폰은 웬일인지 그를 '스마트smart'하게 만들기 보다는 '스투피드stupid'하게 만드는 것만 같다. 페이스북에 올라온 사진과 댓글에 마음을 쓰고 트위터로 팔로잉할 무언가를 찾고, 시시각각 재미있는 무언가에 정신이 팔려 있어 정작 해야 할 일을 다 하지 못하고 놓치면서 살고 있기 때문이다.

J씨의 이야기는 우리 모두가 '스마트폰 중독'을 경계할 필요가 있다는 점을 보여준다. 주변에서 J씨와 같은 사례를 쉽게 찾아볼 수 있기 때문이다. 스마트폰의 출현과 함께 우리는 '앱', '어플'과 같은 신조어들에 익숙해지고 있지만 스마트폰의 기능이나 역할과는 별도로 스마트폰 중독의 징후를 나타내는 신조어 역시 나타나기 시작했다. 남편이나 아내의 스마트폰 중독을 호소하는 '스마트폰 과부', '스마트폰 홀아비'와 스마트폰을 장시간 사용해 허리와 목에 무리가 생기는 '스마트폰 디스크'라는 용어가 그것이다. 이 신조어들은 스마트폰에 너무 열중한 나머지 가까운 사람들과의 관계에 소홀해지는 세태를 풍자한다. 실제로 우리는 바로 앞에 있는 사람의 눈을 보며 대화를 나누기보다는 스마트폰에서 시선을 떼지 못하는 사람들을 본다. 궁금한 점이 생기면 사람에게 묻기보다는 기계에게 먼저 묻는 사람들도 있다. 문제가 생기면 타인의 도움을 받기보다는 스스로 해결하려 하거나 기계에게 의존하는 것이다.

가장 큰 문제는 과도하게 의존하고 지나치게 사용하는 중독의 문제다. 앱 전문 사이트 앱스토어가 스마트폰 이용자 천 명을 대상으로 한 조사에 따르면 대상자들의 하루 평균 앱 이용 시간은 84분이고, 이들이 가장 많이 이용하는 카카오톡이나 스카이프와 같은 통신 앱은 27분이었다고 한다. 사람과 사람을 친밀하게 이어주는 기능에 집중한다는 것이다.

'관계'를 위해 스마트폰을 사용한다는 것인데 오히려 스마트폰 홀아비와 과부가 늘고 있고, 중독으로 인해 우리의 정신 건강이 훼손된다면 우리는 문제의식을 느껴야 하지 않을까?

　기업들은 역시 이런 점을 의식했는지 스마트폰 서비스를 판매 개발하는 기업이 건강한 스마트폰 사용에 대한 캠페인을 벌이기도 했다. 삼성전자는 '하우 투 리브 스마트' 캠페인을 통해 "동영상을 잠시 끄고 그녀만을 바라보세요. 끊임없이"라고 말한다. 첨단 디지털 시대를 살고 있더라도 아날로그적 감성이 더 중요한 순간을 잊지 말자는 것이다. 하지만 현명한 스마트폰 사용을 강조함으로써 소비자가 오래 자신들의 제품을 이용할 수 있도록 하겠다는 '롱런' 전략이 아닌가 싶다.
　미국의 디지털 정보 웹사이트 '디지털 트렌즈'가 발표한 '스마트폰 중독의 10가지 신호'*는 다음과 같다. 이 신호를 잘 살펴서 스마트한 스마트폰 사용자가 되도록 하자.

1. 화장실에 갈 때조차도 스마트폰을 사용한다.
2. 주머니에 스마트폰이 없으면 패닉 상태에 빠진다.
3. 같은 스마트폰 사용자를 만났을 때 그 스마트폰 이야기만 한다.
4. 스마트폰이 고장 나면 친구를 잃은 것 같은 느낌이 든다.
5. 충전한 배터리로 하루를 버티기 힘들다.
6. 스마트폰 요금을 지불하기 위해 생활비를 줄인다.
7. 내 스마트폰에 관한 것을 스마트폰을 통해 알아본다.

＊〈'손 안의 혁명' 스마트폰 두 얼굴, 자유냐 중독이냐〉, 매일신문 2010. 10. 30

8. 하루의 모든 일정이 모두 스마트폰 안에 저장돼 있다.

9. 스마트폰에 앱이 30개가량 설치돼 있고 그것을 모두 사용한다.

10. 스마트폰 액세서리 구입에 스마트폰 가격보다 더 많은 돈을 쓴다.

돌이킬 수 없는
심각한 부상

≫ 죽음의 가능성을 품고도 살아내는 삶

우리는 매 순간 삶의 맥박을 느끼며 살고 있다. 하지만 때론 우리는 삶이 아닌 죽음과 마주치게 되기도 한다. 이런 순간을 생각해보자. 내가 걷던 길이 자동차를 몰고 가는 누군가의 길과 딱 겹치는 바로 그 순간. 그때 우리는 타인의 성급함과 충동으로 인해 우리의 삶이 갑작스레 마감될 수도 있었다는 사실을 온몸으로 감지하며 서늘해진 가슴을 쓸어 내린다. 괜스레 운전자를 바라보며 원망의 눈빛을 보내기도 하지만, 그 순간 우리를 관통하는 그 감정을 쉽게 외면하기는 힘들다. 그건 두려움이다.

사랑하는 사람에게 사랑한다는 말도 다 못했고, 미안했던 사람들에게 미안하다는 말도 더 해야 할 것 같고, 작별인사로 안녕이라는 말도 해야 할 것 같은데 그 못다 한 말을 모두 마음에 묻어두고 삶을 마감해야 할지도 모르니 두려워진다. 그런데 또 어쩌겠는가? 죽음의 가능성을 품고도 삶은 또 살아내야 하는 것. 우리는 이내 평온한 웃음을 지으며 삶의 맥박을 느끼며 산다. 우리를 흔들고 위협하며 죽음의 그림자를 드리우는 어느 정도의 긴장과 스트레스가 우리 삶 속에 존재하지만 그래도 괜찮다. 우리의 삶에는 죽음과 같이 우리의 힘으로 어쩔 수 없는 부분도 있지만 우리가 어쩔 수 있는 부분도 있으니까. 삶이 죽음의 한 부분이라기보다는 죽음이 삶의 한 부분임을 믿는 것이다.

〉〉마약과 같은 전투의 격렬함, 빠져나오기 힘든 중독

영화 〈허트로커〉는 삶을 위한 우리의 일상적 보호막이 완전히 제거된 전쟁 상황에서 매 순간 마주해야 하는 죽음에 대한 두려움을 담고 있다. 영화는 2003년 시작하여 2010년에 이르러서야 전쟁 종식이 선언된 7년간의 이라크 전쟁 속 어린 병사들의 모습을 통해 반복된 죽음과 폭력, 두려움이 우리를 어떻게 변화시키는가를 잘 보여준다.

영화 시작과 함께 인용된 종군기자 크리스 헤지의 말은 이 영화가 가진 문제의식을 보여준다. 그는 "전투의 격렬함은 마약과 같아서 종종 빠져나올 수 없을 정도로 중독된다"고 말한다.

이렇게 격렬한 전쟁의 폭력성과 공격성, 그리고 그 안에서 경험하는 극렬한 죽음에 가까운 정서 앞에 우리가 무력해질 수밖에 없음을 드러내는 것이다. 이런 중독의 단면은 비단 전쟁터에만 나타나는 것이 아니라 우리 일상에서도 나타난다. 우리는 하루하루 격렬한 전투를 방불케 하는 폭력적이고 공격적인 이미지와 텍스트를 접하면서 무뎌져간다. 전쟁의 이미지들은 매일매일 신문지에 싸여, 인터넷 화면을 통해 배달되는 전쟁의 이미지는 평화로운 우리의 일상에 잠입한다. 그러다 보면 우리의 내면은 우리도 모르는 사이 점점 삶이 아닌 죽음에 자리를 내어주게 된다.

지금까지 전쟁을 기반으로 한 여러 영화들이 있었지만 이 영화만큼 전쟁을 대량 살상의 스펙터클이 아닌 내면 묘사에 공을 들이며 전쟁, 죽음, 폭력에 중독되어가는 우리의 미묘한 심리를 잘 그려낸 영화가 없었던 것 같다. 그래서인지 이 영화는 2010년 아카데미 9개 부문 후보에 올라 6개 부문을 석권했고, 같은 시기에 나와 전 세계적인 흥행몰이를 했던 〈아바타〉를 누르고 명실공히 최고의 영화로 추앙받았다. 2010년 5월까지 세계적인 영화제에서 받은 각종 상들만 해도 78개에 이른다고 한다.

여성 감독의 치밀한 감정묘사와 사실적인 상황 재현을 통해 영화는 우리에게 두 가지 질문을 던지고 있다. 두려움이라는 감정은 우리의 내면을 어떻게 황폐화시키는가? 그리고 외부의 전쟁이 우리 내면에 어떤 전쟁을 불러오는가?

〉〉격렬한 외부의 전쟁과 무참히 황폐화된 내면, 차마 느낄 수 없는 감정

　이 영화가 주목한 내면 변화 역시 폭력과 파괴에 중독되는 우리의 모습이다. 주인공 윌리엄은 폭탄물제거반(EOP)으로 이라크에 파병되었다. 그는 곳곳에 죽음이 복병처럼 매복하고 있는 그 땅을 짚어보며 폭탄물을 제거하는 임무를 맡는다. 폭발물을 제거하는 그 작업은 매 순간이 생사 여부를 장담할 수 없는 위험천만한 작업이다. 그가 걷고 있는 땅 밑에는 폭탄이, 그 땅 위에는 먼지 구름이, 그가 마주하는 사람들의 얼굴에는 두려움과 역겨움이 묻어난다. 그곳에서 그는 자주 규율과 상식에서 어긋난 일을 하며 동료들의 원망을 듣고 스스로를 위험에 빠뜨리면서까지 폭발물 제거에 열을 올린다.

　겉으로 보기에 그는 그 누구보다도 담대하고 침착하며 여유만만하다. 마치 위대한 예술품을 만지작거리는 장인처럼 꼬이고 연결된 폭발물의 핵을 짚어가는 그의 모습을 보고 있자면 그가 이런 위험천만한 전쟁 상황을 즐기고 있는 것이 아닌가 하는 생각도 든다. 보통의 사람들과 달리 자신의 생사 안위를 뒤로한 채 그저 전쟁 상황에 극도로 몰입하는 모습을 보이는 것이다. 누가 민간인인지 누가 자살 폭탄 테러범인지, 어디에서 총알이 날아올지, 발밑에 폭탄이 설치되어 있을지 모르는 상황에 부닥친 사람치고는 너무 태연하다. 그에게 공포와 두려움이 없어서가 아니다. 오히려 그는 공포와 두려움에 압도당한 것이 아닐까?

　분명 어떤 감정을 느낄 수밖에 없는 상황에서 그 감정을 표현하지 않는 사람들이 있다. 우리는 그들을 더 주목해서 봐야 한다. 그 감정을 느끼지 않아서가 아니라 차마 느낄 수가 없어서 일지도 모르기 때문이다. 예를 들어 사랑하는 누군가가 죽었을 때 우리는 슬픔을 느낀다. 그건 분명 자연스럽고 일반적인 감정이다. 그런데 자신에게 소중한 누군가를 잃고도 슬픔을 느끼고 표현하지 않은 채 담담한 누군가가 있다면 그건 그가 강해서가 아니다. 오히려 너무 약해 그 감정을 느낄 수조차 없는 것인지도 모른다.

슬픈 상황 속에서 슬픔을 드러내지 못하는 것은 개인의 강인함을 드러내는 것이 아닌, 그 개인이 얼마나 압도 되었는가를 드러낸다. 표현하고 소화하지 못한 감정은 그대로 그 사람 안에 머물러 그 사람을 슬픔에 중독될 가능성이 크다.

윌리엄 역시 같은 증상을 보인다. 그가 상황에 어울리지 않은 담대함과 저돌성을 보이는 것은 도리어 그의 내면에 쉽게 소화시키기 어려운 공포와 두려움, 역겨움, 슬픔의 감정이 더 많이 포진되어 있다는 것을 보여준다. 그는 '자신을 죽일 수도 있었던' 폭발물을 침대 밑 상자에 모아두고는 한 소년의 죽음에 과도하게 집착한다. 그리고 집에 있는 아내에게 전화를 걸어놓고도 차마 어떤 말도 하지 못하는 고립된 상태가 된다. 죽음에 무방비로 노출되어 있으면서도 자신을 보호하고 지키려는 최소한의 방어도 하지 않은 그는 전쟁의 격렬함, 그 결렬함이 불러오는 공포와 두려움에 얼어붙은 것이다. 그는 자신을 삶이 아닌 죽음의 손에 내맡긴다.

〉〉허트로커, 돌이킬 수 없는 심각한 부상

이런 그가 전투 임무를 마치고 일상에 복귀하기 어려워하는 것은 당연한 일이다. 촌각을 다투고 생사가 걸린 급박한 전쟁 상황 속에서 따뜻하고 평온한 내면을 잃어버린 그는 황폐화된 자신의 내면에 전쟁 그 자체를 그대로 장착한 듯하다. 평범한 일상을 걷고 있어도 그의 내면에서는 매일같이 폭발물이 터지고 있다. 전쟁과 같은 그의 내면은 평온한 밖의 세계와 불화한다. 그러기에 그는 이제 일상을 견디는 것이 전쟁을 견디는 것보다 더 힘들다.

이 영화의 제목인 허트로커는 군인들끼리 쓰는 비속어로 '돌이킬 수 없는 심각한 부상'을 의미한다고 한다. 윌리엄이 전쟁에서 경험한 심각한 부상은 휘몰아치는 격렬한 부정적 감정으로 인해 긍정적인 감정을 생생하게 느끼는 능력을 잃어버렸다는 데에서 비롯된다. 윌리엄이 전쟁에서 경험한 심각한 부상으로 인해 그는 설렘, 기대, 기쁨과 같이 일상의 소소한 사건들 속에서 경험하는 다채로운 감정을 느끼지 못한다. 그는 전쟁으로 인해 돌이킬 수 없는 심각한 부상을 마음속에 입게 된 것이다.

전쟁에서 돌아온 뒤 이제 갓 태어난 자신의 아이를 앞에 두고 그가 하는 독백은 그의 마음속 부상을 여실히 드러낸다.

"지금은 소중하고 특별해 보여도 나중에 커서 보면 별거 아니라는 걸 알게 될 거야."

이렇게 우리가 일상의 감흥을 잃어가다 보면 우리는 기껏해야 로봇

이 된다. 그리고 최악의 경우 괴물이 되어버리기도 한다. 모든 소중하고 특별한 것이 별거 아닌 것이 되어버린 일상보다는 차라리 격렬하고 참혹한 전쟁터에서 더 큰 편안함을 느끼는 윌리엄은 결국 다시 파병을 자원하여 이라크 땅을 밟는다. 삶에 대한 희망과 타인과의 연결망을 잃어버리고 중독의 사슬에 사로잡힌 그는 다시 삶과 일상으로 복귀하기 보다는 죽음과 전쟁으로 복귀할 수밖에 없는 것이다.

〉〉누구나 내 안의 인간성을 확인시켜주는 누군가를 필요로 한다

로봇을 닮아 있는 윌리엄의 굳은 얼굴은 6·25전쟁 후 50년의 기억을 거슬러 올라간 한 다큐멘터리에서 본 한 미군 참전병사의 얼굴과 너무도 대조적이다. 이제는 노학자가 되어 한국을 찾은 그는 전쟁으로 폐허가 된 절망의 땅에서 끔찍한 전쟁으로 인해 고아가 된 아이들을 그냥 두고 볼 수 없었다고 한다. 그는 다른 병사들과 고아원을 설립해서 아이들을 거두었고, 그 아이들을 안으며 전쟁의 참혹함과 끈끈한 인간성을 동시에 느꼈다고 했다. 그는 전쟁 중에 어떻게 그런 애정을 선물할 수 있었던가를 묻는 사람들에게 한참을 흐느끼며 이렇게 말했다.

"제가 그 아이들을 치유해준 것이 아니라 그 반대입니다. 그 아이들을 안아주며 저도 제 자신이 사람을 죽이는 기계가 아니라 사람이라는 것을 확인할 필요가 있었던 거죠."

그의 말은 우리가 아무리 커다란 참혹함과 절망, 공포와 폭력의 한복판에 있을지라도 나와 타인의 연결망을 통해 나 자신의 인간성을 확인하고 실현해야 한다는 점을 보여준다. 또한 어떤 상황 속에서라도 우리는 나뿐 아니라 타인도 치유하는 삶의 파장을 이 세상 위에 퍼뜨릴 수 있다는 가능성을 전하기도 한다.

우리는 지금 자고 일어나면 이 세상 어딘가에서 일어나고 있는 폭력과 전쟁을 실시간으로 보도하는 사회 속에 살고 있다. 영화는 그런 시대를 살고 있는 우리의 마음속에도 윌리엄과 같은 돌이킬 수 없을 만큼 심각한 부상이 숨겨져 있는 것은 아닌지, 겉으로 드러난 부상보다 더 아프게 치명적일 수 있는 마음속 부상 때문에 점점 더 괴물이 되어버린 사람이 늘어나는 것은 아닌지 돌아보게 만든다. 그 질문에 대해 회의적으로 여길 때마다 우리는 노학자의 말을 기억할 필요가 있다. 세상이 더 각박하고 우리의 내면이 황폐화되어 갈수록 우리가 사람이라는 것을 확인시켜주는 누군가를 더 절실히 필요로 하게 되고, 인간성을 나누는 관계 속에서 죽음보다 진한 삶의 희망을 찾게 된다는 것을.

인터넷 게임 중독 :
무조건 금지하기보다는 중독 밑에 깔린 마음을 봐주자

최근 게임 중독과 관련된 범죄들이 언론 매체에 보도되면서 중독에 대한 경각심이 커지고 있다. 이런 범죄들과 사고를 살펴보면 공통적으로 폭력에 무디고 타인의 고통에 공감하지 못하는 비인간적인 모습이 나타난다. 높은 PC 보급률과 초고속 정보 통신망의 확산 등 기술의 급속한 발전의 뒷면에 딸려오는 검은 그림자라 할 수 있다. 특히 게임 중독은 아직 뇌가 완전하게 발달하지 않았고, 정체감 형성단계를 거치고 있는 아동과 청소년들에게 더욱 치명적인 영향을 미치기에 그 심각성이 크다고 할 수 있다.

한국상담학회에서 발표한 장재홍의 《부모의 자녀양육태도가 중학생의 인터넷 중독에 미치는 영향 : 인터넷 사용욕구를 매개로》(2000) 논문을 보면 학자들은 게임 중독의 과정에 중요한 영향을 미치는 세 가지 요소에 주목했다. 그들은 게임을 시작하게 된 계기와 몰입하게 된 이유,

게임 시나리오에 내제된 매커니즘을 주의 깊게 살필 필요가 있다고 말한다. 또한 해소하지 못한 공격성, 의사소통의 단절, 희망이 없다는 느낌 때문에 중독에 빠질 수 있으며, 중독 때문에 나타나는 관계 속 갈등과 단절로 인해 중독이 더욱 심화될 수 있다는 점에 주목했다.

그들은 또한 게임 시나리오에 내제된 매커니즘을 살펴보면 같은 게임 중독이라도 중독에 빠지는 이유와 중독을 통해 보상받으려 하는 것이 다르다는 점에 주목했다. 예를 들어 '스타크래프트' 게임과 같은 시뮬레이션 게임을 주로 하는 사람은 '게임을 통해 현실에서의 자기 모습을 변화시키고자 하는 욕구가 많으며, 다른 사람들과 함께 하기보다는 혼자만의 세계에서 지적인 활동을 하기를 선호한다고 한다.

반면 사용자가 특정한 인물의 역할을 하는 롤플레잉게임(RPG:Role Playing Game)를 하는 사람들은 게임을 통해 현실의 스트레스에서 도피하려는 욕구와 공격성이 높고 자극적이고 재미있는 것을 추구하는 경향성이 크다고 한다.

또한 롤플레잉게임의 특성상 하나의 가상세계 안에서 잘하고 오래할수록 레벨이 올라가기 때문에 현실에서 느끼는 열등감과 좌절감을 해결하고 싶을수록 이런 종류의 게임에 빠지기 쉽다고 한다. 그러니 게임 중독을 자세히 들여다보면 충족시키고 싶지만 게임 안에서만 충족될 수 있는 욕구가 보인다. 이런 욕구에 귀 기울여줄 때 게임 중독에 대한 해결의 실마리를 얻을 수 있다.

게임 중독 치료 전문가들은 다음 다섯 가지 특성을 보일 때, 게임 중독에 경각심을 가져야 한다고 한다.

1. **집에서보다 PC방에서 게임을 하는 시간이 더 길다.** ➡ 보통 PC방은 게임 환경이 더 좋기 때문에 이곳에서 게임을 하면 더 잘한다는 느낌을 받기에 더 쉽게 몰입할 수 있다.
2. **게임 아이템 거래를 많이 한다.** ➡ 아이템 역시 게임에 더욱 몰입하게 만드는 요소이다.
3. **인터넷에서 친구들을 더 많이 사귀고 잘 사귄다.** ➡ 인터넷의 익명성을 빌려 보다 자극적이거나 대담하고 성적인 대화를 하며 몰입할 가능성이 크다.
4. **롤플레잉게임을 더 많이 한다.** ➡ 롤플레잉게임의 특성상 레벨을 올려 성장하는 특성이 있고, 내가 접속하지 않는 동안 그 안의 세계가 변화하기 때문에 더 쉽게 몰입된다.
5. **부모님, 친구들과의 관계에서 갈등이 있다.** ➡ 관계 속 갈등을 해소하기보다는 피하기 위해 게임에 더욱 몰입할 가능성이 크다.

같은 게임 중독이라도 중독에 빠지게 된 배경과 양상이 저마다 다르고, 이를 자세히 살펴보면 한 개인이 현실에서 충족하지 못하는 욕구와 스트레스를 드러내고 있다. 게임 중독자에게 무조건 게임하는 것이 나쁘다고 하지 말라고 하기보다는 그들의 마음을 이해하고 어루만져 주는 것이 우선이다.

게임 중독을 예방하고 치료하기 위해서는 다음 기관들을 방문해보는 것도 큰 도움이 된다. 게임 중독에 대한 연구는 물론 상담도 활발히 벌이고 있는데, 게임 중독을 진단해볼 수 있는 척도들도 제시되어 있으니 잘 살펴보자.

인터넷중독예방상담센터 www.iapc.or.kr
아름누리상담콜센터 ☎1599-0075
한국정보문화진흥원 www.kado.or.kr
청소년인터넷문화지킴이 아이윌센터 www.iwill.or.kr

물질 중독, 나의 사랑 대체물

관심 대신 먹어치운
생크림 케이크

›› 음식을 둘러싼 극단적인 강박과 중독

음식 없는 우리 삶을 생각해볼 수 있을까? 음식은 우리 삶의 한 가운데에 놓여 있다. 우리는 보통 세끼의 식사를 하고 식사시간이 아니라도 끊임없이 먹는다. 누구를 만나게 되면 식사를 하지 않더라도 최소한 차 한 잔이라도 함께 마시기 마련이다. 관계를 맺는다는 것은 그 사람과 뭔가를 함께 먹는다는 것이나 다름없다. 그런데 현대 사회로 오면서 음식과 우리의 관계가 조금씩 삐걱거리기 시작했다. 그러면서 음식은 우리가 중독될 수 있는 또 하나의 물질로 떠오르게 되었다. 예전에 비해 더 복잡하고 양면적인 이미지와 관념과 감정들이 음식을 섭취하는 행위에 덕지덕지 달라붙으면서 어떤 사람들은 음식을 둘러싼 극단적인 강박과 중독의 문제에 시달리기도 한다.

영화 〈301 302〉는 두 여성이 온몸으로 살아내는 음식에 대한 치명적 중독을 비춰주는 영화다. 그런데 이 두 여성은 음식에 대해 극단적으로 다른 모습을 보인다. 그리고 이런 음식에 대한 다른 모습은 두 여성이 가진 세상에 대한 태도를 보여준다. 한 여성은 무엇이든 게걸스럽게 먹어치워 받아들일 기세로 세상의 욕망을 채우는 반면, 다른 여성은 어떤 것도 결코 받아들이지 않고 거부할 기세로 세상을 금욕적으로 대하고 있다. 이들은 다른 모든 일상과 관계를 포기하고 오로지 음식을 만들어서 먹이거나, 혹은 음식을 피하고 거부하는 것에만 자신의 모든 에너지를 쏟는다. 이를 통해 쾌락을 추구하고 고통을 회피하려는 시도를 한다는 점에서 이들은 중독이라 할 수 있다. 또한 겉으로 보기에 이들은 음식에 대해 정반대의 모습을 보이지만 과거에 친밀한 타인과의 관계 속에서 얻은 상처와 실패를 음식에 대한 과도한 집착(혹은 과도한 거부)로 대처하고 있다는 점에서 이들은 마음의 쌍둥이들이라 할 수 있다.

▶▶관계 속 상처가 몰고 온 음식에 대한 집착 혹은 거부

301호에 이사 온 송희는 집 전체를 주방으로 만들 정도로 음식에 대한 강렬한 욕망과 애착을 품고 있다. 이전 결혼 생활 속에서 그녀는 그런 자신의 욕망과 애착을 이해받기 원했지만 그녀의 전남편을 비롯한 주변 사람들은 그녀가 만든 음식이 맛이 있다는 점만 인정하였다. 그녀가 그들을 위해 정성스레 음식을 마련해주며 어떤 마음인지에 대해서는 전혀 관심이 없거나 이해하려 하지 않는다.

그녀는 자신의 남편이 음식을 거부하거나 자신을 거부할 때마다 큰 상처를 입고 음식을 향한, 그리고 음식을 만드는 행위에 대한 그녀의 욕망과 애착을 더 병적으로 쏟아붓는다. 그러다가 그녀는 남편이 자신보다 애완견을 더 챙기는 모습을 보며 분노해서 애완견을 음식 재료로 쓰기에 이른다. 결국 그녀의 남편은 이혼을 요구하고 그녀는 홀로 남겨진다. 이제 그녀에게 남은 것은 각종 주방용품과 음식 재료, 음식을 만들고 먹을 수 있는 공간, 그리고 음식에 대한 병적인 집착뿐이다. 그녀는 자신의 집착에 대해 이렇게 항변한다.

"제가 받은 상처와 깨진 꿈, 사랑 대신 얼마나 많은 음식을 먹어치웠는지, 관심 대신 얼마나 많은 생크림 케이크를 먹어왔는지 그리고 그 외로움들을 왜 탄수화물로 채울 수밖에 없었는지를······."

그런 그녀에게 어떤 음식도 받아들이지 못해 음식과 투쟁하고 있는 302호의 깡마른 윤희는 그 집착을 투사할 최고의 대상이다. 송희에게 있어 음식에 대한 거부는 자신의 사랑과 욕망에 대한 거부를 의미하기 때문이다. 어떻게든 먹이려는 송희와 아무리 해도 먹을 수가 없는 윤희 사이에 심리의 줄다리기가 펼쳐지고, 그 과정에서 우리는 윤희가 왜 먹을 수 없게 되었는지도 알게 된다.

윤희는 어린 시절 사람들과의 관계 속에서 경험한 겹겹의 트라우마 때문에 이 세상을 도저히 이해하고 받아들일 수가 없다. 음식을 소화시키지 못하는 것은 그녀가 이 세상 속에서 경험한 결코 소화시키기 어려

운 것을 의미하는 것이다. 또한 그녀는 자신의 공간 속 모든 경계를 허물어 음식을 만들어 먹는 주방으로 만든 송희와는 달리 자신이 머무는 공간을 글을 쓰는 작업실로 쓰고 있다. 이러한 공간의 설계는 송희에게 있어서는 자신의 모든 시간과 에너지를 욕망을 충족시키는 데 쓰겠다는 의지를, 윤희에게 있어서는 모든 욕망을 금하고 일하는 데 쓰겠다는 의지를 보여준다. 관계 속에서 상처받은 이들이 그 상처에 어떻게 투쟁하고 있는가를 보여주고 있는 것이다.

〉〉개인화와 인간 소외, 그리고 음식

이 영화는 음식을 둘러싼 욕망과 금기를 통해 과잉 충족과 과잉 결핍으로 나타나는 중독 증상을 조망하고 있다. 때론 음식은 마치 약물 중독자들의 약물과 같은 의미를 지닌다. 현대 사회로 오면서 사람과 사람 사이를 이어주고 사랑과 소통의 매개체였던 음식의 기능은 점점 약화되었다. 속도 경쟁에서 살아남아야 한다는 강박관념 때문에 불규칙하게 식사를 하는 일도 잦아지고 혼자 먹는 일도 많아졌으며, 같이 먹더라도 따뜻하게 정을 나누는 대화를 하며 먹는 일은 흔치 않다.

언젠가부터 일은 우리의 휴식 공간과 시간에 침투해 일과 휴식 간의 경계를 허물었고 많은 것이 동시 다발적으로 이루어진다. 한쪽에서는 '소비하라'는 욕망을 자극하는 목소리가 들려오지만, 또 한쪽에서는 '날씬해지라'는 목소리가 화려한 이미지와 함께 나타난다. 그 사이에서 우리는 죄책감을 느끼기도 하고 억제하기 힘든 욕망에 자극되기도 한다. 음식을 둘러싼 우리의 마음은 유혹과 욕망, 금기와 죄책감 사이를 오가며 점점 복잡해진다.

음식에 대한 집착을 담은 이 영화가 1990년대 중반에 나왔다는 사실 역시 놀랍다. 영화는 더 편리를 추구하고 개인화되면서 인간 소외에 대한 관심이 부쩍 커지면서 인스턴트 식품이나 배달 음식 상품이 쏟아져 나오기 시작하는 시대적 배경을 등에 업고, 이 속에서 공허해지는 우리 마음을 잘 잡아내고 있고 우리는 이를 시간이 갈수록 더 많은 사람들의 모습 속에서 목격하게 된다.

〉〉우리는 위가 아닌 마음을 채워주는 음식을 원한다

음식에 대한 병적 집착과 금욕적인 행동을 보이는 두 여주인공의 극단적인 모습이 쉽게 일반화하기 어렵지만, 관계 속 사랑이 충족되지 않기에 음식에 대한 과잉과 결핍 사이에서 위태로운 모습을 보이는 두 주인공의 모습은 분명 우리와 닮아 있다.

영화가 끝나고 영화 중간에 혼자 길거리 음식으로 끼니를 때웠다는 동료에게 형사가 했던 한마디가 유난히 마음속 깊이 박혔다.

"에이, 그걸 음식이라고 먹고 있냐?"

이 영화는 음식다운 음식, 사랑 대신이 아닌 사랑의 표현인 음식, 허겁지겁 먹어치우는 것이 아닌 천천히 음미하는 음식, 소화시키지 못하는 음식이 아닌 부드럽게 우리의 피와 살이 되어주는 음식이 우리 삶에서 사라져가고, 그 자리를 중독이 대신하고 있음을 경고하는 것이 아닐까.

중독과 섭식장애 :
사람들이 숨기는 병일수록 치료는 더 어렵다

    섭식장애는 현대로 오며 심화되었지만 인류 역사를 살펴보면 섭식장애는 고대에도 존재했던 것 같다. 베다교의 노래나 스파르타의 윤리 강령에는 극단적인 절식을 연상시키는 표현들이 있고, 로마시대 대식가들이 벌인 향연에 대한 자료들 역시 이를 입증한다. 그러나 섭식장애는 근래에 들어와서 더 높은 유병률을 보이고, 그 심각성 역시 깊어지고 있는 현대인의 병이라 할 수 있다. 또한 섭식장애는 부정적인 결과를 안게 되기에 스스로 고치고 싶다고 생각하면서도 반복적이고 강박적으로 계속 사용하게 되는 행위라는 점에서 중독이라 할 수 있다.

    섭식장애를 보이는 사람들은 섭식장애라는 행위를 전면에 내걸고 이 행위 뒤에 숨어버리게 된다. 음식을 크게 욕망하면서도 죄책감을 느끼는 극단적인 양가감정에 시달리며 자신의 많은 시간과 에너지를 음식과의 전면전에 몰입하는 데에 쏟는다. 그러다 보면 타인과의 관계는 물론 성취에도 큰 타격을 입게 된다. 그럼에도 이들이 섭식장애를 극복하기 위해서는 다른 중독자들이 치료과정에서 경험하는 것과 마찬가지로 큰 어려움을 넘어서야 한다.

  섭식장애가 늘어나게 된 이유는 경쟁적이며 과업지향적인 사회, 개인화되고 파편화된 관계 속 소통의 단절을 꼽을 수 있겠지만 그 외에도 섭식장애와 관련해서 다음 사항을 고려해볼 수 있다.

성격 : 완벽에 대한 강박적인 성격, 실패에 대한 두려움이 큼.
성별 : 여성이 남성보다 유병률이 열배 정도 높게 나타남.
관계 : 가족이나 가까운 사람에게 자신의 어려움을 표현하지 않고 억압함.

  중국 속담에는 이런 말이 있다고 한다. "사람들이 숨기는 병일수록 치료하기가 어렵다"라는 말은 특히 섭식장애를 앓고 있는 사람들에게 더 중요하게 적용되는 말인 것 같다. 이들이 자신의 어려움과 불편함을 표현하지 않고 홀로, 몰래, 많이 먹고 토할수록 이들은 더 깊은 블랙홀에 빠진다. 그러다 보면 이를 치료하기는 더 어려워진다. 그러니 이들이 보다 건강한 방식으로 자기표현을 하고 갈등하는 마음과 화해할 수 있도록 도와주는 것이 필요하다.

속이 텅 빈
권력 중독자

▸▸게걸스럽다는 표현 속에 내재된 결핍

'게걸스럽다'는 표현 속에는 결핍이 내재되어 있다. 오랫동안 밥을 굶을 때, 때를 놓쳐 배가 고플 때, 우리는 온 신경을 음식에만 집중하며 게걸스럽게 먹는 자신을 발견하게 된다. 오래 기다린 사랑에 대해서도 마찬가지다. 사랑을 오래 기다렸기에 우리 안의 결핍이 큰 만큼 우리는 허겁지겁 사랑을 한다. 이럴 때 우리의 사랑에는 '게걸스럽다'는 표현이 딱 어울린다. 그런데 원했던 사랑이 반복적으로 좌절된다면, 그 때는 어떤 일이 벌어질까?

사랑은 우리가 누군가에게 내어줄 수 있는 최상의 선물이기도 하지만 사랑이 언제나 뜻대로 이루어지는 것은 아니다. 때론 사랑은 우리를 흔드는 가장 강력한 트라우마가 되기도 한다. 우리는 여러 번 사랑에 상처받지만 여간해서는 사랑에 대한 기대를 완전히 포기하지는 못한다. 그리고 이런 좌절된 기대는 자기 자신과 타인에게 상처를 입히는 중독의 모습으로 나타난다. 어떤 사람은 사랑에 여러 번 상처받은 뒤 더 이상 사랑에 대한 기대를 하지 않는다. 대신 사랑을 게임이나 유희로 전락시킨다. 또 어떤 사람들은 사랑이 아닌 사랑 대체물을 찾는다. 추상적이고 통제 불가능하며 불확실한 사랑에 자신을 걸기보다는 보다 구체적이고 통제 가능하며 확실해 보이는 것을 찾겠다는 것이다.

〉〉권력, 그의 사랑 대체물

영화 〈할로우맨〉의 세바스찬에게 그 사랑대체물은 바로 권력이다. 또한 그는 세상을 깜짝 놀라게 할 만한 일을 해내겠다는 일념 하에 신기술 연구를 하고 있는 과학자다. 그는 다른 사람은 쉽게 풀지 못하는 방정식을 척척 풀어내는 천재이기도 하다. 그리고 동물을 상대로 존재를 투명하게 만들었다가 다시 본래대로 복귀시키는 기술을 개발해내지만 그의 야심은 단지 여기에서 그치지 않는다. 그는 언제나 더 큰 것을 원했다. 동물을 대상으로 한 기술개발을 성공적으로 마친 이후에도 그는 이렇게 말한다.

"복귀 실험마저 성공하고 나니까 이젠 할 일이 없는 것 같아……. 난 뭔가 크고 거대한 게 필요해. 난 작은 거엔 소질이 없거든."

어떤 사람들은 이런 그가 야심이 있고 적극적이라 여길지 모르지만 사실 이 말은 그를 파멸로 몰고 갈 수 있는 그의 중요한 특성, 즉 작은 것을 보며 만족하고 감탄할 수 있는 인간성을 잃어버린 그의 모습을 집약적으로 보여준다. 그는 다른 사람에게는 소중하고 소소한 일상에서 행복을 느끼기 어려워한다. 언제나 무언가를 해내고 성취하며 이기는 데에서만 존재감을 느끼는 것이다.

그런 성취의 순간 그는 짜릿함을 느끼지만 이내 그의 마음속에는 또 다른 욕망이 들어서기 쉽다. 모든 '큰' 것은 쥐는 순간 '작은' 것으로 전락해버리는 것이다. 그러기에 그는 그냥 앉은 자리에서 평온함과 온전함을 느끼지 못한다. 언제나 초조하고 불안하며 무언가에 쫓기는 것만 같다. 풀리지 않는 방정식을 풀다 지쳐서 앉아 있는 자리에도 그는 자신을 향해 재촉하는 목소리를 적어넣었다.

"지금 일해야지 뭐하는 거야?"

›› 존재 양식 VS 성취 양식

한시라도 가만히 있지 않고 무언가를 해내야 하는 삶, 이룩해냄으로써 자기 안의 공허감을 채우는 삶, 그의 삶은 일 중독자와 권력 중독자의 어느 지점에 걸쳐져 있다. 그리고 그가 바라보는 삶은 그저 존재하는 것에서 만족감을 얻는 '존재 양식'만으로는 아무런 의미가 없다고 보고 뭔가를 이룩해내는 '성취 양식'만이 삶의 이유이자 목적이라고 생각한다.

생산성과 효율성을 강조하는 사회 속에 살고 있는 우리도 어느 정도 그처럼 성취 양식을 따르는 삶을 공유하고 있기는 하다. 과정이 어떠했는가보다는 결과가 어떠했는가에 집중하고, 모든 행위의 결과에 등급을 매기거나 우열을 가려 차별하거나 차별받고 뭔가를 해내야만 가치 있는 것이라는 조건적 인정과 사랑의 테두리 안에서 생활하다 보면, 우리는 우리 스스로의 가치에 대해서도 존재 양식보다는 성취 양식으로 바라보게 된다. 그래서 실패에 대해 과도하게 민감한 반응을 보이고, 조금만 실수하거나 부족해도 자신의 존재 자체가 무너지는 것처럼 반응하게 된다. 또한 비현실적인 목표에 견주어 시시때때로 자신을 평가하며 자신의 가치를 깎아내리기도 쉽다. 자신을 바라보는 양식이 오로지 생산성과 효율성의 기준으로만 나타날 때 우리는 자신은 물론 타인에 대해서도 같은 방식으로 대하기 쉽다.

그 모든 것이 사랑의 결핍으로 인해 나타난다. 아무것도 하지 않아도 존재 자체로 사랑스럽다는 무조건적인 사랑을 받아본 경험이 부족하거나 없을수록 우리는 뭔가를 해내야만 할 것 같은 조급하고 초조한 마음에 쫓기게 된다. 타인을 대할 때도 조급하고 초조하게 대하고 그러다 보면 관계는 더 소원해진다. 촉박하고 각박한 마음을 안고 무언가에 중독되기가 쉬워지는 것이다.

처음부터 세바스찬은 다른 사람을 무시하고 타인과 인간적인 관계를 맺는 데에는 전혀 관심이 없다. 그와 인간적인 감정을 교류하던 모든 사람들이 떠나가면서 그의 모든 관계는 시간이 갈수록 점점 더 비인간적인 면을 띤다. 그는 동물의 고통에 대해 어떠한 연민도 느끼지 않은 채 고통스런 실험을 강행하고, 원하는 것을 얻어내기 위해서는 어떠한 수단과 방법도 마다하지 않는다. 그리고 결국에는 혼자서 신기술을 차지하기 위해 그 기술개발에 관여했던 모든 사람을 죽이려고 들기에 이른다.

게걸스럽게 일에 중독되었던 그는 신기술을 손에 넣자 이제는 게걸스런 권력 중독자가 된다. 이제 그의 눈에는 더 큰 권력의 가능성 이외에 어떤 것도 보이지 않는다. 그는 마치 브레이크 없는 자동차처럼 인간의 한계를 뛰어넘으면서까지 모든 것을 손에 쥐려고 한다. 그에게 만족이란 없으니 말이다.

〉〉사랑이 부족한 만큼 권력과 성취에 집착한다

세바스찬에게 사랑의 대체물은 일과 권력이었지만 우리의 삶 속에서 이 대체물은 다양한 모습으로 나타날 수 있다. 사람을 만나는 대신 게임에 심취할 수도 있고 혼자 있는 외로움을 견디기 위해 음식을 게걸스럽게 먹을 수도 있다. 만족을 모르고 쇼핑 중독에 빠질 수도 있고 술이나 도박 등 해롭지만 온갖 쾌락적인 행위에 빠질 수도 있다. 이 모든 중독적 행위 밑에 깔린 마음을 따라가 보면 모든 것은 관계 속, 사랑에서 비롯되었다는 결론에 도달하게 된다. 또한 사랑의 결핍으로 인해 나타난 게걸스런 집착을 어떻게 해결하는가 역시 관계 속, 사랑이라는 실마리도 얻게 된다. 세바스찬에게도 사랑이 있기는 했지만 그는 사랑도 게걸스런 방식으로 하려 했다.

큰 것만 쫓아가며 작은 것을 무시하기에 그의 옆에 있는 사람들은 스스로가 작다는 느낌에 시달릴 수밖에 없다는 사실을 그는 전혀 이해하지 못한다. 그러면서도 사랑마저 자신이 원하는 것을 획득하는 방식으로 성취하려 드는 것이다. 이런 그의 모습은 사랑 결핍으로 인해 사랑하고 사랑을 받아들이는 능력을 잃어가는 많은 현대인들에게 그 능력을 모조리 잃어버린 순간, 그들이 자신과 타인을 얼마나 큰 위험에 빠뜨릴 수 있는가를 보여준다.

〉〉 우리에게는 텅 빈 마음을 채워줄 관계가 필요하다

그가 그토록 되기를 원했던 투명인간은 사실 속이 텅 빈 공허한 인간이기도 하다. 그가 투명인간이 되기 시작하면서부터 권력에 대한 끝 간 데 모르는 탐욕에 휘말려갔다는 점을 돌아본다면 '투명함'은 참된 권력이 아닌 공허한 권력일 뿐이다.

우리는 우리를 가리고 경계하는 공허한 관계가 아닌 우리를 드러내고 서로의 속을 꽉 채우는 관계를 통해 참된 힘을 얻게 된다. 우리가 중독되지 않기 위해 진정 필요한 것은 성취가 아닌 관계, 성공이 아닌 치유인 것이다. 영화 할로우 맨은 잠시도 가만히 있지 못하고 무언가에 쫓기듯 해야만 할 것 같은 느낌에 시달리는 현대인들에게 때때로 가만히 내 마음의 브레이크를 내리라고 종용한다. 성취 양식이 아닌 존재 양식을 회복하라는 것이다.

치명적 일 중독 :
중독은 고통에 대한 방패막이 될 수 없다

    2007년 12월 2일에 방영된 다큐멘터리 〈나의 마음, 중독에 빠지다〉에 출연한 한 여성은 자신이 일 중독자임을 고백하며 그녀에게 있어 일이란 '삶의 고통을 잊게 해주는 방패막'이라 한다. 더 힘들고 더 잊고 싶을수록 일을 해왔다는 것이다. 그녀뿐만 아니라 다큐멘터리에 등장한 다른 사람들 역시 직면하기 힘들어 피하고만 싶은 마음의 고통을 안고 있다. 그 가운데 그녀의 표현을 더 극적으로 보여주는 한 남성의 이야기가 인상 깊다.
    30대 후반의 고등학교 선생님인 그는 항상 바쁘다. 그는 미술 담당 선생님이지만 방과 후에는 아이들에게 논술지도를 하고 있어 칫솔을 가지러 가는 시간도 아까워 밥 먹으러 가는 길에 화장실에 미리 가져다 놓을 정도다. 너무 열심히 일하는 그 때문에 속을 끓이는 사람도 있다. 그가 근무하는 학교의 수위 아저씨는 늦게 퇴근하는 그가 가기를 기다리며 자주 신경전을 벌인다. 그의 일 중독은 일터에서만 나타나는 것이 아니라 그는 맞선자리에서조차 일 중독 증상을 여실히 드러낸다. 마음에 드는 선녀가 나타났지만, 그는 그 자리에서 계획표를 꺼내어 그녀에게 경고를 한다.

"한 달에 한 번…… 만나는 건 가능할 것 같네요."

스케줄러의 칸칸마다 빼곡히 적힌 그의 너무나 빡빡한 일정은 다른 일상적 활동과 여유가 끼어들 여지가 없을 만큼 심각한 일 중독 증상을 보여준다. 그는 왜 그렇게 바쁘게 살까?

그의 일 중독과 관련된 실마리는 고등학교 선생님이 되기 전에 그가 어떤 경험을 했고, 그 경험 속에서 어떻게 느꼈고 그 경험에 어떻게 대처했는가에 있다. 그는 고등학교 선생님이 되기 전에 여러 사정으로 갑자기 하던 일을 못하게 되어 이래저래 어려운 상황에 내몰렸다고 한다. 그 경험은 그에게 크나큰 충격과 고통을 안겨주었고 그는 갑자기 존재론적인 불안에 시달리게 된 것 같다. 그는 그때 고통스럽고 불안했던 만큼 효율적이고 생산적이며 언제나 미래에 대비하는 사람이 되어야 한다고 느꼈다고 한다. 고통에 대처하기 위해 그토록 열심히 일을 해온 것이다.

그때의 그 기억이 얼마나 고통스러웠으면 다시 그 고통을 경험하지 않기 위해 지금도 그는 스스로를 바쁘게 만드는 걸까? 그처럼 우리는 고통을 어떻게든 피하고 싶어한다. 하지만 우리는 자신도 모르게 건강하지 못한 방식으로 고통에 대처하기도 하고, 충격과 불안에 압도되어 경직된 방식으로 나타난 과거의 방식을 그대로 고수하기도 한다. 이제는 생활이 안정되었음에도 여전히 바쁘게 일을 해야 한다는 강박관념에 휩싸인 그처럼 과거의 방식으로 현재를 대하고 있는 것이다.

고려대 경영학과의 강수돌 교수는 한국 사회 전반에 만연된 일 중독 현상을 다양한 각도에서 분석한 〈일 중독 벗어나기〉(메이데이, 2007)라는 책을 내놓았다. 그는 일 중독을 신경생리학적, 경영학적, 심리분석학적, 정치경제학적 접근으로 분석했는데 그 가운데 일 중독에 대한 정치경제학적 접근은 자본의 시대에 살며 사람들 간의 연결감이 느슨해져 가는 우리에게 중요한 함의를 던진다.

이 책에서는 자본은 자기실현을 위해 처음에는 물리적이고 상징적인 보상을 동원했지만 갈수록 물리적 보상이 많아지면서 사람들이 자본의 논리를 내면화하게 되었고, 이제 사람들이 스스로 일 중독과 소비 중독에 빠져 자본을 증식시키고 있다고 말한다. 그가 인용한 독일 신경정신과 의사 페터 베르거의 기준에 따르면 일 중독인지 아닌지를 구분하는 기준은 '하던 일을 중단하거나 미룰 수 있는지 여부'라 한다. 단순히 일을 많이 하는 것이 중요하기보다는 놀 때는 놀고, 일을 할 때는 일을 하는 시간의 경계를 확고히 나눌 수 있는가가 중요하다는 것이다.

아마도 우리 사회에서는 인정과 성공을 위해 생산성과 효율성이라는 가치를 크게 강조하기 때문에 일 중독을 고치기는 쉽지 않을 것 같다. 그러나 일 중독과 관련된 학자들의 주장을 종합해보면 일 중독은 우리 삶의 불균형을 드러낸다. 양창순 신경정신과 원장님의 말을 빌리자면 우리는 '인생의 3요소가 일, 사랑, 놀이'라는 사실을 기억하며 일 중독에서 벗어나기 위한 자기만의 계획을 세워 실천해나갈 필요가 있다.

일 중독이 불러온 생산성과 효율성, 유능감과 안정감은 지금 당장은 좋을지 몰라도 장기적으로는 만성피로, 관계의 단절을 불러오고 결국에는 이로 인해 오히려 생산성과 효율성이 떨어지고 사회적 성공을 가로막는 결과를 가져온다. 또한 수많은 과로사의 원인 역시 일 중독임을 기억해야 한다. 고통은 일을 방패막 삼아 잊을 수 있는 것이 아니다. 고통을 있는 그대로 인정하고 뚫고 지나갈 때 고통은 더 이상 고통으로 남지 않는다.

중독에 빠지는 오만함 혹은 순진함

>> 하나의 물건이 나에게 전해지기까지

　세상의 모든 인과성과 연관성을 사이마다 여러 관계를 이어주는 중개상이 있다. 선행하는 사건이나 요인이 후에 나타나는 사건이나 요인을 불러오도록 중간에서 통로 역할을 해주는 요인이 있는 것이다. 그들은 원하는 자와 가진 자, 수요자와 공급자 사이에서 구매와 판매가 이루어지도록 도와준다. 이때 중개상의 역할은 중요하다. 이들은 구매자와 판매자 모두가 가진 욕망과 두려움을 이해하고 욕망은 충족시키되 두려움은 최소화시켜 거래가 매끄럽게 성사되어 원하는 상황이 벌어지도록 물길을 터주고 관리해줄 책임이 있다. 그리고 그런 역할과 노릇의 대가로 중간에서 수수료를 챙긴다. 이는 거래되는 것이 무엇이든 한결같다.

영화 〈레이어 케이크〉는 이런 중개상을 주인공으로 내세운 뒤, 그들이 중개하는 물품이 중독성 물질(마약)일 때 상황이 어떻게 파국으로 치달을 수 있는지를 보여준다. 중개인을 주인공으로 내세움으로써 이 이야기는 구성요인인 수요자와 공급자가 아닌 이 세상의 모든 거래 사이사이를 잇는 중개인의 욕망과 꼬임을 상세히 살펴볼 수 있게 해준다. 생각해보라. 지금 우리가 신고 있는 이 신발이 우리에게 당도하여 우리의 발에 신겨지기까지, 얼마나 많은 중간 과정을 거쳤을까. 보통 우리는 그 모든 과정을 생략된 방식으로 이해하고 있다. 그러나 이 과정을 잘 살펴보면 우리는 신발이 나에게 도착하는 '결과' 뿐 아니라, 그 결과를 있게 한 세상의 많은 조밀한 '과정'의 역동성을 가늠하게 된다. 이 영화 속에서 주인공이 중개하는 물품이 다른 것도 아닌 '마약'이라는 사실은 결과의 정당성은 물론 과정의 정당성 모두를 의심하고 뒤집어볼 여지를 마련해준다.

〉〉진흙탕을 뒹굴며 수트를 더럽히지 않기

　영화 시작과 함께 주인공은 이렇게 말한다.
　"세상은 범법자와 경찰로 나뉜다. 나는 계획대로만 움직인다."
　그는 세상과 삶, 그리고 자신을 이토록 단순하게 분리하고 정의하고 있는 것이다. 이렇게 명확했던 그의 세계관은 일련의 사건을 거치면서 점점 복잡하고 비대해진다. 그는 자신이 하는 마약 중개를 '사업'이라 여기고 이제 슬슬 이 사업에서 손을 떼려는 계획을 가지고 움직이고 있다. 말하자면 '은퇴'를 하겠다는 것이다. 그러나 은퇴는 그의 계획만큼 쉽지 않다. 빵과 잼, 그리고 크림과 장식이 각자의 자리에서 제 역할을 하고 있는 레이어 케이크처럼 그는 이 사업에서 손을 떼려고 할 때에야 자신이 하던 일, 스스로 사업이라 여기며 해왔던 일이 얼마나 많은 사람들의 얼기설기 얽힌 욕망과 두려움의 마디마디와 부딪치고 접촉하고 있는가를 가늠하게 된다.

그는 마약을 다루면서도 마약은 일절 입에도 대지 않을 뿐 아니라 술조차 즐겨 마시지 않을 정도로 철저한 절제와 자기 관리로 무장한 사람이었다. 얼마나 철두철미한지 그는 관객들에게조차 자신의 이름을 밝히지 않는다. 중요한 순간마다 그의 내레이션이 나타나지만 그는 그 누구에게도 자신의 이름을 밝히지 않고 심지어 영화가 끝나고 올라오는 엔딩 크레디트에조차 그의 이름은 XXXX라고 소개된다. 전면으로 나서지 않고 언제나 뒤에서 조종하고 연결하는 역할만 하고 빠지는 것이다. 그는 그렇게 철저하게 자기 관리를 하면 호랑이 굴에서도 호랑이에게 물리지 않을 뿐 아니라 진흙탕과 같은데, 마약 사업 안에서 뒹굴면서도 하얀 수트를 더럽히지 않고 끝까지 자기만의 스타일을 고수할 수 있으리라 믿었다.

그러나 과연 진흙탕에서 구르고 흙 묻은 친구들과 시간을 함께 보내면서도 내 몸에 흙을 안 묻히고 내 옷의 반짝임을 그대로 유지하는 일이 가능하기나 한 일일까? 이는 지나친 순진이 부른 오만함이 아닐까?

오래 지나지 않아 주인공 XXXX는 자신이 몸담아온(그러나 이제는 몸을

빼려고 하는) 그 세계가 단순히 '사업'이라고 표현하기에는 더 질척거리는 검은 계략과 오해, 배신과 폭력이 또 다른 중개인들의 작동과 역동으로 인해 서로 맞물려 돌아가고 빼도 박도 못하게 될 때가 생긴다는 것을 깨닫게 된다. 요컨대 누군가를 중독시키며, 잘못 걸리면 감옥에서 여생을 보낼 위험을 감수해야 하는 결과를 가진 물건을 거래하는 것은 '사업'이라는 빛나는 이름으로는 딱 떨어지지 않은 복잡한 실타래 속에 나타나게 되는 것이다. 그러므로 어느 한순간 내가 마음먹고 계획만 하면 딱 끊고 나올 수 있다고 생각하는 것은 엄청난 착각에 불과하다.

이 모든 것은 그가 중개하는 것이 금이 아니라 마약이었다는 사실 때문에 나타난 불상사다. 똑똑했던 그는 이 사업에 오래 발을 담그면 그가 목격하거나 들었던 수많은 죽음의 전당에 자신의 이름도 오르게 되리라는 것을 미리 간파할 줄 알았지만 그 시도는 너무 늦게 이루어졌다. 그가 그곳에서 한 발짝도 나서기도 전에 그는 허망하게 죽음을 맞이하게 된다. 그는 끝내 마약으로 희생당한 한 사람으로 이름을 올리게 된 것이다.

〉〉통제의 착각, 순진하거나 오만하거나

이 영화는 마약에 중독된 중독자의 모습을 단 한 컷도 내보내지 않으면서도 마약이 얼마나 독한 중독성을 품고 있는지를 잘 보여준다. 마약이 중독자의 손에 닿고 그의 몸속에 퍼지기 이전부터 나타나는 중독의 기운이 얼마나 독했던지 많은 사람들이 그 고리에서 빠져나오지 못하고 죽음을 맞이하게 되니 말이다. 자신만은 중독되지 않을 것이고 단지 중간에서 사업가의 역할만 잘 수행해낸다면 자신의 삶은 계획 그대로 이루어지리라고 순진하게 믿었던 XXXX의 순진함(혹은 오만함)은 왜 그렇게 많은 사람들이 쉽게 중독에 빠지고 빠져나오지 못하는가를 잘 보여준다. 상황은 언제나 동시다발적으로 이루어지고, 어두운 면을 가진 중독 물질은 모든 사람을 무기력하게 만든다. 그러니 중독자들이 입버릇처럼 말하는 '딱 한 번만', '이번이 마지막'이라는 그 말을 다시 되새겨 들을 필요가 있다.

우리를 둘러싸고 있는 모든 상황이 자신의 통제 아래에 둘 정도로 전지전능하지 않고, 사람과 사람 사이의 수많은 거래와 내 계획과 타인의 계획이 서로 교차하고 경합하며 이루어지는 직물의 한복판에 서 있는 존재에 불과하다는 사실을 겸허하게 받아들일 필요가 있다. 이를 모른 채 썩은 감자의 틈바구니 안에서 나만은 다를 것이라 믿었던 XXXX의 꿈은 레이어 케이크의 촘촘한 망 속에서 허망하게 으스러졌다.

중독을 둘러싼 몇 가지 오해 :
오해를 풀고 살펴봐야 회복은 더 쉬워진다

중독에 관련된 연구는 최근에 이르러야 학자들의 관심을 끌게 되었다. 학자들이 중독에 대한 연구를 거듭하면서 중독에 대해 가지고 있던 기존의 오해도 풀리게 되었지만 여전히 중독에 대한 오해는 남아 있다. 그 가운데 가장 대표적인 오해는 다음과 같다.

첫 번째, 중독은 하등 좋을 것이 없다

사실 중독에 좋은 면이 없다면 우리는 처음부터 중독에 빠지지 않았을 것이다. 우리가 하는 모든 행동은 일견 이해가 되지 않을 만큼 부적절해 보이더라도 우리에게 긍정적인 측면이 있기 마련이다. 우리가 중독되는 모든 물질과 행위는 공통적으로 우리에게 일시적인 쾌락을 가져다주고 고통을 잊게 해준다. 이를테면 순간을 견디게 해주는 것이다. 이 이득은 일시적으로는 긍정적인 효과가 있지만 장기적으로는 부정적인 결과를 초래하는 특징이 있다. 따라서 중독에서 벗어나기 위해서는 중독이 가져오는 단기적 이득을 이해하고, 단기적 이득 때문에 장기적 손상을 불러오지 않도록 하는 것이 중요하다.

두 번째, 중독 물질을 계속 접하면 모두 중독될 수밖에 없다

중독성 물질이 우리를 중독시킬 가능성을 크게 하는 것은 사실이지만 중독물을 접했다고 모든 사람이 중독에 빠지지는 않는다. 물질의 특성에 따라, 그리고 사람에 따라 중독이 될 가능성은 모두 다르다.

세 번째, 안 하는 것은 끊는 것이다

만약 중독이라는 개념이 어떤 외부의 물질이 우리 몸에 들어와 작용하고 그럼으로써 이상이 생긴 것을 의미한다면 안 하는 것이 끊는 것이라는 논리를 맞는 말일 것이다. 그 물질이 몸 밖으로 나갔을 때에는 우리에게 영향을 미치지 않을 테니 말이다. 그러나 중독은 그렇게 간단한 문제가 아니다. 어떤 것에 중독되면 우리는 그 물질이 우리의 몸 밖으로 빠져나간 지 아주 오랜 시간이 지나도 여전히 그 물질의 영향을 받는다. 그로 인해 우리의 몸, 특히 뇌가 영향을 받기 때문이다. 중독은 우리의 기억과 보상 체계에 선명한 자국을 남긴다.

또한 한 번 중독되었다면 몇 년이 지나도 그 자국은 그대로 남아 있다고 한다. '완전히 끊었다'는 장담을 그대로 받아들이기가 어려운 이유는 바로 여기에 있다. '끊는다'는 기준으로 중독을 접근하면 실망하거나 자괴감을 느끼기가 쉽다. 그러니 항상 조심하고 무턱대고 호언장담하기보다 현실적인 기준을 세우는 것이 중요하다.

네 번째, 자발적 회복은 불가능하므로 반드시 치료가 필요하다

중독자들이 끊고자 하는 것을 끊지 못하고 자신의 약한 모습에 실망하면서 힘들어하는 모습을 보면 다른 도움이 없이는 스스로 나아질 수 있는지 의구심을 품게 되는 일이 많다. 그러나 다른 치료를 받지 않았음에도 자발적으로 회복되는 경우도 많다. 단, 여기에는 조건이 있다. 중독되었던 환경과 다른 환경으로 바뀌거나 개인이 가진 사회적 자원이 있어야 한다는 점이다. 일례로 알렉산더라는 심리학자는 다른 연구자들과 함께 쥐를 대상으로 중독에 대한 실험을 했다. 그들은 쥐에게 47일 동안 마약을 주입한 뒤 한 집단은 실험실에서, 다른 한 집단은 공원이라 칭할 수 있는 곳에서 살게 한 뒤 경과를 관찰했다. 말하자면 중독된 쥐들을 각각 열악한 환경 조건과 쾌적한 환경 조건 속에서 관찰한 셈이다.

그는 실험을 통해 매우 의미 있는 사실을 밝혀낸다. 이미 중독된 쥐들일지라도 공원 환경 속에서 살게 된 쥐들은 대부분 회복된 모습을 보였기 때문이다. 반면, 실험실 환경 속에 있던 쥐들의 중독률은 더 높아지고 더 심각한 모습으로 나타난다. 자발적 회복은 좋은 환경인가, 열악한 환경인가에 따라 달리 나타난다고 말해준다.

사람들 역시 마찬가지다. 극한의 스트레스 상황에 내몰렸던 월남전 참전군인 가운데 50%가 아편, 헤로인과 같은 마약을 사용했고 그 가운데 20%가 마약에 중독되었다고 한다. 그만큼 혹독한 환경을 맨 정신으로 견디기 어려웠던 것이다. 그런데 이미 중독되었던 사람들이라도 그들 가운데 귀국 후에도 마약에 중독된 사람은 오직 7%에 불과했다고 한다. 중독에 만성화된다는 것은 그만큼 스트레스를 주는 열악한 환경이 변하지 않으며 환경을 변화시킬 개인적 사회적 자원이 변함없다는 것을 의미한다. 그러니 누군가 해로운 행위를 그만두기를 원한다면 그 사람의 환경을 개선시켜주고 중독되지 않고 다른 일에 에너지를 돌릴 수 있도록 도와주는 것이 필요하다. 물론 무작정 자발적 치유를 기다리기보다는 환경을 개선시키고 필요한 자원을 끌어올 수 있다면 훨씬 수월할 것이다.

그림자에 홀린
외로운 다이어트 중독자

> **>>우리는 모두 동굴 안에 묶인 외로운 죄수와 같다**

　기원전 428년에 태어난 유명한 철학자는 우리가 보는 세상이 실제의 그림자에 불과하다고 생각했다. 그는 이를 설명하기 위해 우리의 세계를 깊고 어두운 동굴로, 그리고 그 세계를 살고 있는 우리를 죄수로 묘사했다. 그에 따르면 우리는 모두 그 동굴 안에 묶인 채로 앉아 있는 것이나 다름없다. 그리고 우리는 입구를 등지고 앉아 있기에 동굴 밖 실제 세상을 볼 수도 없다고 한다. 또한 각자가 그 자리에 묶여 있기에 우리 옆에 앉아 있는 사람을 있는 그대로 바라볼 수도 없다고 한다. 앉아 있던 그 자리에서 자세를 고쳐 돌아앉거나 옆 사람을 바라보면 실제를 보게 될 지도 모르지만, 다만 막다른 벽을 응시하며 그 벽에 비친 꼭두각시 인형의 그림자만 응시할 뿐이다. 그것이 그림자인 줄은 꿈에도 모르고 실제라고 착각하는 것이다.

혹자는 그의 비유가 너무 비관적이라고 항의할지도 모르겠지만 그의 비유는 몇천 년 전 사람이 내놓은 것이라고는 믿기 어려울 정도로 현대인에 대한 놀라운 통찰이 담겨 있다. 특히 그 통찰은 중독의 사슬에 묶여 실제를 보지 못하는 현대인의 마음을 잘 보여주고 있다. 그리고 우리는 여기에 한 가지 유추를 더해볼 수 있다. 동굴에 비친 그림자에 심취한 그들이 끝 간데없는 외로움을 절절히 느끼고 있었으리라는 것을.

이런 현대인의 그림자와 외로움, 그리고 중독의 삼각관계를 적나라하게 드러내주는 영화가 있다. 바로 현실이 아닌 현란한 그림자에 현혹되어 치명적인 중독의 늪에서 헤어나오지 못하게 되는 모습을 그린 영화 〈레퀴엠〉이다.

›› TV에서 시작해서 TV로 끝나는 일상

이 영화 속에 등장하는 네 명의 인물들은 보자. 그들은 모두 외롭다. 하지만 이들은 모두 그림자가 아닌 현실로, 이미지가 아닌 사람으로 자리를 고쳐앉거나 고개를 돌릴 줄을 모르고 더 깊은 동굴 속으로 빠져든다. 그리고 결국 심리적인 죽음을 맞이하게 된다. 그들의 사인은 모두 외로움으로 인한 과대망상, 그리고 과대망상으로 인한 중독이라고 할 수 있다. 이 네 인물 가운데 사라 골드팝의 심리를 중심으로 그녀의 외로움이 그녀를 어디까지 데리고 갔는지, 그리고 그녀의 외로움에 투영된 우리의 외로움에 대해서 살펴보자.

영화 시작과 함께 우리는 과장된 환호와 탄성을 듣게 된다. 그녀가 심취해있는 다이어트 쇼에서 흘러나오는 영상과 소리다. 남편은 세상을 떠나고 그녀는 칙칙한 그림자가 드리워진 집에 덩그러니 혼자 남겨진다. 그녀에게는 아들이 한 명 있기는 하나 그 아들은 고등학교를 졸업한 뒤, 어떻게 하면 쉽게 돈을 벌 수 있을까라는 궁리에만 빠져 그녀를 무시한다. 때론 그 무시가 지나쳐 약물을 구하기 위해 그녀가 가장 아끼고 그녀의 외로움을 채워주는 유일한 위무의 대상인 TV는 자주 팔려나간다. 어쩔 수 없이 아들이 판 바로 그 TV를 다시 사와야 하는 그녀의 일상은 TV에서 시작해서 TV로 끝이 난다.

헛헛한 그녀의 마음은 TV 속 화려한 스포트라이트와 세례가 달래준다. 그녀는 TV에서 일어난 일이 자신에게 쏟아지는 것을 흐뭇하게 상상하며 하루하루를 보낸다. 더 이상 자신을 아름답고 사랑스럽게 봐주는 눈길이 사라진 지 오래고, 특별할 일도 없는 초라한 그녀의 일상에 비해 TV 속 세계는 언제나 환호와 열광으로 가득 차 있다. 그녀는 실재하는 자신의 삶 속의 '초라한 나'가 아닌 환상 속에 나타나는 '특별한 나'를 꿈꾼다. 그녀가 특별해지고 환호와 열광 속에 살고 싶은 이유는 간단하다. 외롭기 때문이다. 외로움에 지친 사람들은 환상으로 스스로를 위로하고 언젠가는 모든 사람들이 자신을 사랑해주리라는 환상적인 기대로 외로운 자신의 현실을 가린다.

이런 그녀에게 방송 출현의 기회는 구세주나 다름없다. 그녀의 열망이 만들어낸 환상 속에서 방송 출현이 가능하다는 것을 알리는 전화를 받은 그녀는 떨 듯이 기뻐한다. 그녀는 외로움이 컸던 나머지 이 환상을 실제라고 믿는다. 그래야 그녀는 방송에 출현하게 될 만큼 자신이 특별한 사람이라는 환상을 그대로 유지할 수 있기 때문이다.

〉〉달콤한 환상이 몰고 오는 치명적 중독

환상은 달콤하다. 그러나 환상은 한없이 우리를 달콤하게 대하다가도 때로는 가차 없이 냉혹하게 대하기도 한다. 기대감에 부푼 그녀는 거기에 한 가지 문제가 있다는 것을 알게 된다. 그녀가 '특별한 나'로서 TV에 출현하기 위해서는 살을 빼서 특별해질 필요가 있었던 것이다. 그녀의 환상 속에서 그녀는 아들의 졸업식 날 입었던 빨간 드레스를 입고, 드레스에 어울리는 빨간 머리에 밝고 건강한 웃음을 지어야 한다. 외로움에 지친 지금의 그녀에게 그날의 기억은 남편의 아름다운 아내로, 아들의 자랑스러운 엄마로 빛나게 사랑받았던 날로 생생하게 남아 있다. 그녀는 그때 그 모습을 그대로 TV 무대 한 복판에서 재현하고 싶다.

TV와 환상에 지나치게 심취한 그녀는 이제 세월의 흐름과 늘어나는 식욕과 함께 불어난 자신의 몸을 그 붉은 드레스에 맞추기 위한 다이어트를 시작한다. 음식의 양을 줄여 사이즈를 줄이고 싶은 것이다. 그러나 도무지 식욕을 억제하기란 힘들다. 하루 중에 많은 시간을 홀로 TV 앞에서 먹는 것으로 시간을 보내던 그녀에게 음식만큼 큰 기쁨과 위로를

주는 것은 없었으니 음식을 포기하기가 쉬울 리가 없다.

　외롭고 허기진 사람들은 다른 누구보다 음식에 집착하기 쉽다. 이들의 다이어트는 자신의 욕망과 식욕을 억제해야 하는 금기 사이의 괴로운 투쟁이다. 그리고 대개 그 투쟁은 욕망의 압도적인 승리로 끝이 난다. 혹 금기가 승리한다고 해도 이는 엄청난 상처를 동반한다. 스스로에 대한 가혹하고 엄청난 금기는 이들의 삶을 큰 긴장 속에 빠뜨린다. 이들은 영혼의 외로움과 신체의 허기짐의 문제를 해결하지 않고는 다이어트에 성공하기가 힘들 것이다.

　그녀 역시 같은 딜레마에 빠져 있다. 그녀는 자신이 음식을 거부할수록 음식에 대한 괴로운 욕망이 그녀를 잠들지 못하게 하고 휴식도 방해한다. 그래도 다이어트는 포기할 수 없기에 고민하던 그녀는 다이어트 특효약을 처방받게 된다. 나중에 알려지게 되지만 그 약은 단순한 다이어트 약이 아닌 마약 성분이 든 약이었다.

　우여곡절 끝에 그녀가 그토록 원하던 빨간 드레스를 입게 되지만 그녀의 마음은 통제할 수 없을 만큼 미쳐버렸다. 그리고 그녀의 머릿속에는 오로지 방송에 출현해야 한다는 단순한 집착만이 가득 차 있다. 환상의 숲을 너무 많이 헤맨 나머지 현실로 돌아오는 출구를 잃어버린 것이다.

›› 외로움을 풀어주고 중독을 막아주는 관계

그녀뿐만 아니라 이 영화에 등장하는 모든 주인공들은 모두 그녀와 같은 말로를 걷게 된다. 영화 속 이들은 엄마와 아들, 친구와 친구, 애인과 애인으로 서로 이어져 있지만 불행히도 이들은 서로의 외로움에 어떤 해독제도 되어주지 못한다. 마치 동굴에 갇혀 서로의 눈조차 바라보지 못하고 벽에 비친 그림자만 바라보다 세상을 떠나는 죄수들처럼, 이들 역시 그저 나란히 앉아 죽음으로 가는 평행선을 질주할 뿐이다.

이들은 서로의 중독에 브레이크가 되어주지 못한다. 이들이 서로에 대해 품은 아름다운 의도는 적절한 표현 방식을 찾지 못하고 언제나 왜곡된다. 그리고 이들은 서로의 행복을 바라는 마음을 품고도 끝끝내 서로를 파멸시키고야 만다. 영화는 TV 드라마에 심취해있는 엄마, 대박의 허황된 꿈을 꾸는 아들, 부모와 끊임없이 갈등하는 딸, 옆에 있는지 없는지 모를 정도로 부재하는 아빠가 있는 한 지붕 네 가족의 분열과 소외감에 돋보기를 대고 비춰주는 것만 같다. 그러기에 영화를 보고 나면 가슴이 서늘해진다.

그림자가 아닌 실제와 함께하고 가까운 사람들이 흔들리는 순간 붙잡아주기 위해 지금 우리에게 가장 필요한 건, 서로의 눈을 보며 서로의 말에 귀를 기울이고 서로의 외로움을 덜어주는 일이 아닌가 싶다. 서로의 중독에 브레이크를 걸어주도록.

대뇌 보상 회로와 중독 :
쉽게 발견한 쾌락의 길은 우리를 파멸로 인도한다

쥐를 이용한 실험에서 중독에 대한 중요한 함의를 파악해주는 실험이 있다. 이 실험 속 쥐는 어떤 레버를 누르면 뇌의 쾌락, 보상 중추가 자극이 되어 기분이 좋아지는 것을 경험했다. 그 좋은 경험은 곧바로 학습되었다. 그 후 그 쥐는 어떻게 살았을까?

우리는 그 쥐가 자신이 경험하고 학습한 것을 십분 활용하여 그 후에도 열심히 레버를 누르며 살았을 것이라 짐작할 수 있다. 그러나 현실은 그런 '그 후로 기분 좋게 잘 살았으리라'는 순진한 도식대로 나타나지 않는다. 너무 쉽게 쾌락에 이르는 길을 발견해버린 쥐는 그 후 식음을 전폐하고 레버만 누른다. 그리고 마지막 순간까지 그 마법의 레버 누르기라는 행위에만 집착한 나머지 몸이 경험하는 극도의 쾌락과 엄혹한 고통의 긴장 속에서 때 이른 죽음을 맞이하게 된다. 그 쥐는 한평생 갈급한 쾌락만 누르다가 이 세상을 떠난 것이다.

그 쥐의 죽음은 의학적으로는 '아사'라 할 수 있을지 몰라도 심리적 사인은 바로 '중독'이다. 어떤 면에서 이 실험은 동물을 상대로 한 다른 어떤 실험보다 잔인하고 참혹하다. 이 실험의 결과는 우리에게 무엇을 전하고 있을까? 우리는 이 실험의 대상이 쥐이기에 그러한 결과가 나타난 것이며 그보다 더 고등 생명체인 인간은 다를 것이라고 딱 잘라 말할 수 있을까? 중독이 불러온 참혹한 결과로 인해 나타나는 고통과 범죄 사건을 생각해보면 우리는 그 질문에 망설이게 될지도 모른다. 중독에 발목 잡힌 우리 역시 '레버를 누른다' 혹은 '누르지 않는다'라는 반복성과 단순의 패턴에서 벗어나기가 얼마나 어려운가를 경험하고 있기 때문이다.

그 어려움은 중독자의 뇌와 비중독자의 뇌를 비교했을 때보다 더 선명하게 드러난다. 우리가 물질이나 행위에 중독되었을 때 우리의 대뇌 보상 회로는 변화한다고 한다. 중독적 행위나 물질은 뇌의 쾌감 중추에 도파민이라는 물질을 극도로 증가시킨다. 도파민 과잉은 극도의 쾌감을 불러오지만 이로 인해 중독에 대한 우리의 조절 능력은 약화되고 더 많은 쾌감을 가져올 물질이나 행동을 갈구하게 된다. 충동 조절은 안 되는 동시에 더 많은 충동을 가지게 되는 상황에 직면하게 되는 것이다.

일단 형성된 뇌의 보상 회로를 거역하는 것은 거친 물살의 반대 방향으로 헤엄쳐나가는 것과 같은 끈기와 의지를 필요로 한다. 이는 쥐가 왜 생존에 필요한 최소한의 행위를 뒤로한 채 레버를 누르는 일을 지상 유일의 최우선 과제로 두고 레버만 누르다 죽음에 이르게 되었는지, 왜 우리가 중독에서 쉽게 빠져나오기 어려운지를 설명해준다. 그래서인지 어떤 사람들은 담배를 끊은 사람과는 친구도 하지 말라고 농담을 한다. 중독자의 대뇌 보상 회로를 생각해보았을 때 니코틴에 노출이 되었기에 가지게 된 중독의 길을 거부하는 것은 독한 의지와 끈기가 필요하기 때문이다. 이는 마치 이미 형성된 탄탄한 길의 유혹을 뿌리치고 산세가 험하고 길이 없는 길을 새로 만들어가야 하는 한 발 한 발의 고난과 고달픔을 예고한다. 그러니 일상의 미미한 중독에서라도 벗어나려는 시도를 하는 모든 사람들을 조금 더 지지해줄 필요가 있다. 이들에게 중독에서 벗어날 독하디 독한 의지와 끈기를 기대할 필요도 있지만, 힘든 시도를 하고 있는 이들에게 힘이 될 수 있는 주변 사람들의 도움과 격려 역시 필요하다는 것이다.

행위 중독,
고장 난 마음의 브레이크

내 안의
악한 늑대

▶▶선한 늑대에게만 먹이를 주시오

　인디언 추장에게 지혜와 통찰 한 조각을 얻어가고 싶었던 누군가가 이렇게 물었다.
　"제 안에는 선한 늑대와 악한 늑대가 항시 싸우고 있습니다. 그 둘 간의 팽팽한 싸움 때문에 마음이 어지럽습니다. 어떻게 하면 선한 늑대가 승리하여 마음의 평화를 찾을 수 있을까요?
　마음이 어지러운 이의 절박한 질문에 추장은 평온한 목소리로 이와 같이 답했다고 한다.
　"선한 늑대에게만 먹이를 주시오."
　좋은 느낌, 좋은 생각, 좋은 행동을 통해 좋은 에너지를 가진 늑대가 평정하고 있는 한, 우리의 마음은 착하고 싶은 만큼 착해질 수 있다는 것이다. 또한 이는 좋고 선한 데에 에너지를 쓰고, 축적할수록 내가 유지하고 싶은 건강한 마음의 힘은 나쁜 마음에 호락호락하게 당하지 않을 정도로 굳건해지리라는 것을 의미하기도 한다.

이런 마음의 원리는 이론상으로는 매우 쉽고 간결하다. 하지만 이 이론을 현실에서 펼치려 하는 순간, 우리는 우리 안의 나쁘고 병든 늑대를 완전히 무시하고 선하고 건강한 늑대에게만 먹이를 주는 일이 얼마나 어려운가를 느끼게 된다. 우리의 선한 의지를 꺾어버리는 다양한 삶의 변수들이 순간순간 우리를 자극하기 때문이다. 그 자극은 우리 안에서 일어나는 욕망일수도 있고 우리 밖에서 손짓하는 사건일 수도 있다.

우리는 우리 안의 욕망과 우리 밖의 사건들을 조율해나가며 지금 이 순간에도 마음의 균형 맞추기를 해나가고 있다. 그리고 이런 균형 맞추기 게임은 뜻대로 안될 때도 많고, 위태롭거나 아슬아슬한 방식으로 겨우겨우 성사되기도 한다. 그러면서 우리는 알게 된다. 좋은 늑대를 살찌워 좋은 마음을 실현하는 데에 마음의 주파수를 맞추기 위해서는 좋은 늑대를 돌보는 것도 중요하지만, 나쁜 늑대를 무화시키기 위해 노력하는 것 역시 필요하다는 사실을.

›› 섹스 중독에서 벗어나기 위해 필요한 것

영화 〈나는 섹스 중독자〉는 자기 안의 나쁜 늑대를 무화시키기 위해 갖은 노력을 다했던 한 섹스 중독자의 눈물겹고도 유쾌하고, 처절하면서도 진솔한 이야기를 담고 있다. 이 영화는 감독이자 제작자, 그리고 실제 주인공이기도 한 카바 자헤디의 자기 고백을 담고 있다. 보통 '섹스'와 '중독', 그리고 '고백'이라는 키워드는 홍보 효과를 누리기 위해 덧붙여지거나 강조되고 이런 키워드의 틈바구니에 묶인 이야기들에서 감동을 기대하기란 힘들다. 그러나 이 영화 속에서 이 세 가지 키워드는 영화를 찍은 감독의 진솔한 의도와 공명하면서 큰 감동을 준다. 섹스 중독자의 진솔한 자기 고백을 통해 우리는 '자기 수용'과 '진솔성'이 얼마나 크고 깊은 가능성을 안고 있는 가를 느끼게 되기 때문이다.

주연이자 감독인 카바 자헤디는 실제로 세 번째 결혼을 앞둔 시점에 카메라를 향해(관객을 향해, 그리고 온 세계 사람들을 향해) 중독자로 살았던 과거의 삶을 이야기한다. 그럼으로써 그는 제목에서 이미 전면적으로 드러난 '나는 섹스 중독자다'라는 선언 뒤에 딸려오는 속사포 같은 그의 고백에 귀를 기울이게 한다. 그렇다면 그는 왜 이런 고백을 지금 하는가?

그의 고백은 '나는 섹스 중독자다(그러니 구제불능이며 어찌할 수가 없다)'가 아닌 '나는 섹스 중독이다(그러나 나는 이를 어떻게든 변화시키고 싶으며 끝까지 노력할 것이다)'라는 뒷말을 내포하고 있다. 말하자면 섹스 중독은 그에게 있어 무화시키고 싶은 나쁜 늑대인 셈이다. 그의 좌충우돌 중독 극복기에는 그가 중독에서 벗어나기 위해 거쳤던 다양한 전략들이 나타난다. 그리고 이런 전략들은 그와 같은 섹스 중독자뿐 아니라 다른 모든 중독자들이 거치게 되는 마음의 전략을 대변한다.

그는 자신의 중독을 이겨내기 위해 스스로 해결하려 했다가, 주변 사람의 도움을 청했다가, 전문가의 도움을 받았다가, 결국에는 자신과 비슷한 문제를 가진 사람들을 만나기도 한다. 그리고 결국 중독에서 벗어나기 위해서는 그 가운데 어느 한 가지가 아니라 자신의 의지와 주변 사람들의 이해, 전문적인 도움, 같은 경험을 한 사람들의 공감, 이 모든 것이 필요하다고 회고한다. 그의 고백은 바로 이런 메시지 전달을 위해 가감 없이 솔직하게 이루어진다.

〉〉순진성과 강박성, 그리고 지식화

그는 처음에 왜 중독에 빠지게 되었을까? 나는 이 영화 속에 제시된 카바 자헤디의 모습을 보며 그가 대책 없이 해맑은 '순진성'과 포기를 모르고 한 가지에 집요하게 파고드는 '강박성'을 가지고 있다는 점에 주목했다. 물론 이 두 표현은 좋은 결과를 불러온다면 '순수'와 '인내'로 바꿔 불러도 무방한 표현이기는 하나, 그의 삶에서 이 두 가지의 특성은 그를 중독에 빠지고 중독에 머무르게 하는 데에 큰 기여를 했던 것 같다. 더불어 이 영화 속에는 나타나지 않았지만 이 감독의 순진성과 강박성은 감독의 이력을 살펴봐도 드러나는 것만 같다.

영화 속에서 그는 우연히 아내와 닮은 매춘부를 길에서 마주친 이후 성에 집착하기 시작했다고 말하고 있지만, 그 시기는 영화를 제작하는 과정에서 유난히 좌절과 부딪히는 일이 많았던 시기와 겹쳐진다. 예일대 철학과를 나온 그는 의욕적으로 참여했던 영화 제작이 번번이 좌절

되었냐고 한다. 그럼에도 그는 끝까지 영화에 대한 집념을 포기하지 않았다. 오히려 현실성이 가장 필요할 때 영화에 매달렸다. 그는 아마 이런 현실의 좌절을 지적인 공상과 성적인 환상으로 풀었을 가능성이 크다. 이는 그가 자신의 섹스 중독을 해결하기 위해 고안해내는 방법들에도 드러난다.

그가 고안한 대표적인 방법은 '지식화intellectualization'다. 지식화란 일종의 방어기제 가운데 하나로 마음속 부담을 주는 사건에 대해 지적으로 분석하고 해석하는 것을 말한다. 어려움에 빠졌지만 이를 정면 돌파할 수는 없고 정서에 압도될까 봐 두려워하는 사람들은 주로 이런 지식화 방어를 쓴다. 그 역시 자신의 문제를 정면 돌파하기보다는 지적인 전략과 철학적인 해석을 스스로 제시하고 설명하는 모습을 보인다. 또한 그는 옆에 아내가 있고 애인이 있음에도 자주 우울하고 공허하다고 말하고, 진솔성을 발휘하는 것이 최고라고 '생각'하기에 자신의 고백이 아내나 애인에게 얼마나 큰 감정적 상처를 줄지 계산하지 않고 무턱대고 솔직하게 "다른 여자와 하고 싶다"고 말한다.

이런 그의 모습은 탁상공론에 골몰한 나머지 가장 선한 의도와 가장 깊은 이론적 지식과 사유 능력으로 무장하고서도 현실에 적용하기 어려운 뻣뻣하고 융통성이라고는 찾아보기 어려운 해결책을 제시하는 지식인의 한계를 적나라하게 드러낸다. 말로는 "이 문제를 풀고 싶다"고 중독에 집착하는 그 열정으로 '중독 해결'에 집착하지만 그럴수록 그는 이 문제를 해결하고 나오기보다는 문제 속에 점점 더 깊이 빠지는 자신을 발견했을 것이다. 두꺼운 철학서에나 나올 법했을 뿐인 그의 지식화된 담론과 전략은 그의 중독을 해결하는 데에 도움이 되기는커녕 오히려 방해가 되었을 것이다.

>> 변화가 일어나려면 머리와 가슴이 모두 공명해야 한다

우리가 심리적 문제라고 칭하는 문제들에 있어 진정한 변화가 있기를 바란다면 그저 머리에서 나온 해석과 이론만으로는 모자라다. 그의 머리는 어떻게 하는 것이 좋은지 잘 알고 있지만 그의 가슴은 있는 그대로의 자기 모습조차 인정하지 않았다. 변화는 마음을 탁치는 고통의 감정을 직면하고 이를 뚫고 지나간 이후에야 가능한 것인데 말이다. 그래서 그는 고치고 싶다고, 고쳐야 한다고 말하면서도 여전히 중독 행위에 빠져 있었다. 그런 의미에서 그가 섹스 중독자를 위한 집단 상담 첫날, 흘렸던 눈물과 세 번째 결혼식을 하며 흘린 눈물은 이제 그가 진정한 변화의 길을 지나고 있다는 점을 잘 보여준다. 그 모든 변화는 그가 "섹스 중독을 해결하겠어"라며 머리로만 외치고 전략을 짜는 동안 이루어진 것이 아니라 그 외침이 머리와 가슴에서 우러나오고, 이를 행동으로 이행하여 '나'라는 사람의 행동과 사고, 그리고 정서가 온전하게 일치할 때 나타난다.

선하고 건강한 마음의 늑대만 살찌우는 일은 생각만큼 단순하지 않다. 그러나 중독의 끝까지 갔던 그가 이를 영화의 소재로 승화시켜 큰 용기를 내서 영화를 우리 앞에 내놓은 것을 보면 그것이 불가능한 일도 아닌 것 같다. 그는 이제 자기 안의 좋은 늑대는 물론 나쁜 늑대로 자기 것으로 끌어안고 엄청난 새 출발을 한다. 그의 미래에 대해 호언장담을 할 수는 없지만, 앞으로 그가 억압하기 위해 각고의 노력을 쏟느라 오히려 힘을 실어주게 되었던 그의 마음속 나쁜 늑대는 앞으로 굶게 되지 않을까 싶다.

억압:
사이렌의 유혹은 억압할수록 더 강력해진다

    영화 속 카베 자헤디는 매춘부에 대한 성적인 욕구가 올라올 때마다 "그러면 안 돼!"라며 자신을 억압했다. 그러나 하지 말라고 할수록 더 하고 싶은 욕구는 우리 안에서 더 커지기 십상이기 때문에 억압은 교묘하고 악랄하게 우리 마음을 자극한다. 마치 "그 사과를 먹으면 안 돼"라는 이야기를 들은 이브가 사과를 먹고 싶어하고, "그 상자를 열지 마"라는 경고를 들은 판도라가 그 상자를 열고 싶어했던 것처럼 말이다.
    이런 억압에 대한 심리학 실험에도 이를 잘 보여주는 것이 있다. 한 연구자가 사람들에게 말한다. "절대로 백곰을 생각하면 안 됩니다. 안 된다니까요. 백곰은 안 돼요"라고 말이다. 그런데 이 주문을 듣는 동안 우리는 어쩔 수 없이 백곰에 대해 더 생각하게 되었을 것이다.
    영화 속 카베 자헤디는 자신의 중독 경험을 사이렌의 유혹에 비유한다. 사이렌은 중독성이 강하고 매혹적인 노래로 뱃사공을 유혹하고 결국에는 그들을 파멸로 이끌었다는 신화적 인물이다. 누구든지 사이렌의 노랫소리를 들으면 이를 쉽게 뿌리치지 못하고 가던 길도 가지 못한 채 삶을 탕진하게 된다고 한다. 사이렌은 중독의 치명적인 면을 대변하고 있는 것 같다. 카베 자헤디는 이런 사이렌의 유혹을 물리치기 위해서는 모든 소리를 차단하기보다는 오르페우스의 음악에 집중하는 것이 필요하다고 말한다. 오르페우스는 역시 신화적 인물로 아름다운 선율을 울려 퍼지게 했던 음악가였다.

  건강하고 선한 욕구를 대변하는 선한 늑대와 그 반대인 악한 늑대가 우리 안에서 비롯된 것이라면, 사이렌의 유혹과 오르페우스의 선율은 우리 밖에서 우리를 자극하는 요인이다. 이런 외부의 유혹과 내부의 취약성, 사이렌의 노랫소리와 나쁜 늑대의 활동은 동시에 이루어진다. 그러니 우리는 유혹에 빠지려는 순간마다 어떤 외침에 귀를 기울여야 하는지 스스로 선택을 할 필요가 있는 것이다. 지금, 공허한 마음을 비집고 들어오는 유혹을 잠재울 수 있는 나의 오르페우스는 무엇인가?

지름신의
강림

> >구매 욕구에 불을 지피는 지름신의 강림

  채널을 돌리다가 마주하게 되는 쇼호스트의 모습은 언제나 부산스럽다. 그들은 항시 과장된 몸짓으로 지금 당장 이 엄청난 물건을 사지 않으면 큰일이라도 날 것처럼 말한다. 그들이 자신이 들고 있는 물건에는 온갖 과장법과 의인화, 직유와 은유를 첨가한 정체성이 부여되어 있고 물건에 돈을 쓰는 행위를 마치 물건을 통해 돈을 버는 것처럼 의미부여 하기도 한다. 그들은 이 절호의 찬스에 마감이 임박했으며 이 물건을 그냥 보내면 또다시 이 물건을 이 가격에 맞이할 기회가 오지 않을 것임을 말하며 마치 경고라도 하듯이 말한다.
  그들의 모든 과장과 교태, 경고는 모두 우리 안의 구매 욕구를 한순간 극대화시키기 위한 계산된 장치다. 그 모든 것을 우리 머리로는 충분히

'인지'하고 있으면서도 우리는 확 끌어올려진 구매 욕구에 반응하며 충동적으로 물건을 사버리기도 한다. 그리고는 이런 자신의 충동성에 대해 '지름신'이라는 허구의 존재를 탓한다. '그분'이 오셨다는 것이다.

한순간 자신의 정신은 안드로메다로 날아가고 그 정신의 부재를 비집고 지름신이 강림한다. 그리고 자신이 행한 자발적이고 능동적인 행위를 마치 비자발적이고 수동적인 듯 자주 묘사하고, 그로 인한 금전적 어려움에 허덕이는 그때, 우리는 쇼핑 중독을 의심해보게 된다.

〉〉남자보다 더 좋은 쇼핑

이 행위 안에는 '널 원해'라며 감각적으로 돌진하는 욕구는 있지만, '잠깐만'이라며 저지하는 통제는 비어 있다. 이 모든 문제는 우리가 매일같이 발을 디디며 일상적 삶을 살아가는 이 땅이 바로 소비자의 욕구 만족을 우선시하는 자본주의의 감칠맛 나는 땅이라는 점에서 시작되고 심화된다. 한 번 돌아보라. 우리의 눈길이 닿는 곳 어디든 우리의 소비 욕구를 자극하도록 계산된 몸짓들이 즐비하고 있지 않은가? 이런 일상 속에서 '통제'의 기술을 배우지 못한데다가, 감정적 욕구가 충족되지 않은 허한 배를 움켜쥐고 감각적 욕구에만 이끌리게 된 우리는 머지않아 큰 문제에 직면하게 된다. 단순히 '지름신' 때문이라며 겸연쩍은 미소를 짓기보다는 중독의 문제로 인해 많은 것을 잃게 될지도 모른다. 영화〈쇼퍼홀릭〉속 레베카처럼 말이다.

전 세계적인 베스트셀러가 된 동명의 소설《쇼퍼홀릭》을 바탕으로 한 영화〈쇼퍼홀릭〉은 레베카라는 주인공을 통해, 현대인의 충동성과 목마름과 성마름과 어리석음과 환상을 극대화시켜 보여준다. 그녀에게 있어 '무엇을 입느냐'는 그녀가 누구인가의 문제로 귀결된다. 명품 가방과 구두, 스카프에 대한 그녀의 타는 목마름과 맹목적인 숭배는, 아마도 처음에는 자신을 화려하게 치장하거나 빈약한 내면의 자아를 보강시키는 수단으로써 시작되었을 지도 모르겠다.

그때만 해도 그녀는 자신이 물품의 주인이었고, 자신이 입는 것은 타인의 인정과 사랑의 보강제에 불과했을 것이다. 하지만 어느 순간, 그녀의 마음은 균형을 잃게 된다. 그녀는 점점 무엇을 입는가에만 혈안이 되어 자신에게 진정 중요한 것이 무엇인지 잃어버린다. 영화 첫머리에 그녀는 고백한다. 남자보다 더 좋은 게 쇼핑이라고. 자신이 원하는지도 몰랐던 물건에 대한 욕망을 일깨우는 앙증맞은 패션 용품을 손에 넣는 그 순간, 그녀의 뇌 속에서 뿜어져 나오는 도파민의 폭죽은 사랑이라는 관계 속에서 얻을 수 있는 것보다 더 매력적으로 그녀에게 다가왔던 것이다. 왜냐하면 "남자는 교환이나 환불이 불가능한 반면, 물건은 그 모든 것이 가능"하기에.

▶▶ 필사적으로 중요한 스카프, 치명적으로 치솟은 카드값

그녀의 내러티브를 따라가다 보면 우리가 두르고 있는 물건에 집착하는 현대인의 관념도 엿볼 수 있다. 엄청난 카드빚의 압박에 무겁게 내려앉은 가슴을 안고 거리를 걷다가도 그녀는 자신의 시선을 압도하는 매혹적인 스카프에 그대로 '꽂히게' 된다. 그녀는 말한다. "스카프는 나의 정신이요, 나를 판단하는 기준이 되며, 스카프를 사는 것은 '소비'가 아닌 '투자'"라고. 그래야만 그녀는 원하는 자신감을 얻을 수 있기 때문이다. 이런 그녀에게 있어 통장의 잔액 부족과 카드의 승인 불가는 바로 자기 자신에 대한 결핍과 거부처럼 느껴질 뿐이다.

그녀는 이 '필사적으로 중요한 스카프desperately important scarf'를 사수하기 위해 온갖 기행과 거짓말을 일삼게 된다. 그리고 결국 쇼핑 중독 때문에 돈도 잃고, 시간도 잃고, 직장도 잃고, 친구도 잃고, 결국에는 반복된 거짓말로 인해 자기 자신도 잃게 된다. 오로지 새로운 물건을 살 때 자신이 느끼는 희열감에 젖어 점점 자신의 삶을 탕진하게 된 것이다. 순간의 반짝이는 희열감의 대가는 그녀가 이성적으로 계산할 수 있는 것보다 훨씬 컸다. 쇼핑을 하지 않거나 못하는 나머지 시간 동안에는 독촉장과 불안과 걱정과, 저승사자와 같은 빚쟁이에게 쫓기게 되니 말이다.

›› 쇼핑 대신 할 수 있는 것은 무궁무진하다

처음에 이 소설이 전 세계적으로 선풍적인 인기를 얻게 되고 영화로 제작되기까지 한 이유는 소설에 묘사된 그녀의 내면적 갈등이 유혹하는 물건 앞에서 지름신의 강림을 맞이하게 되는 독자와 관객들의 내면적 갈등과 많이 닮아 있었기 때문이었다. 마음에 드는 물건을 보면 돈키

호테보다 더 막무가내로 돌진하며, 마음에 드는 물건을 앞에 두고 햄릿보다 더 깊은 내면적 갈등에 빠져드는 레베카의 모습은 세상의 모든 쇼퍼홀릭들의 모습을 대변한다.

쇼핑 중독 때문에 떳떳하지 못한 시간을 보냈던 그녀는 결국 자신이 쇼핑한 모든 것을 깨끗하게 팔아치우고 중독자의 삶을 청산한다. 그럼으로써 '중독'에 빠져 잃어버렸던 친구와 사랑, 가족과 일을 되찾게 된다. 영화 마지막에서 그녀는 이렇게 고백한다.

"쇼핑을 대신할 수 있는 것은 무궁무진했다. 핀란드어를 배웠고 신용카드와 맺는 관계 대신 사랑하는 사람과 관계를 얻었다. 카드는 나를 거부할 수 있지만 그 사람은 나를 거부하지 않는다는 사실도."

쇼핑에 쏟을 무수한 시간과 에너지를 타인과 나를 이어주는 다양한 활동에 쏟음으로써 그녀는 쇼핑 중독에서 완전히 벗어날 수 있게 되었다. 그녀는 스스로 중독의 끝을 선언했고 중독보다 더 좋은 것을 발견했기에 영화처럼 해피엔딩을 맞을 수 있었다.

이 이야기에서 우리는 중독에 대한 중요한 교훈을 얻게 된다. 우리가 마주치게 되는 중독의 문제는 '회피'가 아닌 '직면'을 통해서만 해결이 가능하다는 것이다. 쇼핑 중독이든 다른 중독이든 이렇게 스스로 결단하여 전환점을 맞이하지 않으면 그녀처럼 해피엔딩을 맞기는 불가능하다. 그러니 그녀의 쇼핑 중독이 남의 일 같지 않다면 한 번쯤 진지하게 생각해볼 필요가 있다. 지금 나의 해피엔딩을 위해 필요한 결단과 전환점은 무엇인가?

쇼핑 중독:
나를 바꾸기 위해 필요한 건 물건이 아니다

《고혹의 절정》이라는 책을 쓴 패션 칼럼니스트이자 패션계의 대모라 일컬어지는 브렌다 킨셀은 여성과 남성의 옷에 대한 접근을 비교하며 여성들은 기존에 만들어진 옷과 기존에 정해진 기준에 맞춰 자신을 변화시키려는 강박을 가진 반면, 남성들은 자신의 몸을 기준으로 옷을 입게 될 가능성이 크다는 점을 지적한다. 그녀가 지적한 사항은 여성 대 남성, 기성복 대 맞춤복과 관련한 문제라기보다는 내가 기준이 되는가, 물건이 기준이 되는가의 문제라고 할 수 있다. 많은 쇼퍼홀릭들은 자신이 아닌 물건을 기준으로 구매를 한다. 그러면서 자신에 대한 만족감은 시간이 갈수록 사라져가고 물건에 대한 감칠맛 나는 욕구와 물건에 대한 이상화만 남게 된다. 그러다 보면 결국 내가 물건의 주인이 되기보다는 물건에게 끌려다니는 불상사가 나타난다. 쇼핑 중독이 드러내는 중요한 심리적 취약성이다.

쇼핑 중독이 드러내는 또 하나의 중요한 심리적 취약성은 자신의 부정적인 감정을 스스로 해소하기보다는 물건을 통해 그 감정을 해결하려고 한다는 점에 있다. 브렌다 킨셀은 그의 책에서 매우 현실적인 조언을 한다. "지치고 화나고 배고프고 외로울 때는 결정을 내리는 능력이 위기에 처한다. 이런 상태에서 쇼핑을 해야 한다면 교환과 전액 환불이 가능한 매장에서만 하자. 그러면 컨디션을 회복했을 때 쓸데없는 옷 때문에 곤경에 처하는 일을 방지할 수 있다"[*]라고 한다.

이 세상 어디를 가도 우리는 악마의 속삭임에서 완전히 벗어날 수가 없다. 우리의 시선이 닿는 곳, 우리의 귀가 들리는 곳 도처에는 상품에 대한 암시가 깔렸다. 이것을 입으면, 이것을 신으면, 이것을 착용하면, 이것을 쓰면, 이것을 바르면, 마치 우리 안의 모든 고뇌와 아픔이 사라지는 것처럼, 우리의 모든 고통에 대한 해결책이거나 해독제인 것처럼, 멋진 누군가가 행복한 미소, 자신감 있는 목소리로 던지는 말에 우리는 너무도 쉽게 현혹된다. 마치 대모의 매직 지팡이가 호박 한 덩어리를 꽃마차를 만들어내듯, 우리는 미디어가 만들어낸 이상적인 자아의 모습에 나 자신을 끼워 맞출 수 있을 것만 같은 환상 속에 젖어 있게 되는 것이다. 그런데 자신의 모습을 변형시키고 탈바꿈하기 위해 쇼핑 중독에 빠져들게 된다면, 한 번쯤 과연 변형시키고 탈바꿈해야 할 대상이 '나'인지 '물건'인지를 생각해보자.

---

[*] 브렌다 킨셀, 《고혹의 절정》, 웅진윙스, 2006, p. 155

대박은 손에 잡히지 않는
희망고문

≫ 한낮의 빛 아래에서 현기증을 느끼는 도박꾼과 약쟁이

우리의 기억은 선택적이다. 같은 영화를 보아도 우리는 저마다 다른 장면을 마음에 새긴다. 볼 때는 큰 감흥 없이 보았더라도 어느 순간 문득 어떤 장면을 떠올리게 되는가 하면, 시간이 지나도 지금 이 순간을 기억하게 되리라는 예감에 온몸을 전율하기도 한다.

영화 전문 잡지사 기자인 김혜리는 자신의 책 《영화를 멈추다》(한국영상자료원, 2008)에서 영화 〈타짜〉 중 가장 인상 깊은 장면을 이렇게 포착한다. 그 장면은 도박꾼이 현실과 도박판 사이에서 느끼는 현기증을 집중 조명하며, 그 현기증은 도박판을 전전하며 전국을 떠돌아다니는 도박꾼 고니가 경찰의 단속을 피하려고 갑자기 문을 열 때 시작된다. 바로 그 순간 현실 세계로부터 단단하게 닫혀 있던 그 도박의 세계에는 대낮을 알리는 햇살이 밀려온다. 그 햇살은 밤새 도박에 취서 시간도 공간도 모른 채 밀폐된 공간, 밀폐된 시야에 집착하며 어둠에만 익숙하던 그의 망막을 공격한다. 그에게는 밝은 햇살이 다정하거나 따스하게 느껴질 리가 없다. 그는 그저 대낮의 햇살에 현기증을 느낀다. 도박판 위의 암투와 계략, 협박과 긴장에도 능글맞게 맞서던 그도 대낮의 햇살 아래에서는 그저 평범한 보통 사람에 불과하다. 아니 그는 오히려 대낮의 햇살 아래에서는 현기증을 느낄 만큼 약한 사람이다.

비슷한 장면은 중독에 대한 또 다른 영화 〈집행자〉에도 나타난다. 마약 갱단의 세력 다툼 때문에 사랑하는 아내를 잃은 주인공은 아내를 살해한 자를 직접 찾아서 복수하겠다는 일념 하에 일부러 마약 중독에 빠진다. 중독자 친구와 마약 중개상을 찾아 함께 밖으로 나가려고 문을 열던 찰나, 그들은 마치 햇빛에 노출된 흡혈귀라도 되는 듯 빛에 노출된 자신을 감싸며 뒤돌아선다. 그리고는 가방에서 그들을 가려줄 도구를 꺼낸다. 선글라스로 눈을 가리고 나서야 밖으로 나간 그들의 모습에도 현기증이 엿보인다. 평범한 한낮을 활보하려면 그들은 중독으로 충혈된 눈, 중독을 통해보던 세상을 숨길 필요가 있다.

이쪽 세상에서 저쪽 세상으로 이동하면서 어느 한 곳에도 뿌리내리지 못하고 일확천금의 꿈에만 젖어 있는 도박꾼들이나, 마약이 주는 쾌락만을 기다리는 약쟁이, 이들은 모두 현실의 빛을 따스하고 다정하게 받아들이지 못하고 그렇게 휘청거릴 수밖에 없다.

〉〉일상의 도박성, 도박의 일상성

영화 〈타짜〉는 우리의 삶을 도박판 위에 펼쳐놓고 초고속적, 극단적인 형태로 돌린다. 따지고 보면 우리의 삶도 도박과 같다. 할까 말까 망설이는 모든 선택의 순간에는 도박이 끼어들고, 우리는 때로는 알 수 없는 힘에 밀려 스스로를 어떤 행위 속으로 내던지게 된다. 잘 될 수도, 안 될 수도 있는 상황 속에서 우리는 초조하게 결과를 기다린다. 그러다가 결과에 좌절하기도 하고 흥분하며 또 다른 판을 벌이기도 한다.

영화 속에서 묘사된 일상의 도박성, 도박의 일상성이 흥미진진하게 다가오는 이유는 도박판이 우리의 삶을 축소시켜 보여주기 때문이 아닐까. 허황된 기대와 일그러진 꿈, 배신하는 사람과 붙잡아주는 사람, 대박과 쪽박, 우리의 삶은 그 사이 어딘가에 걸쳐져 있기 때문이다.

영화는 주인공 고니의 이야기를 통해 이런 우리의 삶을 극렬하게 보여준다. 그를 비롯해 영화 속에 등장하는 주요 인물들은 모두 중독자이거나, 중독을 조장하는 자, 도박으로 망한 자이거나 도박으로 혼자 망하기 싫어 다른 사람의 옷자락을 끌어들이는 자이다.

처음부터 중독자였던 사람은 없듯, 고니 역시 처음에는 그저 고등학교를 졸업하고 가구 공장에서 3년간 일하던 풋내기에 불과했다. 다른 사람들이 벌여놓은 도박판을 기웃거리던 그는 "요새 누가 대학가서 돈 벌어"라는 시대 유감을 표하며 아예 그 자리에 눌러앉았고, 그것이 그의 도박 인생의 서막을 올린다. 그는 그 자리에서 3년 동안 일해서 모은 돈을 전부 잃었고, 그 다음날에는 누나가 이혼 위자료로 받아온 돈까지 모두 잃었다. 이제 그는 눈이 뒤집힌다. 집으로 돌아가 누나와 가족을 마주할 용기가 없다. 그 돈까지 잃으면 자살하려 했던 그는 실제로 자살하지는 않았지만 그는 그날 자살을 한 것이나 다름없었다. 그날부터 그는 자신의 본래 삶을 버리고 자신을 덫에 빠뜨린 사기도박단을 찾아서 전국을 헤매게 되었으니 말이다.

›› 앉은 자리에서 전 재산을 탕진하다

영화 속 고니가 앉은 자리에서 자신의 전 재산을 탕진하기 전 그가 개미 투자자와 기업 투자자의 차이를 밝히는 투자 전문가의 경계와 경고를 들어봤더라면 얼마나 좋았을까? 시골 의사이자 투자 전문가로 이름을 날리고 있는 박경철 씨는 한 TV 프로그램에 나와 이렇게 말했다.

"대개 농촌에서 장이 한 번 서면 외지에서 전문 도박꾼들이 무지랭이들을 찌릅니다. '가서 친구들 모이라고 해라(소를 판 사람들). 그럼 나중에 떼어줄게'라고 하면서요. 그렇게 하면 뒷방에서 노름판이 열리는데, 처음에는 친목 도모 놀이로 시작하지요. 그러면 외지에서 온 사람이 끼어들죠. 그리고 처음에는 잃어주면 처음에는 많은 사람들이 땁니다(중략). 11시~12시 넘어가면 본격적으로 외지 사람들이 돈을 따서 가지 않습니까? 그럼 나머지 사람들은 외지 사람이 옆방에 가서 "잠시 쉬고 올게"하면 그 사람 걱정하고 있어요. 혹시 도망갈까 봐, 그러다 30분 후 다시 돌아오면 이제 나머지 사람들은 그 사람이 다시 쉬러 간다고 해도 신경을 안 씁니다. "돌아올 거다"라고 안심하는 거죠. 옷도 옷가지에 걸어놓고 나오거든요. 그리고는 그 사람은 그 길로 도망갑니다. 왜냐하면 새벽이면 사람들이 정신을 차리거든요."

그는 개인 투자자들은 투자하지 않기를 권고하기 위해 이런 설명을 하고 있지만 이는 고니가 아무것도 모르고 끼어들었던 도박판에도 적용할 만하다. 그는 되지도 않을 게임에 들어선 것이다. 투자 전문가들은 이미 돈을 잃었다면, 이제 그 되지도 않을 투자에서 손을 떼라고 입 모아 말하지만 그것은 쉬운 일이 아니다. 막대한 투자 손실을 입은 도박꾼들은 본전 생각에 빠져 헤어나오지 못한다. 이미 많은 것을 탕진한 자신에게 더 큰 손실을 불러올 잘못된 선택을 계속한다. 시간이 갈수록 그들은 자신의 돈이 아닌 타인의 돈까지 모두 끌어들인다. 도박으로 자신의 재산이 아닌 영혼을 탕진하는 것이다. 도박을 모르던 고니는 시골장터에서 소판 돈을 '꾼'들에게 털리듯이 모두 탕진하고 난 뒤에 도박판을 전전하는 인생을 살게 된다. 중독의 덫에 제 발로 들어간 것이다.

잃은 돈을 되찾기 위해 전국을 헤매던 고니는 도박계의 최고 타짜인 편경장을 만나면서 보다 본격적으로, 그리고 체계적으로 도박에 휘둘리게 된다. 그는 자신이 도박에 휘둘리고 있다는 '수동성'을 전혀 보지 못한다. 그저 현란한 사기도박의 기술을 익혀 그 판을 '장악'하고 있다고 착각한다. 처음에 본전을 찾겠다는 생각으로 타짜의 기술을 배웠지만 본전을 찾은 후에도 그는 도박을 끊지 못한다. 이미 도박이 불러오는 대박의 짜릿함에 깊이 빠져든 그는 더 '장악'할수록 더 단단히 묶이게 된다. 편경장은 이런 도박의 속성을 여러 차례 경고하지만 그는 얽히고 설킨 도박판에서 벗어나지 못한 채 더 큰 판을 벌여나가게 된다.

>> 집착을 포기하는 순간, 우리는 자유로워진다

김혜리 기자가 이 영화에서 주목한 장면이 도박꾼이 느끼는 현실과 도박판 사이에서의 현기증을 담은 장면이었다면, 나의 기억 속에 더 깊이 각인된 영화 속 장면은 도박의 '덧없음'을 보여주는 장면이었다. 영화 막바지에 이르러 고니는 마지막 도박판에서 딴 어마어마한 돈을 가방 속에 담아 열차에 탄다. 그는 이 돈을 가지고 멀리멀리 가고 싶다. 그러나 돈을 땄다고 방심할 수는 없다. 그는 이미 수많은 도박판의 산들을 넘고 넘어 그 돈을 얻게 되었지만 복병은 여전히 숨어 있다. 그는 결국 복병의 습격을 받고 달리는 열차에 매달리게 된다. 빠르게 달리는 열차에 걸려 있는 가방을 위태롭게 잡고 있는 그는 가방을 움켜쥘수록 가방의 지퍼가 풀리며 돈이 새어나갈 위기에 처한다.

그는 다급해진다. 그의 머릿속에는 이런 생각이 흐르는 것만 같다.

"안 돼. 안 돼…… 어떻게 모은 돈인데……."

위태롭게 간당간당하던 가방의 지퍼는 한순간 열리고 가방 속에 있던 수많은 돈은 허공 위로 솟구친다. 세찬 바람결에 돈이 날린다. 그는 낙담하거나 절망하지 않는다. 오히려 이제야 해방감을 맞고 평온해진다. 그전까지의 모든 집착이 얼마나 덧없는 것이었던가. 그 집착이 포기될 수밖에 없는 순간, 그는 자유로워진다. 흩날리는 돈다발을 뒤로한 채

해방된 그의 표정은 오랫동안 잊기 힘들 것 같다.

〉〉대박의 욕망과 베팅하는 몸, 그리고 카지노 세우는 사회

김세건 교수는 '예전에는 한국 근대화의 동력이었고 지금은 21세기 최고의 유망사업이라고 하는 카지노 산업의 메카'가 된 강원도 땅을 가슴 아프게 바라보며 이 땅에서 일상을 살고 있는 도박자들의 절규를 《베팅하는 한국 사회》(지식산업사, 2007)에 엮었다. 그는 카지노 도박장에서 많은 것을 잃고도 그곳을 떠나지 못하는 사람들을 직접 만나 인터뷰하고 연구한 끝에 욕망이 우리를 둘러싼 '사회문화적 관계' 속에서 굴절되고 실현된다고 강조한다. 한편으로는 도박자들에 대해 한심하고 차별적인 시선을 보내면서도 도박을 합법의 영역으로 끌어들여 적극적으로 도박 사업을 확장시켜 도박을 권하기도 하는 사회의 조건들이 문제라는 것이다. 또한 그는 "대박의 욕망과 베팅하는 몸은 역사적 사회문화적인 것으로 한국 사회의 한 단면, 이른바 베팅하는 사회의 현재를 보여준다"고 말하며, 도박의 문제가 개인의 문제가 아닌 사회의 문제라는 점을 강조한다.

그가 인터뷰한 사람들의 말에서 한 구절 한 구절이 가슴 아프게 다가오지만 도박으로 많은 돈을 잃었다는 한 60대 남성의 말이 기억에 남는다.

"이제 나야 뭐 다 살았으니까, 그런 다 그러지만 지금 도박에 젖어 들어가고 있는 사람들을 보면 진짜 안타까워요. 내 경험으로 보면 이건 뭐 배움이나 인격이랑 상관없는 겁니다. 그렇게 초연해질 수가 있는 게 아니잖아요. 돈을 잃고 나니까…… 이건 꼭 없애야 될 겁니다. 내 주위에도 참 많아요. 망가진 사람……."*

  중독자를 '망가진 사람'이라 정의한 것이 인상 깊다. 중독은 우리의 뇌 시스템을 교란시키고 한 사람을 망가뜨리는 면이 있으니 '망가진 사람'이라는 정의는 일리가 있다. 그렇다면 지금 우리가 가장 먼저 해야 할 일은 마약하고 도박하게 되는 환경을 없애고 규제하는 것이 아닐지. 그리고 그 사회문화적 조건 속에서 신음하는 '망가진 사람'들에 대해 처벌의 매를 들기 이전에 먼저 치유의 손길을 건네줘야 하는 것이 아닐지 생각해보게 된다.

***김세건**, 《베팅하는 한국 사회》, 지식산업사, 2007, p.255

도박자의 오류 :
어떤 교육을 얼마나 받았는가는 중요하지 않다

영화〈타짜〉에서 경찰들이 도박판 수사에 나서자 다급해진 정마담은 이런 말을 한다.

"이거 왜 이래? 나 이대 나온 여자야!"

그녀의 말은 본래 대본에도 없었던 것으로 정마담을 연기한 영화배우 김혜수 씨가 애드리브로 넣은 것이라 전해진다. 그런데 정작 영화가 상영된 후 많은 사람들이 이를 인용하거나 패러디하면서 이 대사는 이 영화 속에서 가장 기억에 남는 대사로 칭해진다. 나는 이 대사에 대한 관객들의 웃음을 세 겹으로 바라보았다.

1차적으로는 정마담에 대한 웃음이다. 관객의 입장에서는 이대와는 거리가 한참 먼 정마담의 빤하고 뻔한 거짓말을 기세등등하게 내뱉으며 적발당하는 입장에서 도리어 화를 내는 적반하장에 대한 역설로 들린다. 이 역설은 너무나 노골적이기에 비웃음보다는 차라리 웃음이 어울린다.

2차적으로는 교육받은 교양 있는 여성과 교육받지 않은 교양 없는 여성을 가르고 애써 차별하려는 노골적인 자의식을 차용하는 것에 대한 풍자다. 아마도 그 시대는 '이대생이야'를 남발하며 스스로를 교육받은 교양 있는 여성으로 차별화하는 여대생들이 유독 눈에 띄고 거슬리는 시대였던 모양이다.

3차적으로는 이대생은 교육받은 교양있는 여성이요, 자신은 이대생이니 고로 도박에 빠질 일이 없다는 논리의 허점에서 비롯된다. 도박 중독 안에서 교육의 기간, 교양의 유무는 아무런 의미가 없다. 누구든지 도박에 빠질 수 있고 이는 이대생조차 완벽하게 자부할 수 없는 문제다. 그러니 정마담의 유머와 역설과 풍자는 비단 스크린 속 정마담에게만 나타나는 것이 아니라, 스크린 밖에 모든 사람들에게 해당하는 것이라 할 수 있다.

정마담의 기세등등한 말은 도박 중독의 본질에 대한 사회 전체의 오해와 허점, 순진성에서 비롯되기도 한다. 정마담이 '이대 나온 여자'라는 간판을 내걸고 단속을 피할 수 있다고 착각했던 것처럼 도박자들은 자신은 물론 자신의 승률에 대해 객관적이고 합리적인 관점을 견지하기 어려워한다. 아무리 많은 교육을 받은 합리적이고 이성적이며 절제력을 갖춘 신사 숙녀라고 할지라도 도박자의 오류에 빠질 가능성에서 완전히 자유롭기는 어렵기 때문이다. 학자들은 도박을 하는 사람들이 도박에 쉽게 빠지게 되는 심리적 기제를 설명하기 위해 '도박자의 오류'로 설명한다. 이를 살펴보기 위해 다음 질문을 살펴보자.

동전 던지기를 한 결과로 동전의 뒷면이 계속 6번이나 나온다. 뒷면이 계속 10번 나왔다면 다음번에 앞면이 나올 확률은 얼마인가? 뒷면이 100번 나왔다면 다음에 앞면이 나올 확률은 얼마인가?*

앞에 동전 던지기를 몇 번을 했고, 몇 번의 앞면이 나왔든 그 다음 동전 던지기에서 앞면이나 뒷면이 나올 확률은 50:50이다. 마찬가지로 도박자들은 앞서 몇 번을 잃었든, 이는 다음에 도박의 승률에 영향을 주지 않는다. 로또의 당첨률이 850만 분의 1이라면 850만에 가까운 로또 베팅을 한 사람이든 오늘 처음 로또를 산 사람이든, 당첨 확률은 같다는 것이다. 그런데 도박자들은 앞선 베팅의 결과가 후속 베팅 결과에 영향을 미친다고 착각하는 오류를 범한다. 그리고 이들은 이런 자신의 오류를 보지 못할 때 베팅을 멈추지 못한다.

도박자들이 베팅을 멈추지 못하는 데에는 도박자의 오류 이외에도 '매몰 비용의 오류'도 큰 이유를 차지한다. 매몰 비용 오류란 투자했다가 입은 손실이 클수록 그 투자가 이익을 가져다주지 못한다는 것을 알면서도 투자를 멈출 수 없는 현상을 설명한다. 다른 학자들은 이를 콩코드 오류Concorde fallacy라 부르기도 한다. 영국과 프랑스 합작으로 이루어진 콩코드 프로젝트가 막대한 비용을 투자해 원하던 결과를 얻지 못한다는 것을 알면서도 투자를 멈추지 못했던 것을 빗대어서 설명한다. 카지노에서 약간의 돈을 잃은 사람들은 이런 오류에 빠지기 쉽다. 그들은 이미 돈을 잃었음에도 더 많은 돈을 카지노에 쏟아붓는다.

---

* S. Ian Robertson 저·이영애 역, 《사고 유형》, 시그마프레스 2003, pp.113~114 참조.

아이톤과 알케스는 이런 우리의 모습에 대해 이렇게 말한다.

"다른 동물들은 중단할 때를 알고 있기 때문에 콩코드 오류를 보이지 않는다고 한다. 인간은 그러지 못하는데, 상황에 처하면 말벌이나 찌르레기보다 인간이 더 비합리적이 되는 듯하다."*

그들은 우리가 동물들보다 못한 판단 오류를 범하는 이유를 추상화abstracting와 일반화generalizing에서 찾는다. 더 높은 단계의 사고를 하기 위해 연마한 기술이 때로는 우리의 판단을 흐리게 한다는 것이다. 이를 뒤집어서 생각하면 우리가 도박 중독에 빠지지 않기 위해서는 대박의 가능성을 상상하며, 불분명한 희망을 품기보다는 단순하고 초점화된 사고를 하는 것이 필요하다는 것을 보여준다.

일주일에 한 번씩 로또를 산다는 어떤 사람은 이런 말을 하기도 한다. 로또를 사는 것은 일주일치의 희망을 품게 되는 것을 의미한다고. 그 말에도 일리는 있다. 우리는 가끔 아무리 비현실적인 가능성에라도 헛된 희망을 품어보길 원하고 때로는 그 힘으로 살아가게 되기도 하니까. 그래도 우리 희망은 품되 기대는 높이지 말아야 한다. 기대가 높고 허황될수록 실망은 커지고 손실은 막대해진다. 그리고 역설적이게도 실망과 손실이 큰 그 자리에는 중독이 들어서기 더 쉬워진다.

---

* S. Ian Robertson 저·이영애 역, 《사고 유형》, 시그마프레스 2003, p.118

항상 같은 얼굴이라
미안해

> >>성형, 과연 주체적인 선택이 될 수 있을까?

  '비포before'와 '에프터after'를 나란히 두고 극적인 효과를 자랑하는 성형수술 광고들은 어디를 가나 우리의 시선을 쉽게 사로잡는다. 그리고 무수한 성형 업계 광고들이 권하고 퍼뜨리는 메시지는 단 하나로 수렴된다. 바로 아름다움을 획득하는 것은 충분히 가능한 일이며 그렇게 획득된 아름다움은 우리 삶을 더 좋은 방향으로 이끌어 주리라는 것이다.

  성형외과 의사이자 그 자신도 여러 번 성형수술을 받아왔으며 앞으로도 받을 것이라는 로렌 에스케나지 박사는 성형의 의미를 보다 넓고 깊게 본다. 그녀에게 성형은 단순히 외양의 변화가 아닌 정신의 변화를 예고하고 표현하는 하나의 의식이다. 그리고 누군가에게 보이기 위함이 아닌 스스로의 변화를 목격하고 자축하기 위해 이루어진다. 그래서

인지 수술대 위에 누운 그녀는 비장하다. 그녀는 성형의 역사적, 사회적, 문화적, 정치적, 개인적 의미를 이렇게 이해하고 있다.

"우리 문화는 성형수술을 개인의 약점과 불안을 보여주는 것이라고 치부하는 편이지만, 수술을 통해 신체를 바꾸고 위험을 감수하는 것은 사실 자아 주체성을 보여주는 동시에 자기 변화를 불러오는 선택이라고 할 수 있습니다."*

그러나 과연 현대 사회에서 성형수술을 단순한 외양 변화가 아닌 내면 변화를 선포한다는 의식을 품고 있다는 생각을 하는 사람은 얼마나 될까? 성형외과에 문을 두드리는 사람 중 얼마나 많은 사람이 자신이 무엇을 왜 하고 있는지, 그것이 주체적인 선택인지에 대해 확고한 답을 줄 수 있을까?

>>비포와 애프터, 애프터와 비포

에스케나지의 주장은 타인의 얼굴 위에 미리 그려진 수술 부위를 곁눈질하며 타인의 모습에서 자신을 보게 되는 순간의 어색함과 불편함, 수술과정에 대한 영상과 소문을 들으며 느끼는 소름 끼침과 두려움, 예쁜 사람을 보면 무의식적으로 수술의 흔적을 더듬어보는 의혹과 절박함, 한 번의 수술이 끝났음에도 자신의 외모에 만족하지 못해 또다시 성

---

*Loren Eskenazi, 《More Than Skin Deep : Exploring the Real Reasons Why Women Go Under the Knife》, Harper Collins Publishers, 2006, p.33

형을 하고 싶어지는 초조함을 포괄하지 못한다. 많은 사람들은 의료적 목적이나 내면의 성찰을 위해서가 아니라 아름다움의 가능성과 아름다움이 불러오리라고 예상하는 행복의 가능성, 그리고 아름다움이라는 기준에서 밀리고 싶지 않은 불안으로부터의 구원 가능성에 베팅하며 수술대 위에 눕게 된다.

그들은 극적으로 변한 광고 속 비포 VS 애프터 사진을 번갈아 보며 자신의 현재를 비포에 대입시키고 자신의 미래를 애프터에 대입시킨다. 마치 자동판매기에 동전을 넣으면 원하는 제품을 얻을 수 있는 것처럼 달라진 외모는 더 나은 미래의 시간을 보장하는 것만 같다. 이런 상상이 끝을 모르고 계속될 때 그들의 '애프터'는 금세 '비포'자리로 대치되고 이들은 한 번 더 얼굴을 고치고 싶어한다. 이 베팅이 얼마나 비현실적이고 위험한가를 인식하지 못하면 우리는 비포와 애프터가 연속적으로 순환되는 상상을 결코 포기하지 못한다. 도리어 이 상상에 집착하게 될 때 욕망의 한계를 느끼지 못한 우리는 성형 중독에 빠지게 된다. 눈을 바꿨더니 코가 바뀐 모습을 욕망하게 되고 너무 큰 것은 조금 작게, 너무 작은 것은 조금 크게, 그때그때 필요에 따라 자유자재로 바뀌는 몸을 욕망하게 되는 것이다.

〉〉외모를 바꿔야 시간을 되돌리고 사랑을 묶어둘 수 있을까

영화 〈시간〉 속 여주인공 세희 역시 외모를 바꿈으로써 원하는 삶을 얻을 수 있으리라 생각했다. 그녀는 단순히 아름다워지기를 원한다기보다는 사랑하는 사람과의 관계 속에서 새로워지기를 원한다. 사랑하는 남자 친구, 지우의 사랑을 자신에게 정박시켜두고 사랑하는 그의 시선이 자신에게만 향했으면 하는 것이다. 사랑의 생물학적 유효기간은 2년 정도이고 기껏해야 3년을 넘기지 못하는 정보들에 마음이 흔들렸던지 그녀는 시간의 흐름과 그 시간과 함께 변해갈 수밖에 없는 관계, 그리고 그 관계 안에서 변해가는 서로의 시선을 두려워한다. 두렵고 불안했던 그녀는 끊임없이 그의 사랑을 의심하고 그의 시선을 경계한다.

의심하고 경계하는 마음의 렌즈로 본 그의 마음은 결코 그녀의 마음에 정박되지 못할 것만 같다. 그의 사랑 없이는 못살 것만 같은 마음에 절박해진 그녀는 이 모든 불안이 새롭지 않고 뻔한 자신의 외모 때문이라고 잘못 생각한다. 그녀는 더 아름다워지기보다는 완전히 새로워져 사랑에 말뚝을 박고 싶다. 다른 여자에게 친절하게 구는 남자 친구를 의심하고 괴롭히고 어르던 그녀는 절망 속에서 흐느껴 운다.

"항상 똑같은 얼굴이라 미안해."

왜 그녀는 똑같은 얼굴임을 미안해해야 할까?

'에브리데이 뉴페이스'라는 광고 카피가 있을 정도로 새로움에 대한 강박과 유혹은 끈질기게 우리를 흔든다. 화장품 사업과 패션사업, 성형수술 업계의 수익성을 보장하는 담보물이 바로 그런 강박과 유혹인 것이다. 새로운 얼굴을 매개로 한 새로운 삶을 보장하는 성형외과는 그녀가 흔들리는 마음을 해결하기에 가장 적합하다고 믿기 쉬운 장소다. 눈덩이 위에 없던 금을 그어주고, 낮은 코를 세워주고, 작은 가슴을 부풀

려주며, 신경 쓰이는 주름을 펴주는 의사의 손은 그녀와 같은 욕망과 두려움에 허덕이는 사람들에게 마이더스의 손이나 다름없다. 모든 것을 가능하게 해줄 것만 같기 때문이다. 그런 의사를 찾은 그녀는 '더 이상 예뻐질 수 없다'는 의사의 만류에도 흔들리지 않는다(어쩌면 그녀는 그 전에 이미 몇 번의 성형수술을 했을지도 모르겠다).

의사는 피 튀기고 징그러우며 기괴한 수술과정을 그녀에게 가감 없이 보여주며 경고하지만 흔들리는 마음을 어찌할 줄 모르는 그녀는 오로지 성형을 하겠다는 의지 하나만은 흔들리지 않는다. 새로운 얼굴, 새로운 몸, 새로운 정체성을 원했던 그녀의 의지만은 확고했던 것이다. 그런데 과연 그녀는 수술의 성공과 함께 원하는 변화를 이룰 수 있었을까?

≫새로운 얼굴을 얻었지만 슬퍼요

수술로 자신을 완전히 바꾸고 완전히 새로운 얼굴이 된 그녀는 과거의 '세희'를 지우고 '새희'라는 새로운 이름으로 자신을 칭하며 지우 앞에 나타난다. 그녀는 곧 지우의 마음도 얻게 되었지만 그럼에도 그녀는 행복하지 않다. 그녀는 카메라를 응시하며 관객들에게 하소연한다. 그녀가 관객들에게 직접 대화를 시도한 것은 이번이 처음이자 마지막이다.

"제가 원하는 대로 되었습니다. 제가 행복해 보이나요? 그런데 슬프네요. 가슴이 터질 것 같아요."

부푼 기대를 안고 수술대 위에서 성형외과 의사의 재단과 작업에 자신의 몸을 맡기는 사람 중 많은 사람이 이런 감정을 느끼게 된다고 한다. 이들이 수술 후 느끼는 공허와 허탈, 슬픔은 이들의 문제가 몸이 아닌 마음에서 비롯된 것이기 때문이다.

현재 자신에게 만족하지 못하고 있는 그대로의 자신을 사랑하지 못해서 생기는 마음의 병을 치유하지 않으면 외모 변화를 통해 삶을 변화시키려 하는 우리의 시도는 결국 실패할 수밖에 없다. 그리고 그 실패를 거듭하며 깊어지는 공허와 허탈, 슬픔을 또다시 외모 변화로 해결하겠다는 기대와 의지에 마음을 싣게 된다면 한 번의 성형이 그 다음, 그리고 그 다음의 성형 시도를 불러온다. 마치 옷을 갈아입듯 외모를 고치는 성형 중독에 빠지게 되는 것이다. 그 모든 시도는 사랑받기 위한 제스처로 나타난다. 그러나 그 마음이 너무나 절박하게 나타난 나머지 의도와 빗겨가기 쉽다. 성형으로 인해 있는 그대로 사랑하기도, 사랑받기도 더 어려워지기 때문이다.

〉〉예뻐야 사랑받을 수 있는 것일까?

예전에 인상 깊게 읽은 글 가운데 성형 중독에 빠진 한 여자의 이야기가 있었다. 그녀는 서른 번 넘게 성형수술을 했는데 그녀는 외모 변화를 통해 예전에 자신을 거절했던 남자들에게 복수하고 싶었다고 했다.

"뚱뚱하고 못생겼을 때에는 거들떠도 보지 않고 대놓고 무시하더니 예쁜 몸으로 다가가니 다들 유혹당하더군요. 그럴수록 복수하고 싶은 마음은 더 커져서 계속 수술을 하게 되었던 것 같아요."

거절의 상처가 얼마나 깊었으면 그랬을까 싶기도 하지만 반복되는 성형수술과 그녀 나름의 복수를 통해 그녀가 무엇을 얻고 싶었는지 궁금해지기도 한다. 사실 그녀가 원한 건 복수가 아닌 사랑이 아니었을까? 그녀는 무엇을 증명하고 싶었을까? 예뻐야 사랑을 얻을 수 있다? 아니면 예뻐도 사랑을 얻을 수 없다? 거절을 당하든 거절을 하든, 못생긴 몸이든 아름다워진 몸이든, 그녀는 결국 그 하나의 몸으로 홀로 외로움을 견뎌야 하는 것이 아니었겠나?

우리는 하루에도 수많은 얼굴을 마주하고 스치고 지나간다. 그러니 그 가운데 과연 몇 명의 얼굴이나 찬찬히 들여다볼 기회가 있을까? 생각해보면 구름처럼 지나가는 수많은 사람들의 얼굴 가운데 사랑으로 내 마음에 온전히 박힐 사람은 그다지 많지 않다. 그리고 우리가 사랑하는 연인과 가족의 얼굴이 수시로 바뀌기를 원하지 않을 것처럼, 우리 역시 우리의 얼굴을 수시로 개조하고 보수할 필요는 없다. 때로는 사랑받고 싶은 절박한 제스처는 스스로를 소외시키게 만들고 원하는 사랑을 더 멀리 밀어낸다.

▶▶ 욕망과 필요의 뫼비우스 띠를 돌고 돌아 다시 원점으로 오다

잔혹하리만큼 충격적인 방식으로 메시지를 전달하는 김기덕 감독의 영화답게 우리는 영화 막바지에서 네 얼굴이 내 얼굴이 될 수 있고, 내 얼굴이 네 얼굴이 되어버리는(비포가 애프터가 되고 애프터가 비포가 되는) 순환 고리의 원점으로 되돌아온다. 영화 첫 장면처럼 지우를 만나러 가던 세희는 성형외과에서 나오는 새희와 부딪치게 된다. 마치 뫼비우스의 띠처럼 우리는 이야기의 끝과 처음, 과거와 현재, 미래가 뒤섞이게 되는 지점으로 돌아간다. 사랑을 얻기 위해 앞으로 성형수술을 해서 새희가 되고 싶다는 욕망을 품은 세희는 역시 사랑을 얻기 위해 세희를 버리고 새희가 된 과거의 자신(혹은 미래의 자신)과 마주치게 되는 것이다. 현재의 세희가 미래의 새희가, 또 그 미래의 새희가 과거에는 세희였을 수도 있다는 시간의 어긋남과 욕망의 모순을 한눈에 암시해주는 장면이다. 우리는 안다. 시간은 다시 돌고 돌아 세희가 세희인 채로 있지만 그 세희가 새희가 되고, 또 새희가 또 세희로 돌아가기를 원하게 될 수도 있다는 것을.

우리를 둘러싼 무수한 광고들은 우리를 부추기며 욕망want과 필요need의 경계를 흐릿하게 만든다. 그럼으로써 우리가 가진 물건들을 새 것으로 갈아치우는 것도 모자라서 우리의 몸을 바꾸는 것도 필요하다고 말한다. 그런데 그런 광고의 폭격탄을 맞아 비틀거리는 순간마다 우리는 우리의 마음을 단단히 붙잡아야 한다. 원하는 것과 반드시 필요한 것은 전혀 다른 문제이며 원하는 것, 필요하다고 생각하는 것을 모두 가져야 우리가 행복해지고 사랑받을 수 있는 것은 아니기 때문이다.

중독과 비교 :
과거의 짜릿한 경험이 현재를 지루하게 만든다

　미국의 심리학 대중잡지인 《오늘의 심리학Psychology Today》에 '나는 왜 예쁜 여자를 싫어하는가'라는 제목의 글이 실린적이 있었다. 글 속 화자는 자신의 불행을 할리우드에서 미녀들에게 둘러싸여 지냈던 시간들 때문이라며 푸념한다. 그의 글을 읽다보면 처음에는 그저 웃음만 나온다. 그런데 한참 그의 이야기를 들어보면 그가 꽤 진지하다는 것을 알 수 있다. 물론 지금 그가 느끼는 모든 불행감이 아름다운 여자들 사이에 있었다는 사실 하나로 돌릴 수는 없다. 하지만 그의 이야기에 귀를 기울여보면 분명, 그 시간 동안 그가 한 경험은 그에게 어느 정도 영향을 미치는 것 같다. 그는 자신의 경험에 대해 이런 결론을 내린다.
　"나는 때때로 내가 LA로 오지 않았으면 어땠을지 상상해본다. 그랬다면 매일매일 아름다운 여성들에게 둘러싸여 있는 일은 없었겠지 싶다가도 또 이런 생각도 해본다. 사실 이곳의 아름다운 여성들의 이미지는 전 세계로 방송되지 않는가. 대부분의 사람들이 LA에 살고 있지 않더라도 TV나 영화를 통해 모든 사람들이 하루에 한 번은 LA에 방문하고 있다. 그러니 정도의 차이만 있을 뿐 우리 모두는 할리우드의 영향력 아래에서 살고 있는 것이 아닐까 싶다."

그의 논거를 따라가 보면 아름다운 것, 좋은 것, 멋진 것, 편한 것, 짜릿한 것이 반드시 우리에게 좋은 것만은 아니라는 것이라는 결론에 도달하게 된다. TV와 영화, 그리고 광고 속 멋진 삶의 모습은 의식하지 못하는 사이 평균적인 삶에 만족하지 못하게 하고 우리를 불행하게 만든다. 우리는 우리의 현재 경험을 과거 경험에 비추어 비교할 수밖에 없기 때문이다. 마치 따뜻한 물에 손을 넣고 있다가 찬물에 손을 넣을 때와 찬물에 손을 넣고 있다가 따뜻한 물에 손을 넣을 때가 다른 것처럼 우리는 같은 자극도 다르게 받아들일 수밖에 없다.

이런 비교와 관련해서 그가 말하는 불행감이 사실임을 보여주는 연구가 있다. 켄트릭 박사의 결혼 생활 배우자 만족감 설문조사다. 그는 아름다운 이성과 그렇지 않은 이성의 사진을 보여주고 난 뒤, 배우자에 만족하는 정도를 물었는데 아름다운 이성의 사진을 본 사람들은 배우자에 대한 만족감이 유의미하게 낮게 책정한다는 결론을 얻었다. 미녀들에게 둘러싸여 할리우드 생활을 했던 그는 실험 후에 그가 어떤 여자를 만나도 만족하지 못하게 되는 불행을 가져왔다는 그의 주장에 신빙성을 부여해주는 결과다.

중독이 되는 물질이든 행위이든 우리의 감각을 즉각적으로 만족시키는 강렬한 감각 경험에 한 번이라도 노출되면, 그 이후에 이전만큼 강렬하거나 즉각적이지 않으면 심드렁해지는 스스로를 발견하게 된다. 소소한 즐거움, 뭉근히 퍼지는 기쁨, 고요함, 평온함과 같은 느긋한 정서 체험보다는 빠르고 즉각적이며 강렬한 감각 체험에 무게 중심을 둔 삶을 지향하는 것이다. 이러한 감각 체험은 만족되는 즉시 더 많은, 더 높은, 더 즉각적인 감각 수준을 요구하기 때문에 우리는 더 큰 열망 속에 빠진다. 중독이 무서운 이유는 바로 여기에 있다. 마음의 평안과 만족감을 잃어버린 채 무감각하고 무딘 자신을 일으키기 위해 뭔가 하지 않으면 안 될 것만 같은 안절부절못하는 상태로 우리를 밀어 넣고 불만에 가득 차게 만들기 때문이다.

헬렌켈러는 거리의 나뭇잎이 살랑거리는 소리, 바람이 몰고 온 세상의 향기에도 커다란 기쁨을 맛보았다고 한다. 아주 작고 사소한 환경적 단서 하나에도 그녀는 온몸으로 반응하고 쉽게 기뻐했던 것이다. 그녀처럼 우리는 평범한 일상에서 즐거움과 만족감을 느끼는 능력을 회복할 필요가 있다. 그 모습 속에서 우리는 중독자와 비중독자의 차이를 나눌 수 있다.

중독, 삶에 대한 동상 반응

출구 없는
알코올 중독자의 삶

생텍쥐페리의 《어린 왕자》를 읽다보면 어린 왕자가 술주정뱅이를 만나 대화하는 모습이 나온다. 하루 종일 술을 마시는 술주정뱅이에게 어린 왕자는 왜 술을 마시냐고 질문한다. 그는 그 질문에 "잊기 위해서"라고 대답한다. 무엇을 잊고 싶으냐고 어린 왕자가 재차 묻자 그는 "자신이 부끄러운 사람이라는 것"을 잊고 싶다고 한다. 어린 왕자는 또 질문을 한다. 그렇다면 무엇이 부끄러운 것일까? 이에 대해 술주정뱅이는 어린 왕자가 절대로 이해하지 못할 대답을 한다.

"술 마신다는 게 부끄러워"

어린 왕자가 만난 술주정뱅이가 술을 마시는 이유는 세상의 모든 알코올 중독자들이 술을 마시는 이유와 닮아 있다. 그들은 모두 처음에는 사람들에게 상처받은 마음을 달래거나 미운 자신을 잊어버리기 위해 술을 마신다. 그러다가 술 때문에 사람들로부터 멀어지고, 멀어지는 사람들의 모습을 보거나 상상하며 스스로 고립되고, 또 그러기에 술을 더 찾는다. 어린 왕자가 만난 술주정뱅이처럼 술에 절어 있는 그들은 자신을 잊어버리기 위해 술을 마시고, 술은 더더욱 그들을 고립시키면서 그들의 삶은 그렇게 끝없이 구간 반복된다. 영화 〈라스베가스를 떠나며〉에도 이런 지리멸렬한 중독의 사이클을 구간 반복하고 있는 한 남자가 나온다.

꽤 근사하게 보이는 영화사에서 큰 책상을 차지하고 있던 벤의 삶은 어느 순간 휘청거리기 시작했다. 그 모든 게 술 때문이었다. 겉으로는 쾌활해 보이고 즐거워 보이지만 그의 마음은 언제나 채워지지 않은 갈망으로 요동치고 있다.

그는 술 때문에 자신이 이렇게 엉망이 된 것인지 아니면 자신이 엉망이기 때문에 술을 마시게 된 것인지 알 수 없다는 말을 되뇐다. 스크린 너머로 엉망진창으로 휘청거리는 그의 삶을 지켜보는 관객들도 무엇이 먼저였던가를 제대로 파악하기는 어렵다.

닭이 먼저인가, 알이 먼저인가의 문제처럼 술이 먼저인가, 엉망인 삶이 먼저인가의 문제 역시 전후관계를 분명히 하기 어려울 정도로 아리송하다. 영화 속 벤뿐 아니라 다른 알코올 중독자들, 그리고 정도의 차이는 있지만 어느 정도 자신에게 해로운 일상의 집착과 습관에 갇혀 있는 사람들은 모두 그와 같은 질문과 사이클 속을 돌고 돈다. 벤 역시 시작점을 알 수 없는 그 중독의 사이클을 전전하다가 어느 시점에는 가족으로부터 버림받고 다니던 회사로부터도 버림받았다. 그는 결국 회사가 준 퇴직금을 탕진하며 서서히 죽어갈 생각으로 라스베가스로 향한다. 삶에 대한 모든 희망을 잃은 것이다.

▶▶전진 혹은 후퇴, 지금 이 순간 세상에 내놓는 제스처

우리가 삶에서 취하는 다양한 제스처는 크게 전진(삶)과 후퇴(죽음)로 나누어볼 수 있다. 이를 프로이트 식으로 말하자면 이는 삶의 본능(에로스)과 죽음의 본능(타나토스)라고 할 수 있다. 앞으로 전진해나가면서도 우리는 때론 뒤로 물러나고 싶은 마음에 시달린다. 그리고 앞으로 나아가고자 하는 강렬한 열망이 크게 좌절되는 순간, 한 번 더 내딛는 시도를 하기 두려워하며 움츠러들고 바로 그 지점에 딱 얼어붙어 버린다. 그러다 보면 앞으로 나아가지 못하고 뒤로 물러나기만을 반복하게 되고 물러나면 물러날수록 전진은 더 어렵게만 느껴지고 자괴감은 더 커진다.

영영 후퇴할 수밖에 없고 더 이상 후퇴할 공간이 없을 때 사람들은 또 한 번 선택의 순간에 내몰린다. 그대로 죽어가는가, 아니면 마지막 힘을 그러모아 삶을 향해 돌진하는가. 라스베가스로 향하는 벤의 모습은 죽음을 향한 전진, 삶으로부터의 후퇴를 상징한다. 그는 전진할 때도 있었던 자신의 과거에 대해 아무도 모르는 지구상의 어느 한 지점에 가서 아무런 미련도 갈망도 없이 그대로 죽어가길 바란다. 자신의 위 속에 독한 술만 가득 채워 눈도 흐리멍덩하게 만들고, 술이 자신의 정신을 모두 지배해서 자신을 깡그리 잊어버리고 잃어버리기를 원했다. 아마도 술에 대한 절박한 갈망 외에는 삶과 관련된 어떤 것도 남기지 않고 그대로 연소시켜버리기를 원했던 것 같다.

심리학자 크리스틴 콜드웰은 책 《몸으로 떠나는 여행》(김정명 역, 한울 2008)에서 중독은 술이나 약물의 문제라기보다는 자신으로부터 끊임없이 후퇴하는 습관, 즉 단순한 움직임의 문제라고 말하고 있다. 그는 또한 중독이 자아와 세계의 연결 플러그를 뽑아놓는 행위며 회복은 삶에 대한 동상 반응, 즉 일종의 무감각을 넘어서는 것을 통해서만 가능하다고 보았다. 그렇다면 벤은 어떤가? 자아와 세계의 연결 플러그를 뽑아버리고는 끊임없이 후퇴하는 벤에게 회복은 가능할 것인가?

영화가 시작되자마자 라스베가스로 떠나는 그의 모습을 지켜보았을 때 나는 이 영화의 제목이 〈라스베가스를 떠나며〉라는 점에 주목했다. 비록 그는 술병을 입에서 떼지 못한 채 라스베가스로 향하고 있기는 했지만 나는 이 영화의 제목에 일말의 희망을 걸었다. 라스베가스라는 공간이 그의 존재를 서서히 잠식시킬 죽음의 공간이며, 지금은 그가 그 공간을 스스로 선택해서 향하고 있다고 해도, 후에 그가 마음을 고쳐먹고 그 공간을 떠날 선택을 스스로 하게 된다면 그의 삶은 충분히 희망적이라고 보았을 것이다. 그래서 나는 그가 그 공간 속에서 죽음이 아닌 삶의 가능성을 보길 원했다. 그가 죽음의 공간으로 스스로 기어들어가는 선택을 했듯이 죽음의 공간을 떠나 삶의 공간으로 나오는 새로운 선택을 하길 원했던 것이다. 영화는 그 선택이 실행되는 과정을 그리고 있다. 그러나 자아와 세계의 연결 플러그를 뽑아버린 그에게 세상은 한 번 더 말을 건다. 세라와의 만남을 통해 관계라는 마지막 전류가 흐르는 것이다. 그렇다면 과연 그 관계는 그와 세계와의 연결 플러그를 다시 꽂아줄 것인가?

〉〉그 남자의 마지막 갈망, 그저 함께 있어주길

라스베가스로 간 그는 스스로 술에 대한 갈망이 그의 모든 삶을 지배했다고 생각했을지 모르지만 아무리 구제불능으로 취해있는 술꾼에게 술보다 더 진하게 남은 갈망이 있다. 그것은 바로 대상에 대한 갈망이다. 추락하고 후퇴하는 삶이라도 자신의 삶을 지켜봐 주고 자신과 함께해줄 누군가에 대한 그리움과 외로움은 그의 혈관 구석구석을 도는 알코올 성분도 어찌해볼 수 없는 강렬한 갈망이다. 사람이 사람을 원하는 것은 언제 어디서 얼마나 엉망으로 취해 있더라도 당연한 것 아닌가.

대상에 대한 그의 절박함은 그 갈망의 깊이가 비슷한 사람의 마음을 울린다. 우연히 그를 만나게 된 세라는 그녀와 쾌락을 나누기를 원한다기보다는 그녀와 이야기를 나누며 그저 함께 있기를, 즉 그녀의 몸이 아닌 존재를 원하는 그의 마음에 이끌린다.

몸을 파는 역할을 통해 자신의 존재 이유를 확인해왔던 그녀는 자신의 존재에 다른 의미를 부여해주는 벤을 통해 다른 삶의 가능성을 발견하게 된다. 그와 함께 있을 때 그녀는 더 이상 타인의 욕망을 배설하는 몸을 가진 존재, 누군가를 보살피고 감정적 교류를 하는 몸을 가진 존재로 변환된다. 이 과정에서 그녀는 그에게 몸이 아닌 마음을 준다. 겉이 아닌 속을 준 것이다.

›› 그 여자의 절박한 갈망, 그저 함께 있어주길

성적인 욕망에 중독된 사람들의 욕망을 전담하던 그녀가 죽음의 욕망에 중독된 벤의 존재를 책임지게 된 것은 참으로 아이러니컬한 일이다. 그녀는 시종일관 엇나가고 왜곡된 타인의 삶과 죽음을 받아주는 역할만을 한 셈이다. 누군가를 받아주고 보살펴야만 존재성을 느끼는 그녀의 삶은 어쩌면 죽어가는 알코올 중독자인 벤의 삶보다 더 절박하고 치열했을지도 모른다. 그녀는 그를 보살피며 그와 함께 있기를 원하지만 이미 심리적인 죽음을 넘어 신체적인 죽음만을 기다리고 있던 그는 끝끝내 그녀의 마음을 받아들이지 않는다. 그들은 그저 서로의 최대 약점이자 서로의 정체성을 구성하고 있는 '알코올 중독자'와 '창녀'를 건드리지 않은 채 서로를 있는 그대로 받아들일 것을 약속하고 함께 살기 시작한다.

이 약속은 표면적으로는 서로를 바꾸려 들지 않겠다는 것, 그리고 더 깊게는 서로에 대해 어떠한 욕망도 품지 않겠다는 것을 의미한다. 그리고 더 본질적으로는 삶에 대한 어떠한 희망도 가지지 않겠다는 것을 의미한다. 특히 벤에게 있어 이런 무망의 마음은 세라와의 만남을 통해서도 변할 수 없을 만큼 질기고 단단하다. 그는 이런 마음을 라스베가스로 향하던 영화 초입부터 명징하게 품고 있었던 것이다. 그의 마음이 변하지 않는 한 영화는 처음부터 일관적으로 새드엔딩으로 향하고 있다. 우리는 알코올 중독자가 어떻게 죽어가는가와 어떤 절박한 시도도 그를 소생시킬 수 없었다는 허무함을 안고 영화는 엔딩을 맞이할 수밖에 없는 것이다.

>> '죽음'을 '통해서'가 아닌 '삶'을 '향해서' 떠났더라면

　영화가 끝나고 오랜 시간이 지나도 존재를 향한 세라의 절박함과 죽음을 향한 벤의 무망감이 우리 가슴속에서 쉽게 지워지지 않는다. 아마도 감독은 처음부터 출구 없는 중독자의 삶만을 보여주고 싶었던 것 같다. 처음부터 심리적으로는 죽어버렸기에 마음의 심폐소생술마저 소용이 없는 중독자에게 헛된 희망을 걸기보다는, 그가 그 나름의 방식으로 죽어가는 모습을 있는 그대로 지켜봐 달라고 요구하는 것이다.

　이 영화를 보고 난 뒤, 나는 술기운에 휘청거리는 중년 남자들의 모습에서 언뜻언뜻 벤의 모습이 겹쳐지는 것만 같은 착시를 경험하곤 한다. 전진과 후퇴의 양가적 선택 앞에서 매 순간 선택의 기로에 놓이는 우리에게 더 이상 후퇴할 곳이 없어 죽음을 선택한 벤과 그런 벤을 바라보는 슬픈 세라의 이야기가 남기는 여운이 뭐라 설명하면 좋을까. 술에 취해 휘청거리는 사람들의 뒷모습을 보며 나는 라스베가스로 떠나는 벤의 모습을 다시 한 번 되짚어보았다. 그가 라스베가스를 떠나는 방식이 죽음을 통해서가 아니라 삶을 향해서였다면 어땠을까 하는 미련이 남는다.

알코올 중독의 징후들 :
알코올 중독은 모든 중독의 기준이 된다

영화 속 벤은 거의 언제나 취해 있고 중독으로 인해 일상적인 생활을 계속 하기조차 어려운 모습을 보이는 엄연한 알코올 중독자다. 그를 특별한 진단 규칙으로 살펴보지 않더라도 알코올 중독이라 진단할만하다. 중독 치료 전문가들은 알코올 중독이 모든 중독의 기본이자 기준이 된다고 말한다.

우리 사회에 알코올만큼 중독이라는 문제의식과 경각심 없이 보편적으로 판매되고 섭취되는 것도 없다. 그렇다면 알코올 중독을 진단하는 기준은 무엇인가? 미국 정신의학회American Psychiatric Association의 정신장애 진단 통계편람DSM-IV-TR의 진단 기준을 중심으로 알코올 중독의 징후를 살펴보자. 우리는 지난 1년을 살펴보며 다음과 같은 질문을 통해 알코올 중독을 감지할 수 있다.

1. 알코올 남용

① 거듭되는 알코올 사용으로 직장, 학교 혹은 집에서의 주요 역할 임무를 수행할 수 없게 되었는가?
② 신체적으로 해가 되는 상황에서도 알코올 사용을 계속하고 있는가?
③ 알코올 문제 때문에 법적인 문제가 나타나는가?
④ 알코올의 영향들이 원인이 되거나 이로 인해 사회적 혹은 대인관계 문제가 계속적·반복적으로 악화됨에도 불구하고 알코올을 계속 사용하는가?

2. 알코올 의존의 진단 기준

① 술에 대한 내성이나 금단 현상(손 떨림, 불면, 식은 땀, 환시, 환청 등)이 나타나는가?
② 원하는 양보다 술을 더 많이 더 오래 마시게 되는가?
③ 금주하거나 절제하려고 노력하였으나 실패하는가?
④ 술을 구하거나, 술을 마시거나, 술에서 깨기 위해 많은 시간을 소비하는가?
⑤ 사회적, 직업적 혹은 휴식 활동들이 술로 인해 단념되거나 감소하는가?
⑥ 음주에 의해 신체적 혹은 심리적 문제(위궤양, 대인관계 등)가 악화되는 줄 알면서도 음주를 계속하는가?

한국 사회는 다른 나라보다 술을 허용하는 사회라고 한다. 직업 생활로 인한 인간관계 유지 차원에 있어 술은 없어서는 안 될 중요한 요소로 자리잡혀 있다. 하루 종일 일을 하고 나서도 새벽까지 술집을 전전하며 회식을 하고, 이른 아침 출근을 하고도 퇴근 후 술을 마시는 치명적 패턴을 반복해가고 있다. 또 그러면서도 치열한 경쟁 속에서 높은 생산성을 요구하는 비인간적이고 적대적인 직업 환경 속에서 전투적으로 살아내야 하는 것이다.

술 권하는 사회적 분위기 속에서 우리는 알코올 중독의 위기에 처해 있더라도 스스로 인식하지 못하거나 알코올 중독과 관련된 타인의 행동을 대수롭지 않게 넘길 가능성이 크다. 알코올에는 칼로리만 있고 건강에 필요한 미네랄과 비타민은 없다. 일단 알코올이 우리 몸에 들어오면 우리는 이를 중화시키기 위해 체내에 저장된 비타민을 사용하게 되는데, 술을 많이 마실수록 비타민이 결핍되기 쉬우며, 심한 경우에는 뇌손상을 가져와 우리의 기억력에 치명적인 영향을 미친다. 그러므로 나와 가까운 주변 사람들의 모습을 되돌아보고 중독에 대한 경각심을 가질 필요가 있다.

알코올 중독 문제가 사회적으로 공론화되기 시작할 때 미국에서는 알코올 중독의 문제를 개인의 도덕적 해이의 관점에서 바라보았다고 한다. 그런데 이와 관련된 더 많은 연구가 진행되면서 젤리넥과 같은 학자들이 알코올 중독이 질병이라는 점을 주장하기 시작했고, 현재 이 관점은 다른 학자들은 물론 알코올 중독자들 모임Alcoholics Anonymous에서도 지지하고 있다. 젤리넥은 알코올 중독이 다음과 같은 네 단계를 거쳐 심화된다고 보았다.

첫 번째, 전알코올릭 단계Prealcoholic phase : 사회적 긴장감을 해소하기 위해 술을 마신다.

두 번째, 전구 단계Prodromal phase : 술 때문에 의식을 잃거나 술에 집착하는 동시에 죄책감도 느낀다.

세 번째, 결정 단계Crucial phase : 술에 대한 조절력을 상실하고 금단현상을 경험한다.

네 번째, 만성 단계Chronic phase : 더 많은 양의 술을 갈망하고 강박적으로 술을 마시고 손 떨림이 나타난다.

어떤 학자들은 알코올 중독을 가늠하기 위해 '누구와 술을 마시는가'도 중요하다고 말한다. 나와 술을 마시는 사람이 나의 동료나 동년배라기보다는 나보다 어린 사람이나 지위가 낮은 사람이라면, 이 역시 알코올 의존도가 높다는 것을 의미한다는 것이다. 나와 함께 술을 마셔주는 사람이 내가 하자는 대로 따라 줄 수밖에 없는 힘없는 후배나 직원뿐이라면 알코올 의존을 제어하기가 그만큼 힘들다는 것이다. 아마도 가장 큰 문제라면 너무 오랜 시간, 너무 많이, 너무 자주, 그것도 혼자서만 술을 먹는 것이라고 할 수 있겠다. 대인관계의 중요한 적신호인 셈이다.

흔히 알고 있는 것처럼 술은 대인관계를 부드럽게만 만들어주는 것이 아니라 지나칠 경우에 술은 사람과 사람 사이를 멀어지게 한다. 술에 휘둘리지 않으려면 술의 특성을 잘 알고, 술의 한계를 잘 다스려가며 마실 필요가 있다. 작은 중독의 징후를 방치하면 후에 걷잡을 수 없는 치명적인 결과를 불러올 수 있다. 영화 속 벤이 처음부터 그렇게 술고래는 아니었을 것이다.

중독과
맞바꾼 행복

››싫다고 하면서도 벗어나기 힘든 도시 생활 중독

　오래간만에 시골에 내려간 나는 인정 많은 할머니와 할아버지와 함께 할 수 있어 좋았고, 익숙하고 단조로운 풍경도 멋졌고, 몸에 좋은 음식들을 먹고 마시는 잔치도 신났지만, 3일 만에 서울의 일상으로 돌아온 내가 짐을 풀기도 전에 한 일은 느끼한 치즈가 담뿍 들어간 피자를 주문하는 일이었다. 소파에 앉아 피자를 먹던 나는 라디오와 텔레비전, 인터넷 그리고 스마트폰이 있고, 5분만 나가도 차들이 늘어서 있고, 한쪽에서는 뚝딱뚝딱 공사하는 소리가 들리는 도시가 얼마나 그리웠던가를 알았다. 매일 아침 만원 지하철에서 낯선 사람들과 몸을 부딪치며 신경전을 벌여야 하는 것도 싫고, 사람도 많고 경쟁도 치열해서 복잡하고 시끄럽고 꽉 들어 찬 도시 생활에 질렸다고 습관적으로 말하면서도 난 이미 도시의 리듬에 너무 익숙해져 있었던 것이다.

  나는 그 순간 영화 〈행복〉 속 영수의 심경을 이해할 수 있겠다는 생각을 했다. 도시의 현란한 리듬에 맞춰 빙글빙글 도는 삶을 살던 그는 병을 얻어 시골로 내려올 수밖에 없었지만 이내 도시를 그리워한다. 표면적으로 그에게는 간경변증이라는 병명이 있었지만 아마도 그의 진짜 병명은 도시 생활 중독이었을지도 모르겠다. 도시가 그를 병들게 했기에 그가 살기 위해 가야할 곳은 분명 시골이었고, 또한 그는 사랑하는 사람과 함께 시골의 건강하고 평온한 생활 속에서 건강을 회복해나간다. 그런데 이 생활은 오래가지 못한다. 그의 마음속에 도시 생활에 대한 동경이 스멀스멀 올라오기 때문이다. 얼마 지나지 않아 그는 다시 복잡하고 시끄러우며 부산스럽고 자신의 행복과 건강을 좀먹게 되는 도시 생활로 돌아오게 된다. 그 역시 빽빽한 고층 아파트 숲 속에서 한 손에는 리모컨을, 다른 한 손에는 치즈가 담뿍 들어간 피자를 먹는 도시 생활이 그리웠었는지도 모른다.

〉〉도시의 파랑새, 행복의 반대편으로 날아가다

  이 영화 속에서 시골은 도시라는 중독에 빠져 병들어가는 우리 마음의 안식처로 떠오른다. 도시 생활이 불러온 불규칙성과 복잡성, 자극성, 그리고 도시에서 만난 사람들이 우리 마음속 깊이 남긴 상처와 오해, 고통이 불러온 우리 안의 독은 시골 생활의 단조로움과 여유를 통해 해소되고 치유된다. 특히나 도시라는 환경 속에서 더 쉽게 유혹되고 그러기에 더 많이 탕진하는 영수에게는 새로 찾은 시골이라는 환경과 시골의 아내가 그에게는 최선의 행복이다. 그럼에도 그는 마치 애써 치료해놓았더니 병이 말끔히 낫기도 전에 자리를 털고 일어나 적진으로 향하는 병사처럼, 자신을 죽게 할 그 도시의 유혹에 이끌린다.

우리는 영화를 보며 이런 그의 모습을 우리의 모습에 대입해보며 안타까운 마음에 의문이 생긴다. 왜 사람들은 지금 누리고 있는 행복에 만족하지 못하고, 행복이 저 멀리 다른 곳에 있을 거라고 믿는 걸까? 그는 왜 애써 찾은 행복을 저버리고 다른 곳에서 행복을 찾으려 했을까? 왜 누군가가 떠밀지도 않았는데 행복이 아닌 행복의 반대편에 있는 중독으로 다가가는 것일까?

곁에 있는 행복을 깨닫지 못하고 행복이 저 언덕 너머 어디엔가 있을 것이라 믿고 현실에 안주하지 못한 채 언제나 떠날 채비를 하고 있는 사람들의 마음에 대해 우리는 '파랑새 신드롬'이라고 이름을 붙인다. 벨기에 작가가 쓴 《파랑새》라는 동화에서 나왔다고 한다. 동화 《파랑새》의 주인공들은 행복을 찾아 여행을 떠나지만 끝끝내 파랑새를 찾지 못한다. 그리고는 결국 그 모든 것이 꿈이었을 뿐만 아니라 그들이 그토록 찾아 헤매던 파랑새가 사실은 자기 집 문에 걸려 있었다는 것을 알게 된다고 한다. 그처럼 많은 사람들이 바로 이런 모습으로 살고 있다는 점을 빗대어 파랑새 신드롬이라는 말도 생겨났다. 여러분은 어떠한가? 지금 여기의 행복을 충분히 즐기고 있는가? 아니면 저 너머에 있을 행복을 쫓고 있는가?

>> 애써 되찾은 행복, 제 손으로 뿌리치다

 동화 속 주인공들처럼 영화 속 영수도 이런 심리적 여정을 거친다. 도시에서 나이트클럽을 운영하며 자신을 탕진하고 애인인 수연과의 관계도 소원한 채 피상적인 삶을 살던 그는 건강이 악화되어 모든 것을 청산하고 시골의 요양원으로 들어간다. 심각한 상황 속에 몰렸으면서도 여전히 그는 뻔뻔하고 경박하다. 그에게서 삶에 대한 진지한 성찰이나 회한은 찾아보기란 힘들다.

 그는 종잇장처럼 얇은 인생을 살고 있었다. 요양원에 들어가면서도 어머니에게조차 외국에 나간다고 거짓말을 하고, 친구와 애인에게도 끝까지 냉대를 받고 있다. 이제는 몸도 만신창이가 되었으니 자신의 이후 삶에 대해 어떠한 기대도 없다. 하지만 이런 그의 막장 인생은 요양원에서 은희를 만나면서 달라진다. 은희는 자신의 마음을 있는 그대로 표현하고, 불치병에 걸려서도 남은 자신의 삶을 받아들이고 긍정적으로 사는 용기를 가진 여자다.

 그는 불치병에 걸린 그녀를 통해 사람과 사람 사이에 흐르는 애정을 경험하며 참된 사랑과 행복이 무엇인지 깨닫게 된다. 선천적으로 불치병에 걸린 그녀가 품은 삶과 사랑에 대한 진지한 태도는 뻔뻔하고 경박한 그의 마음조차 건드린다. 그래서 결국 그는 은희와 함께 살기로 결심하고 그들은 충분히 행복해 보인다.

 영화의 줄거리가 여기까지였다면 이 영화는 하마터면 무척 진부해졌을 지도 모르겠다. 하지만 이 영화는 행복을 그렇게 단순하게 정의하지 않는다. 이 영화가 말하고 싶은 행복과 그 행복의 반대편에 있는 중독의 속성은 이제부터 본격적으로 몸체를 드러낸다. 시골의 단조로운 행복 속에서 오래 머물지 못한다. 영화는 힘들게 찾은 행복을 자기 스스로 저버리는 영수의 모습을 비춰준다. 그럼으로써 우리에게 진정한 행복이 무엇인가, 그리고 행복에 도달하는 것보다 그 행복에 머물러 있는 것이 얼마나 어려운가를 묻고 있다.

은희의 헌신적인 보살핌으로 건강한 몸을 되찾은 영수는 이제 좀 살 만해지니 도시 생활과 도시 여자라는 유혹을 느끼기 시작한다. 도시 생활의 염증과 부작용으로 시골 생활을 하고, 그 안에서 행복과 사랑을 알게 되었던 그는 이제 자신을 치유해준 시골 생활의 단조로움과 평온함이 견딜 수 없이 지루하고 갑갑하게만 느껴진다. 결국 그는 은희를 버리고 다시 도시의 품, 도시의 애인에게 돌아온다. 다람쥐 쳇바퀴 돌 듯 또다시 시작된 도시의 삶 속에서 그는 언젠가 염증을 느낄 것이고, 도시 생활의 부작용으로 또다시 병들게 될 것이 뻔한데도 그는 자신의 행복이 도시에 있다고 착각한다. 어렵게 찾은 행복과 사랑을 자신의 손으로 내친 것이다.

›› 짜릿한 자극은 유통기한이 짧다

이런 그가 행복할 수 있었을까? 아니, 적어도 그가 되찾고 싶었던 현란한 재미와 자극을 느낄 수 있었을까? 우리는 도시로 돌아온 그가 또

다시 중독으로 인해 병들게 될 것이라는 것을 쉽게 예상할 수 있다. 현란한 재미와 자극의 기간은 짧을 수밖에 없기 때문이다. 술에 절어 휘청이는 그와 거짓 웃음을 나누던 도시의 애인 수연과의 짧은 대화는 이런 그의 비극적 진실을 극명하게 보여준다.

영수 : (재미있어 죽겠다는 듯)아…… 재미있어.
수연 : 진짜? 진짜 재미있어?
영수 : 응, 재미있어.
수연 : (정색하며) 거짓말 마. 재미없잖아.
영수 : 아냐 진짜 재미있어.
수연 : 재미없잖아.

우리는 그가 재미있다고 말할수록 그가 진심이 아니라는 사실을 더 선명하게 느끼게 된다. 또한 그 사실이 선명해질수록 그가 결국 앞으로도 행복해질 수 없는 비극을 맞이하게 되었다는 것을 알게 된다.

행복이 아닌 중독을 선택했고, 어렵게 되찾은 행복마저 중독과 바꿔치기해버린 그는 결국 돌이킬 수 없을 만큼 망가진다. 어느 정도의 시간이 흐른 뒤 우리는 세상에 버림받고 홀로 병원을 전전하다가 자신을 진심으로 사랑해주었던 은희의 임종장면을 지켜보게 되는 영수의 모습을 마주하게 된다. 그녀는 임종 직전 찾아온 그를 어떠한 원망도 없이 따뜻하게 품어준다. 그녀는 사랑했기에 행복한 사람이기 때문이다.

〉〉돌아온 탕자의 쓸쓸한 뒷모습

영화의 마지막 장면은 마치 악보 위에 그려진 도돌이표의 규칙처럼 영화의 첫 장면으로 돌아가는 것만 같다. 영화 도입 부분에서 도시에서 병들었던 그가 요양원에 들어갔던 것처럼 그는 또다시 짐을 챙겨 요양원에 들어가는 뒷모습을 우리에게 보여준다. 처음 요양원에 갈 때보다 더 차분하고 쓸쓸한 모습이다.

우리는 언제나 지금 가지고 있는 것, 지금 함께하는 사람, 지금 잘하는 것, 지금 하고 있는 일에 만족하지 못하고 언제나 지금과 획기적으로 다른 어떤 공간, 사람, 관계, 일을 꿈꾼다. 하지만 우리의 삶과 사랑을 일상의 소소한 따스함이 차곡차곡 모여 이루어진다. 조금의 결핍이 있더라도 지금 여기에서 행복을 느낄 수 없다면 어디를 가도 마찬가지다.

참된 행복과 사랑을 못 보고 지나치는 순간, 현재를 불평하며 행복이 아닌 중독을 선택하는 순간, 요양원에 되돌아올 수밖에 없었던 영화 속 탕자, 영수의 행복(혹은 중독) 이야기를 생각해보자. 영화는 우리를 살릴 수 있는 것과 우리를 죽일 수 있는 것이 진정 무엇인지 되물어보라고 이야기해준다.

중독의 세 가지 단계 :
중독은 세 가지 단계를 거쳐 심화된다

영화 속 중독자들은 자신도 모르는 사이, 어느 순간 갑자기 자신이 심각한 중독자가 되어 있다고 자조 섞인 고백을 한다. 그러나 중독은 그렇게 어느 순간 느닷없이 빠지게 되는 것은 아니다. 중독에도 단계가 있다. 그러기에 중독 전문 치료사들은 중독을 치료하기 위해 우리가 중독의 어느 단계에 있는가를 가늠해보고, 각 단계에 적합한 치료적 접근을 하는 것이 필요하다고 말한다.

치료사들마다 각 단계를 나누는 기준은 조금씩 다를 수 있고 중독의 종류마다 약간의 차이가 있을 수는 있지만 보통 중독은 다음과 같은 세 가지 단계를 거쳐 심화된다.

첫 번째 단계는 '실험적 접촉' 단계다. 이 단계에서 우리는 중독 물질이나 중독 행위를 처음으로 접한다. 니코틴 중독자들은 누군가가 건네

준 담배를 피워보고, 도박 중독자들은 친구 따라 우연히 갔던 도박판에서 삶의 희열을 맛본다. 쇼핑 중독자들은 카드를 긁는 재미에 빠지고 그 카드를 마구 긁을 수 있는 쇼핑몰이나 쇼핑사이트에 발을 들인다. 채팅 중독자들은 일상의 무료함과 허한 마음을 달래고 시간을 보낼 공간을 발견하고는 설렘과 흥분을 느낀다.

중독에 있어서 이런 '첫 경험'은 매우 중요한 의미를 품고 있다. 이 경험이 우리에게 얼마나 큰 보상을 해주었는가에 따라 우리는 보다 심각한 다음 단계의 중독으로 건너가는가, 그렇지 않은가가 결정되기 때문이다. 우리가 관계 속에서 공허함을 느끼고 있거나 하려던 일이 어그러졌을 때 중독 물질과 행위를 처음 접했다면 이 경험은 우리에게 큰 보상을 선사하는 것처럼 느껴진다. 그러다 보면 우리는 쉽게 중독의 두 번째 단계로 빠져드는 것이다.

두 번째 단계는 '충동적 접근 단계'라 불린다. 이제 우리는 전에는 몰랐던 새로운 세계에 한쪽 발을 걸쳐두게 된다. 이때 중독 물질이나 중독 행위는 마치 스트레스를 주는 이쪽 현실에서 저쪽 환상으로 도피하게 해주는 입장권과 같은 역할을 한다. 처음에 우리는 그 입장권을 우연한 기회에 거의 무료로 입수하게 되었지만 시간이 가고, 우리가 더 깊은 중독의 단계에 빠져들수록 그 입장권의 가격은 천정부지로 올라간다. 처음 맛본 즐거움을 얻기 위해 우리는 더 비싼 값을 치러야 할 필요가 있고, 한쪽 발을 중독에 내어준 채 한쪽 발만으로 현실을 지탱하고 있으니 자연스레 현실 대처 능력과 집중력은 덩달아 떨어진다. 그리고 이따금씩 어쩔 수 없이 밀려오는 중독의 충동에 우리는 평정심을 찾기가 어려워진다. 이런 충동은 충족되지 않을 때 우리를 바짝 긴장하게 만들고 계속해서 우리를 괴롭힌다.

우리 마음은 두 쪽으로 나뉜다. '원해'라는 충동은 우리가 애써 현실에 디디고 있던 다른 쪽 발마저 중독으로 당기려 하고 '안 돼'라는 이성은 중독에 디딘 발을 현실로 끌어오려 한다. 그리고 '원해' 쪽이 계속해서 승리할 때 우리는 충동이 불러온 긴장과 괴롭힘으로부터 아주 잠시 자유로울 뿐 이내 후회와 자책감이 밀려온다. 후회와 자책으로 약해진 우리 마음을 비집고 또다시 충동이 밀려온다.

충동을 느꼈다가 긴장하고 충동을 해소함으로써 안도하고, 안도했다가 후회하고, 후회했다가 또다시 충동을 느끼는 것이다. 이런 일을 수없이 구간 반복하고 나면 우리는 우리가 중독의 더 깊은 단계로 빠지게 되었다는 것을 알게 된다.

세 번째 단계는 '강박적 접근 단계'다. 이때 우리는 그나마 현실에 디디고 있던 나머지 발마저 중독이라는 이름의 배에 완전히 디디게 된다. 이제 충동을 넘어선 강박은 우리를 더 큰 불안과 긴장으로 애달프게 만든다. 이전까지는 중독물이나 행위를 통해 즐거웠던 우리는 이제 그 물질이나 행위가 없으면 너무 괴로워 견딜 수가 없다. 그래서 우리는 우리를 지탱해주던 사람들, 우리를 품어주던 일터, 우리가 향하고 있던 꿈을 등지고 온갖 거짓말과 기만, 상처를 안고 중독이라는 배에 온몸을 맡기기에 이른다. 그 배는 망각이란 이름의 레테의 강을 건너 기약 없는 항해를 하고 우리 삶도 함께 표류한다. 이 단계쯤 되면 우리 자신을 살리기 위한 스스로의 필사적인 노력과 우리를 구조하기 위해 강 밖에서 기다리고 있는 사람들의 애정 어린 도움 없이는 중독을 치료하기도, 흩어진 우리의 삶을 다시 모으기도 어려워진다.

치명적 유혹에
홀리다

≫영웅의 인간성, 우리는 모두 유혹에 약하다

어지럽고 정신없는 시대를 살고 있는 사람들은 평균적으로 사람이 하지 못하는 것을 해내는 영웅을 기다린다. 그리고 인간인 동시에 인간을 뛰어넘어야 하는 사명감을 가진 영웅들은 자신을 유혹하는 현실적 필요와 욕망 때문에 끊임없이 도전받게 된다. 영웅들 역시 다분히 인간적인 면을 보이는 것이다.

영문학사에서 영어로 쓰인 최초의 서사시 《베오울프》도, 현대 소설화되어 선풍적인 인기를 끌었던 소설 《베오울프》도, 3D 영화로 만들어진 〈베오울프〉도 악에 맞서 싸우는 도전에 응하는 그런 영웅들이 경험할 수밖에 없는 인간으로서의 한계를 드러낸다. 그 가운데 영화판 베오울프는 권세와 부귀, 미녀의 유혹을 뿌리치지 못하는 영웅의 모습을 보여준다. 그러기에 이 영화 속 영웅의 약점과 고뇌는 사이렌의 유혹하는 노랫소리에 자신을 닻에 묶어야 했던 오디세이의 고뇌와 클레오파트라를 치러갔다가 도리어 클레오파트라에게 반해 이집트를 수호하게 된 시저와 안토니오의 후회, 데릴라에게 자신의 아킬레스건을 가르쳐준 삼손의 비극을 연상시킨다. 그리고 이를 통해 영웅이나 보통 사람이나 모두 경계해야 할 중독의 유혹적 속성을 밝힌다.

〉〉유혹, 우리의 말초 신경을 자극하다

역사 속, 이야기 속 영웅들은 도의 길을 가기 위해, 대의를 실현하기 위해, 왕국의 평화를 수호하기 위해 하나같이 자신의 마음을 흔들리게 만드는 유혹의 밀착을 끊어내는 일이었다. 조금이라도 허점을 보이고 흔들이는 바로 그 순간 그들이 공들여왔던 길과 대의와 평화가 와르르 무너져 내릴 수 있으니 말이다.

원전 속 베오울프는 젊은 시절 용맹스럽고 정직하게 그렌델이라는 괴물을 처단하고 왕국에 평화를 가져와 왕위를 계승하게 된다. 그러다가 세월의 흐름에 따라 영웅인 동시에 인간인 그는 다 늙어서 찾아온 용을 처단해야 하는 운명에 처하게 된다. 칼을 든 지 몇십 년이 지나고, 근육도 물렁살이 되고 삶보다는 죽음이 더 가까운 그 때에도 그는 그 나라를 수호하는 왕으로서 그 왕국의 평화를 위해 비장한 각오를 하고 생애 마지막 싸움에 출전하는 것이다.

원전이 영웅의 인간성, 인간의 유한성, 덧없음을 느끼게 해주었다면 이 영화에서는 잠시 나오는 안젤리나 졸리(그렌델의 어머니역)의 실루엣으로 인해 영웅의 유혹당하는 인간성이 부각된다. 시대가 시대이니만큼 영웅이 유혹당하는 주제가 말초 신경을 자극하고 현대 사회의 영웅은 물론 모든 소시민에게 보편적으로 적용되는 감각적인 대중성을 가진 성, 색, 미녀로 바꿔치기 된 것이다.

>> 유혹은 언제든 우리를 찾아온다

이 영화에 등장하는 세 명의 왕-흐로스가, 베오울프, 윌쏘우는 모두 이 미녀(혹은 마녀)에게 유혹당한다. 베오울프는 흐로스가가 마녀에게 유혹당해 이 세상에 나타나게 된 괴물 그렌델을 차단하고 영웅을 상징하는 황금 술잔을 받게 되지만, 그는 바로 그 황금 술잔으로 마녀와 계약을 한다. 권세와 부귀, 그리고 미녀를 약속하는 너무나도 육감적인 마녀의 유혹에 솔깃해진다.

그는 속절없이 그 유혹에 넘어가고 자신은 물론 모든 사람을 속이고 영웅의 자리에 등극했지만 마음 한편으로는 양심의 가책에 찔려 평생을 괴로워하기도 한다. 그리고 그와 마녀의 아들인 황금용이 나타나 왕국의 평화를 깨뜨리자, 그는 젊은 날 자신의 나약함이 불러온 과오를 참회하게 된다. 젊은 시절의 위용을 잃은 늙고 힘도 없어진 그때가 되어서야 자신의 과오를 되돌리기 위해 황금용과 함께 죽게 된다.

영화는 베오울프의 친구이자, 차기 왕이기도 한 웰쏘우가 멀리서 미녀의 실루엣을 보고 시선을 떼지 못하는 모습을 보여주며 끝이 난다. 영화가 거기서 끝났다고 해도 우리는 그 역시 이미 마녀에게 유혹당할 수도 있다는 생각에 마음을 놓을 수가 없다. 그러기에 괴물을 처단하고 평화가 찾아옴으로써 영웅은 칭송되고 그가 겪은 유혹에 대해서는 침묵으로 조용히 덮어두는 평범한 영웅 전설을 기대했던 누군가는 그 기대가 무참히 산산조각 나는 것을 경험하게 될지도 모르겠다.

베오울프 이야기의 묘미는 진정 거기에 있는 것 같다. 영웅조차 유혹 앞에서 흔들리고 무너질 수 있다는 것을 보여주기 때문이다. 그들은 영웅이기 이전에 인간이다. 굳이 영웅이 아니라도 우리들은 우리를 자극하는 유혹에 끊임없이 노출되고, 끊임없이 무너진다. 이제는 완전히 그 유혹에서 벗어났다고 생각하는 그 순간 삶은 우리에게 또 다른 유혹의 떡밥을 던지기에 우리는 그 유혹을 물고 싶은 강렬한 욕망으로부터 완전히 자유로울 수 없는 것이다.

≫전 세대의 과오와 결핍은 후 세대의 과제와 목표가 된다

영화는 전 세대 사람들이 유혹에 휘말려 남겨둔 불씨를 후세대 사람들이 끄고, 그 불씨를 껐던 사람이 남겨놓은 또 다른 불씨를 끄는 방향으로 전 세대의 어두운 면이 후세대에 계속 전승되어가는 모습을 보여준다. 이 모습은 어쩐지 부모님 세대가 남긴 심리적 과제들이 아이들 세대로, 그리고 또 그 아이들의 아이들 세대로 끊임없이 대물림되는 모습과 닮아 있다.

영웅이든 범인이든 모든 면에서 완벽하고 강하다는 것은 불가능하고 한계를 가질 수밖에 없기에 전 세대의 과오와 결핍이 후세대의 과제와 목표로 남게 되는 것이다. 그래도 절망할 필요는 없다. 전 세대의 과오와 나약함이 남긴 불씨가 전승되는 역사가 이루어지는 다른 한편에, 전 세대의 시행착오를 통해 배움과 지혜와 통찰 역시 대물림되는 역사 역시 함께 진행되고 있다는 사실이다.

흐로스가는 베오울프가 유혹당했다는 것을 알면서도 이를 이야기하지 않고 그대로 혼자 가슴속에 묻어둔 채 죽었다. 베오울프 역시 자신의 과오를 자기가 살아 있는 동안 정정하려고만 했지, 이것이 되풀이 되지 않게 할 방법은 몰랐다. 하지만 이 영화를 봤거나 원전을 배웠거나 소설을 읽은 우리는 안다. 처음에 유혹을 당하지 않는 게 제일 좋은 방법이겠지만, 만약 이미 유혹 당했다면 실수했다면, 그 유혹의 결과가 그 다음 사람에게 대물림되지 않게 뭔가 해야 된다는 걸.

중독을 일으키기 쉬운 세 가지 조건 :
빠른 속도, 짜릿한 감각, 스트레스

학자들은 다음 세 가지 조건이 중독을 일으키기 쉬운 조건이라 한다. 그들은 이를 3S(속도, 감정, 스트레스)-Speed, Sensation-seeking, Stress라 부른다.

첫 번째 속도 Speed 를 보자

현대 사회는 속도전에 비유할 정도로 효율성과 생산성, 그리고 즉각적인 결과를 중시한다. 그래서 우리는 참고 기다리는 연습을 할 기회가 별로 없다. 특히 인터넷 속도가 빠른 우리나라의 경우 눈부신 기술 발전으로 인해 IT강국으로 급부상하기는 했지만 그에 따른 부작용도 만만치 않다. 인터넷 중독으로 인한 문제가 매우 심각한 지경에 이르렀기 때문이다. 전문가들도 우리나라의 인터넷 속도가 이렇게 빠르지 않았다면 중독의 문제는 이 정도로 심각한 문제를 불러오지 않았을 것이라고 말한다.

우리는 순간순간 더 빠르고 급하게 만족하고 싶은 우리 안의 성마른 마음을 마주할 때마다 스스로의 속도를 조정할 필요가 있다. 빨랐다가도 느긋해지고 달리다가도 멈추고 좋은 때를 위해 기다릴 줄도 아는 일상이 보다 행복하다.

사실 변화의 속도가 점점 빨라지고 우리의 감각을 즉각적으로, 더 강하게 만족시키는 경험을 예전보다 더 쉽게 얻을 수 있기에 중독에 영향받지 않는 평온한 마음을 유지하기는 더 어려워졌다. 영문학자 에크낫 이스워런은 이렇게 빠르게 돌아가는 사회 속에서 건강하고 자유로운 마음을 유지하기 위해 필요한 것이 무엇인지에 대해 다음과 같이 이야기한다.

"고속 차선에서 살기 living in the fast lane"이라는 말이 악명 높은 관용어가 된 것은 당연합니다. 누구도 그런 고속 차선을 운행해서는 안 됩니다. 당신의 생활과 마음이 갈수록 빨라지고 있을 때는 어떤 판단도 있을 수 없습니다. 오로지 반사만 있을 뿐이며, 그런 반사는 강박이 됩니다. 똑같은 생각, 즉 똑같은 정서 반응, 똑같은 충동, 똑같은 강박이 거듭거듭 반복되면 강박이 되는 것입니다. 그것은 흡연이나 마약에 대한 강박적 중독일 수도 있고 특정한 사람에 대한 강박적 애착일 수도 있습니다. 그것이 무엇이든, 모든 강박적 사고의 순환 고리는 위험합니다. 거기에 빠져있을 때 우리는 자유로울 수 없기 때문입니다.*

---

*에크낫 이스워런, 《마음의 속도를 늦춰라》, 바움, 2010, pp. 24~25참고.

마음이 급하게 돌진하는 고속도로에 살고 있다면 우리는 점점 더 초조해질 뿐 작고 소소한 일상의 장면을 놓치게 된다. 에크낫 이스워런은 마음이 급해질 때마다 천천히 속도를 늦추고 마음의 오솔길을 산책하는 것이 필요하다는 점을 강조한다.

두 번째는 감각sensation 이다

중독으로부터 벗어나기 위해서는 감각 추구가 아닌 정서 추구의 방향으로 나갈 필요가 있다. 감각이든 정서이든 '느낀다'는 점에서 같지만 무엇을 얼마나 느끼며, 그 느낌이 자신에게 어떤 의미가 되는가는 전적으로 다른 경험을 우리에게 선사한다. 감탄할 수 있는 능력을 잃어버리는 것만큼 슬픈 일은 없다. 작은 것에 관심을 기울이고 감탄할 능력을 되살리는 것은 중독자뿐 아니라 우리 모두가 우리 삶을 보다 생생하게 살기 위해 필요한 일이다.

세 번째는 스트레스stress 다

중독은 스트레스의 탈출구로서 기능하는 면이 있다. 현재 일상에서 경험하는 스트레스가 클수록, 그리고 스트레스에 취약할수록 중독에 빠질 가능성이 큰 것이다. 스트레스로부터 탈출하기 위해 중독적 행위를 계속하게 된다. 그러나 여기에는 커다란 아이러니가 숨어 있다. 스트레스로 중독에 빠지지만 이로 인해 일상에 지장이 오면서 더 큰 스트레스를 받게 된다는 점이다. 그리고 스트레스를 풀어줄 다른 통로가 없다면 이는 악순환의 고리를 형성하게 된다. 점점 더 큰 스트레스와 점점 더 심각한 중독에 빠지게 되는 것이다. 그러니 우리가 중독을 예방하고 완화시키기 위해 스트레스 관리 대처 능력을 키울 필요가 있다. 순간순간 스트레스를 인식하고 마음의 물꼬를 터주듯 이를 해소할 수 있는 방법을 찾을 필요가 있는 것이다. 가까운 사람과 이야기하거나 마음을 풀어주는 취미 활동을 가지는 것은 큰 도움이 된다.

우리가 이 세상을 살아가는 한 스트레스가 전혀 없는 것도 바람직한 상태는 아니다. 사실 우리가 지금 안고 있는 스트레스의 많은 부분은 우리의 작품을 더 멋지게 내놓기 위해 고심하는 과정에서 나온다. 그러니 스트레스를 받느냐 받지 않느냐, 혹은 스트레스가 큰가 크지 않는가 보다 어떤 스트레스를 안고 있는가를 제대로 직시하자. 나를 향상시키고 그 과정에서 사회에 공헌하게 도와주는 스트레스를 안고 있다면, 이 스트레스로 인해 중독에 빠지기보다는 스트레스를 더 멋진 삶을 위한 연료로 쓸 수 있을 것이다.

월-E (2008)
Wall-E

인간의 중독성, 로봇의 인간성

>> 미래의 사람들은 어떤 모습일까?

 미래의 사람들은 어떤 모습일까? 지금과 어떤 점이 같고 어떤 점이 다를까? 중학교 때 반쯤은 졸고 있는 나와 같은 반 친구들에게 과학 담당 선생님이 이런 질문을 던졌다. 그 선생님은 수업시간마다 이렇게 옆길로 잘 새기로 유명했다. 그래서 나는 과학은 싫어했어도 그의 수업만큼은 좋아했다. 딱 맞는 질문에 꽉 맞는 대답만을 쫓다가 갑갑해질 즈음엔 엉뚱해 보이는 질문과 허술해 보이는 답만큼 좋은 것도 없기 때문이다.

 선생님은 미래의 사람들이 영화 〈이티〉 속 이티와 같은 모습을 하고 있을 거라며 마치 국가 기밀이라도 발설하듯 은밀한 기쁨을 억누르며 말씀하시곤 했다. 사용할 일이 별로 없는 나머지 신체는 퇴화하나 손가

락과 머리만 열심히 쓴 덕분에 기다란 손가락과 커다란 머리를 가지게 될 것이라는 것이다. 그 전에 배운 용불용설과 얼추 맞아떨어지는 말인 것 같기는 했지만, 미적으로 좋게 느껴지지는 않는 모습이라는 생각이 들었다.

그 후 중학교를 졸업한 뒤 나는 고갈되어가는 지구의 에너지와 쌓여가는 쓰레기들을 강조하는 환경론자의 경고와 잊을만하면 나타나는 중독자들의 죽음, 그리고 일상에서 경험하는 공허감을 목격하면서 미래에 대한 암울한 전망을 듣게 되기도 했다.

한쪽에서는 과학 문명이 얼마나 눈부시게 발전하고 있는가를 보여주고 있지만, 나는 다른 한쪽에서 들려오는 암울한 전망 쪽에 마음이 더 쓰였다. 기술 문명이 발달할수록 우리 마음은 더 황폐해지고 각종 중독에 점점 취약해졌기 때문이다.

문명의 편리와 이기 덕분에 우리는 굳이 우리의 신체를 움직이지 않고도 많은 일을 할 수 있다. 실제의 만남보다 그 실제를 흉내 내고 요약한, 실제보다 더 실제 같은 이미지들이 우리 삶을 채우고 있다. 이미지들은 유혹적이고 재미있으며, 감칠맛 나기에 우리의 마음을 쉽게 사로잡는다. 바야흐로 감각과 이미지 과잉의 시대를 살고 있는 셈이다.

그런데 그 이미지들은 실제가 아니기에 우리 마음을 완전히 채워주지는 못한다는 치명적인 단점을 안고 있다. 우리는 계속해서 그 이미지들을 소비하고 또 소비하지만 마음은 채워지지 않고, 다만 다 써버린 에너지의 파편(쓰레기)만 남게 된다. 어쩌면 우리가 발전과 발달이라고 부르는 모든 것은 우리를 자연과 자연스러움, 실제 현상에서 떨어뜨리

고 감질맛 나는 중독에 빠지게 만드는 과정이었는지도 모른다.

›› 미래 인간의 '지나치게' 고민 없는 일상

영화 〈월-E〉가 보여주는 미래의 우리에 대한 전망도 그와 같다. 영화는 우리가 한 100년쯤 지금과 같은 방향의 발달을 계속하다 보면 이 지구에서 사는 것이 불가능해질지도 모른다는 전망을 내놓고 있다. 대신 기술 문명은 발달의 발달을 거듭하며 인류가 오염시킨 지구를 청소할 기계들과, 지구가 청소되는 동안 머물 수 있는 파라다이스와 같은 장소 엑시엄Axiom과, 그 시간 동안 우리의 모든 수고로움을 덜어줄 서비스 정신이 충만한 기계들이 있을 것이라 예상한다. 그리고 그런 생활이 700년 정도 쭉 계속 되리라고 말한다.

영화에서 묘사된 지금으로부터 800년쯤 후, 인간들의 모습은 예전 나의 과학 선생님이 그렸던 이티의 모습보다 더 실망스럽게 나타난다. 그들은 너무 둔하고 갑갑해 보인다. 그들은 걸을 줄도 모르고 생각할 줄도 모른다. 오로지 하루 종일 하는 일이라고는 매시간 그들을 즐겁게 해줄 영상에 취해 있고, 문제가 생기면 즉각적으로 해결해줄 기계들에 의존하고 있다. 그들은 모두 심각한 중독에 빠져 있다. 모든 필요가 즉각적으로 충족되고 반복적인 행위의 궤도만을 돌고 있는 그들의 삶은 너무나 편리하기에 또 너무나 무의미하다. 지금 당장 무엇을 할 것인지에 대한 철학적이고 심오한 고민이 전혀 필요 없고, 진짜 경험이 아닌 이미지와 감각에만 사로잡혀 있는 일상을 살고 있는 것이다.

›› 미래 기계의 다분히 인간적인 일상

그들에 비해 모두가 떠난 쓰레기 더미 지구에서 홀로 쓰레기 처리를 담당하고 있는 월-E는 사람들이 오래전에 잃어버린 인간성을 간직하고 있다. 그는 매일같이 쓰레기 더미 위에서 자신만의 보물을 수집한다. 이 보물들은 다분히 주관적이다. 한 장면에서 그는 다이아몬드 반지가 든 박스를 발견하는데 박스 안에 든 반짝반짝 빛나는 다이아몬드를 버리고는 박스를 신기하게 생각해서 수집해온다. 그리고 자신만의 보물로 자신의 집을 꾸민다. 그가 가진 보물 가운데 최고의 보물은 녹음된 사랑의 세레나데와 사랑의 세레나데를 부르는 두 남녀의 영상이다. 그는 그 영상을 매일같이 보고 또 보고 그 음악을 듣고 또 들으며 무언가를 '느낀'다.

그의 행위 역시 반복적이지만 엑시엄 호에 있는 사람들처럼 중독이라 말하기는 어렵다. 그는 느낌 없이 반복적인 행위를 하게 만들어진 기계이지만 그는 이제 뭔가를 느끼고 있기 때문이다. 그와 반대로 사람들은 순간순간 느끼는 존재이지만 그저 반복적인 행위 속에서 느낌을 잃어버리고 기계와 같은 삶을 살고 있다.

이 영화는 기계가 되어버린 인간과 너무나도 인간적인 기계의 모습이 나란히 등장시킴으로써 우리가 잃어버린 것이 무엇인가를 더 절실히 보여준다. 영화 속에 등장하는 기계의 인간성은 너무 편리할 때 나타나는 불편과 완벽한 통제가 가능해질 때 나타나는 혼란을 역설적으로 드러낸다.

월-E는 인간들이 남긴 쓰레기 더미 사이를 몇백 년 동안 홀로 누비며 외로움, 갈망과 닮아 있는 뭔가를 느낀다. 무언가를 느끼려고 하는 월-E에게 그 느낌이 무엇인가를 알려주는 대상, 이브가 나타난다. 그가 지구상에서 생명의 가능성을 발견하기 위해 우주에서 파견된 최신 기계 이브에게 홀딱 반한다. 그가 경험하는 인간적인 느낌에 이제 사랑이라는 확고한 이름이 붙여지는 것이다. 영화 속에 묘사된 이들의 관계는 인간 대 인간, 더 구체적으로는 인간 남녀의 만남을 그대로 재현하고 있다. 그리고 그 만남 덕분에 700년 동안 중독의 깊은 잠에 빠져 있던 인간들도 깨어난다. 월-E와 이브의 인도로 그들은 자신들의 과거 역사와 현재의 과제, 그리고 미래의 비전을 다시금 깨닫게 된다. 결국 그들은 기계 문명의 안락함이 주는 이미지의 세계를 벗어나 조금은 불편하지만 진짜 삶을 살 수 있는 지구 땅을 밟고 진짜 씨앗을 뿌리고, 진짜 만남을 하고 싶은 진짜 욕망을 실현하게 된다.

〉〉생존이 아닌 진짜 삶을 위해

영화 속 월-E가 전하는 기계의 인간성은 우리에게 잔잔한 감동을 전한다. 그러나 우리는 이 영화에서 중독 때문에 나타난 인간의 퇴행성에 더 주목해볼 필요가 있다. 엑시엄이라는 파라다이스에서 생활하는 인간들은 스스로 움직이고 스스로 생각하고 스스로 느끼는 법을 잊어버렸다. 그들은 자신의 조상들이 어디에서 왔고 자신이 왜 거기에 있는가를 기억하지 못했다. 그들의 시야는 기계의 방송으로 가로막혀 있고, 문제 해결은 버튼 작동을 통해 굳이 스스로를 움직일 필요 없이 자동으로 이루어지고 있었다. 그들은 너무 오래 걷지 않아서 걸을 줄도 모르고, 한평생을 살며 진짜 별을 본 적이 없다. 어떤 문제가 일어나거나 스트레스를 받는 불편함도 없지만 그러기에 그들은 의미와 성취와 감성도 없는, 오로지 순간순간의 감각과 얕은 욕망들에 그들은 지배당하고 있을 뿐이다.

무언가에 취한 중독자의 삶도 이와 같다. 그들이 기계의 영상에서 눈을 돌려 처음으로 밤하늘의 별을 보았을 때, 무언가를 통한 대리 만남이 아닌 서로의 눈을 보며 처음으로 대화했을 때, 지구의 땅을 손으로 직접 만졌을 때, 이들은 자신이 지금까지 진짜가 아닌 가짜에 사로잡혀 신비롭고 멋진 진짜를 보지 못한 채 살아왔다는 것을 깨닫게 된다. 그래서 문득 지구로 돌아가야 한다는 것을 깨닫게 된 선장은 외친다.

"이제 그저 생존하는 게 아니라 정말로 살고 싶다고."

해결해야 할 쓰레기가 산더미처럼 쌓여 있는 지구에 발을 디디고 기뻐하는 영화 속 인물들을 보면 어쩌면 우리를 정말로 살게 하는 것은 지금 안고 있는 스트레스와 불편함, 해결해내야 하는 성가신 과제가 아닌가 싶다.

우리는 때론 해결해야 하는 삶의 과제들이 버거워 무언가에 취하고 싶은 마음이 든다. 하지만 사실은 또 그러기에 우리 삶이 진정으로 살만한 것 아니겠는가. 게다가 그들에게 엑시엄은 파라다이스라는 착각을 불러일으키는 공간이었지만, 사실 파라다이스라는 말에는 'no place(이 세상에 없는 장소)'라는 뜻이 담겨 있다고 한다. 실체 없는 이미지가 아닌 실제를 보라는 것이다.

중독을 권하는 사회 :
첨단 기술 문명, 소비 사회, 변화하는 생활 양식이 중독을 부추긴다

영화 〈월-E〉에 제시된 800년 뒤의 사회는 최첨단 과학 기술이 발달된 사회다. 이 사회 속 모든 사람들은 무언가에 중독된 모습을 보인다. 아이들은 태어나자마자 인간의 온기와 정성이 담긴 손길로 품어지는 것이 아니라 기계의 체계적인 시스템 하에 관리된다. 이 사회에서 중독은 문제시되지 않을 만큼 만연해 있다. 그런데 평생을 하늘 위에 떠있는 별은 보지 못하고, 코앞의 작은 화면에 펼쳐지는 영상에서 시선을 떼지 못하는 이들의 모습은 어쩐지 지하철에 앉아 기계의 화면에 코를 박고 있는 지금 우리들의 모습과 어쩐지 닮아 있다. 따라서 이 영화에서 제시된 인간과 기계의 모습은 기술 발달과 함께 점차 다양해지고 만성화되는 중독의 문제를 안고 있는 우리에게 시사하는 바가 크다. 1920년대 작가 현진건이 그의 단편소설에서 《술 권하는 사회》를 이야기했다면 지금의 우리는 바야흐로 중독을 권하는 사회에 살고 있는 것이다.

우리가 사회가 중독에 취약해진 이유는 다음 세 가지 원인에서 찾을 수 있을 것 같다.

첫 번째, 기술 문명의 발달이다

현대 사회에서 발달 속도는 매우 빠르고 그에 따라 기술이 만들어낸 인공적인 환경에 적응하는 것이 무척 중요해졌다. 그런데 이런 발전의 속도가 너무 빠르다 보니 그 기술이 우리에게 어떤 영향을 미칠 수 있는지 근본적인 성찰을 해보지 못한 채 찰나의 편리와 쾌락을 위해 이용하게 되는 일이 많다. 인터넷과 가상 현실, 통신 매체와 관련된 중독은 바로 이런 이유로 인해 급속히 확산된다. 이용하는 것이 사실은 이용당하는 것이 될 수 있다는 경각심과 새로운 외부 자극에 대한 내적 대비 없이 무방비로 노출되는 것이다.

인류의 진화를 살펴보면 우리의 심리적 적응은 기술 문명의 발달 속도와는 전혀 무관하며 더디게 이루어진다는 사실을 알게 된다. 인류는 약 95%이상을 아프리카 사바나에서 수렵 채집 생활을 하면서 살았고, 그에 반해 우리가 기술 문명을 발전시키며 살게 된 기간은 우리가 새로운 변화에 대비하는 적응을 해내는 신경계 변화를 논하기조차 짧은 시간이다. 따라서 우리는 사바나의 초원을 누비던 그 시대와 크게 다르지 않는 뇌와 신경계로 현대 기술 문명의 폭격을 받아내고 있는 셈이다. 특히나 아직 뇌가 성숙하지 않은 20살 이전에는 중독의 문제가 더 심각할 수밖에 없다. 뇌가 성숙하지 않기에 기술 문명에 더 쉽게 적응 할 수 있다고 하지만 중독될 가능성은 더 커지는 것이다.

두 번째, 우리가 소비 사회에 살고 있다는 사실이다

신자유주의 무한경쟁 시대에 진입하면서 즉각적인 만족을 보장하는 물질과 행위가 우리를 유혹한다. 이들은 우리의 눈길이 닿고 귀가 들리고 손길이 뻗쳐지는 모든 공간을 도배하며 몰랐던 우리 안의 잠자던 욕망을 부추기고 '지금 당장'을 약속하고 종용한다. 그러다 보니 우리 일상은 만족을 향해 돌진하나 끝끝내 만족하기 어렵고 서로 비교하고 자괴감을 느끼도록 설계되었다. 성찰 없이 소비하고 만족 없이 경쟁하는 것이다. 그러면서 우리는 서로가 서로를 중독의 늪으로 몰아넣게 된다.

세 번째, 우리의 생활 양식이 개인화되었다

예전에 비해 우리의 생활 양식은 점점 더 개인화되고 파편화된 모습을 띤다. 기술 문명, 소비 문명의 발전과 함께 더 많은 사람들이 고립되고 경쟁에서 뒤처질까 봐 두려워하게 된다. 혼자 감당하기는 버거운 스트레스로 인해 현실도피적인 탐닉에 빠지기도 하고, 과도한 긴장을 낮추기 위해 퇴행하는 모습을 보이기도 한다. 사람이 사람에게 위로가 되지 못하고 서로 경계하고 경쟁하다 보면 물질과 행위에 집착하고 중독되기 쉽다.

우리 사회 속 늘어가는 중독의 모습은 변해가는 관계 양상을 드러내주는 중요한 척도가 된다. 모든 중독의 문제는 관계 속 실망감과 실패감을 드러내는 문제인 것이다. 문명이 발달하고 생활 양식이 변하더라도 사람과 사람 사이를 끈끈하게 연결시키고 서로가 서로를 비춰주는 선명한 거울이 되어준다면 중독에 대한 고민은 크게 할 필요가 없다. 중독은 단지 나 혼자의 문제, 혹은 타인의 문제가 아니라 우리 사회를 비춰주는 문제인 것이다.

열정이 집착으로, 집착이 중독으로

>> 데블스 에드버킷,
   더 단단한 진실에 도달하기 위해 거쳐야 할 시련

'데블스 애드버킷devil's advocate'이라는 표현이 있다. 그대로 옮기자면 '악마의 대변인' 정도로 옮겨볼 수 있는데, 어떤 진실이나 결론에 도달하기 위해 일부러 반대편에 선 주장을 옹호하는 것을 의미한다. 좋은 성직자를 뽑기 위해 일부러 트집을 잡아보는 과정을 거친다는 데에서 비롯되었다고 하는데, 근래에는 토론에서 주장에 대한 반박을 하는 것을 말한다.

우리는 때론 긍정보다는 부정을 통해, 옹호보다는 반박을 통해 더 탄탄한 결론을 얻게 되기에 데블스 애드버킷을 필요로 한다. 진리의 반대편에 있는 거짓의 속성을 낱낱이 이해함으로써 거짓에 맞설 더 큰 힘을 얻게 되는 것이다. 괴테는 시험에 빠지고 유혹에 굴복하게 되는 우리의 인간성에 대한 치열한 고민을 담은 일생의 대작《파우스트》에서 메피스토펠리스의 입을 빌려 이런 말을 하기도 한다. "악을 행하려는 의도를 가지고 최고의 선을 실천하게 되는 역설이 있다"고. 우리를 시험에 빠뜨리고 넘기 힘든 시련과 도전 과제를 제시하는 경험을 통해 결국에는 우리를 더 강하게 만들어주고, 우리가 더 단단한 진리로 무장하게 되기도 한다. 물론 여기에는 조건이 있다. 우리가 시련과 유혹, 도전 과제를 극복해야 한다는 것이다. 진리에 도달하기도 전에 그 시련과 도전 과제 유혹에 압도당한다면 우리는 결국 악마의 대변인이 아닌 악마 자체가 되어 버리고 말기 때문이다.

〉〉데블스 에드버킷, 편리한 날조와 불편한 진실 사이의 팽팽한 줄다리기

이를 보여주는 두 편의 영화가 있다. 하나는 악을 대변하는 변호사를, 다른 하나는 악의 길로 인도하는 도박 중개인을 주인공으로 내세워 우리 삶 깊숙이 들어와 손을 뻗는 악의 유혹을 보여주고 있다. 이 두 편의 영화 모두에서 알파치노는 우리 내면의 악을 부추기는 역할을 한다. 그리고 두 편의 영화는 공통적으로 악의 도전이 선의 힘을 더 탄탄하게 하고, 방황을 통해 목표를 받아들이게 되고 중독을 통해 의미를 알게 되는 우리의 현실을 잘 보여준다.

일단 〈데블스 애드버킷〉을 보자. 이 영화 속에서 케빈은 시골 출신이지만 지금까지 맡게 된 모든 소송을 승리로 이끌면서 자신감에 차있다. 그러던 어느 날 그는 자신의 학생을 성추행한 혐의로 고소를 당한 한 교사의 변호를 맡게 되고 재판 과정에서 그 교사가 부당하게 고소를 당한 것이 아니라 학생들을 성추행한 파렴치한이라는 사실을 알게 된다. 이제 그는 딜레마에 빠진다. 그를 변호한다면 그는 64번을 내리 승소한 변호사라는 기록을 남기게 된다. 그러나 또 한 번의 승소는 마땅히 감옥에 들어가 죗값을 치러야 할 사람을 자유롭게 내보내게 되고, 진정한 정의를 기만하는 결과를 불러오게 된다. 눈앞의 이익 때문에 자신의 도덕과 양심, 사회의 안전과 정의를 묻어야 하는 유혹과 도전의 순간에 직면한 셈이다.

영화는 그가 그 유혹과 도전에 굴복했을 때와 그렇지 않을 때 그의 삶이 어떻게 달라지는가를 판타지적 요소를 결합하여 잘 보여준다. 그럼으로써 모든 선택의 순간, 유혹과 양심, 편리한 날조와 불편한 진실 사이에서 팽팽한 줄다리기를 하고 있는지 우리의 마음을 비춰준다. 우리가 얼마나 약해질 수 있는지와 또 동시에 얼마나 강해질 수 있는 존재인가를 보여준다.

〉〉〈투포더머니〉, 우리의 일상 깊숙이 잠입한 악

영화 〈투포더머니〉는 알파치노가 〈데블스 애드버킷〉에서 보였던 그 역할을 그대로 차용해와서 우리를 유혹하는 일상적 악의 모습을 그리고 있다. 〈데블스 애드버킷〉에서는 법률회사의 소유주로 케빈을 영입해왔던 존밀톤은 이 영화에서는 스포츠 도박회사의 소유주로 주인공인 브랜든을 영입한다. 케빈처럼 브랜든도 젊고 패기 넘치며 능력이 있다. 그는 본래 미식축구 선수로 스포츠에 대한 충만한 열정을 품고 있었지만 결정적인 순간 다리 부상을 입고 만다. 그 뒤에 그는 6년 동안 피나는 노력을 하며 재기를 노리지만 스포츠의 세계에서 그 누구도 그를 찾지 않는다.

열정이 아닌 생계를 채우는 것이 더 시급해진 그는 우연한 기회에 스포츠 경기의 승부를 예측하는 능력을 발산하게 된다. 다음 날 있을 두 팀의 미식축구 경기에 대해 어느 팀이 몇 점 이상으로 이길 것인지, 질 것인지를 예상하고, 그의 예상에 맞춰내기를 한 사람들이 돈을 따게 되면서 그는 갑자기 유명해진다. 결국 월터에게 스카우트된 그는 선수로서가 아닌 스포츠 도박사로 스포츠의 세계에 다시 진입하게 된다.

처음에 이 모든 것은 스포츠에 대한 그의 순수한 열정 때문에 시작되었다. 그는 단순히 선수들에 대해 생각하고 분석하고 스포츠를 즐기면서 자신이 좋아하는 선수와 팀들이 뛰고 있는 모습을 보면 좋았다. 같은 열정을 공유한 사람들에게 자신이 점치는 바를 이야기하며 거기에 돈을 걸도록 설득하는 것도 크게 힘들지 않았다. 그리고 그는 자신이 알고 있는 진실을 말한다고 생각했다. 그러나 그는 이내 스포츠 투자 전문가로 대중에게 인식되기 위해 어느 정도 설정이 가미되어야 한다는 이야기를 듣게 된다. 결국 그는 목소리도 바꾸고 이름도 바꾼다. 스포츠를 사랑하고 스포츠에 대한 열정으로 가득 찼던 자신의 마음을 잘 포장하여 스스로를 매력적인 비즈니스 상품으로 탈바꿈시킨 것이다.

그래도 그는 여기까지는 괜찮다고 생각했다. 그럼으로써 그는 인정받은 유능한 사람처럼 보였으며 넓은 사무실을 가지고 있었을 뿐 아니라 집에 넉넉히 돈을 부쳐줄 수도 있었으니 말이다. 그러나 시간이 갈수록 그는 자신이 하고 있는 일이 스포츠도 사업도 아닌 도박이라는 사실을 알게 된다. 그가 다니는 회사가 찬란하고 빛나게 유지되기 위해 얼마나 많은 사람들이 도박으로 자신의 삶을 탕진하고 있는가를 깨닫게 된 것이다. 또한 자신의 말 한마디에 얼마나 많은 사람들이 돌이킬 수 없는 결과 속에 내몰리게 된다는 사실을 알고 괴로워진다. 더군다나 시간이 갈수록 예리한 분석과 신뢰가 아닌 동전 던지기와 같은 운에 자신의 모든 것을 맡기게 되면서 그는 스스로가 결코 떳떳할 수 없다는 것도 알게 된다.

〉〉죽은 영혼들이 벌이는 도박 잔치

영화는 이런 브랜든의 변화를 통해 스포츠와 도박, 투자와 중독, 재미와 집착을 넘나들며 그 미묘한 경계를 보여주고 브랜든을 자극하는 월터의 모습을 통해 그 세계의 근본적 악을 설명해준다. 월터는 사람들이 도박에 빠지도록 판을 벌인다. 이들은 사람들이 가진 떳떳하지 못한 욕구에 기대어 자신의 욕심을 채운다. 많은 것을 약속하지만 그 가운데 어떤 것도 책임지지 않고 오히려 사람들의 육체와 영혼을 탕진시킨다. 게다가 그 스스로도 어쩔 수 없는 중독자다. 그는 그 누구도 믿지 못하고 '이긴다'는 느낌을 얻기 위해 사랑하는 아내마저 볼모로 삼는다.

영화 중간에 그는 중독자의 마음을 이렇게 표현한다.

"도박 중독은 당신의 문제가 아니에요. 살아 있다는 느낌을 얻고 싶다는 것, 그게 문제예요."

그는 그것을 누구보다도 잘 알기에 살아 있다는 느낌을 가질 수 없는 영혼들을 막다른 골목에 모이게 만드는 시도를 하고 있는 것이다. 어쩌면 그는 이를 통해 모두 함께 타락해지기를 원하는 데블스 애드버킷의 역할을 매우 충실히 하고 있는 것인지도 모른다. 그러나 그의 시도는 결국 실패로 끝이 나고 만다. 브랜든이 결국 그의 손아귀에서 빠져나와 건강한 길을 걷기로 결심하기 때문이다.

악마의 유혹과도 같은 월터의 달콤한 제안에 이끌려 도박의 세계를 철저하게 경험한 브랜든은 늦기 전에 이 세계에서 벗어난다. 순수한 열정에 때가 묻고 사랑이 집착이 되는 그때, 쥐고 싶을수록 놔야 한다는 사실을 알게 된 것이다.

>> 스포츠와 도박, 게임과 중독 사이의 미묘한 경계

영화 마지막 장면에서 우리는 그가 아이들에게 미식축구를 가르치며 건강한 웃음을 짓고 있는 모습을 보며 안도한다. 스포츠라는 세계를 완전히 벗어난 것이 아니라, 그 세계의 밝고 건강한 부분에 재정착한 셈이다. 데블스 애드버킷이 안내하는 화려함의 저 뒤편에 숨은 어둠, 진실을 가리는 거짓을 돌고 돌아 자신이 진정 있어야 할 곳을 찾은 것이다.

영화 속에 제시된 그의 여정은 우리가 진정한 우리의 길을 찾기 위해 거치게 되는 방황과 혼동을 잘 보여준다. 어쩌면 지금 이 순간 도박장 어딘가를 서성이고 있는 중독자들은 아직 자신의 길을 찾지 못하고 데블스 애드버킷이 제안하는 유혹에 서성이고 있는지도 모른다. 그 유혹은 이 순간에는 달콤할지 모르나 결국에는 나 자신은 물론 다른 사람들을 해친다. 스포츠와 도박, 게임과 중독 사이의 미묘한 경계를 넘어선 순간, 우리는 의도치 않게 악마의 마수에 걸려들게 된다. 순수한 열정이 더 이상 순수하게 느껴지지 않는 순간, 우리는 그 자리를 털고 일어날 필요가 있다.

중독에서 살펴봐야 할 세 가지:
중독자, 중독물, 중독 환경

'중독자' 하면 어떤 모습이 떠오르는가? 그리고 심각한 중독에 빠졌을 때 우리는 스스로를 어떻게 느끼게 될까? 이런저런 일상의 사소한 중독에 대한 죄책감, 답답함, 불안, 짜증을 생각해보면 중독자에 대한 우리의 인식은 좋지 않다. 더구나 잊을만하면 신문지상에 오르내리는 중독과 관련된 유명 인사들의 어두운 모습은 중독자에 대한 어둡고 암울한 인상 형성에 큰 역할을 했다.

중독의 종류와 경중에 따라 조금씩 차이는 있지만, 우리는 모두 중독자들에 대해 좋지 않은 인식을 하고 있고, 스스로 중독자가 되는 것을 상상하기 껄끄러워한다. 그러나 과연 중독은 소수의 의지 없고 유혹에 약하며 도덕성이 결여된 개인 한 사람의 문제라고 할 수 있을까? 중독자들이 중독에서 벗어날 수 없는 것은 그들의 약한 의지 때문일까?

중독에 있어서 선택과 의지를 살펴볼 필요가 있는 것은 사실이지만 우리가 중독자들(그리고 우리가 중독되는 모든 것들)을 의지박약이나 부도덕성, 암울한 이미지로 이해한다면 우리는 현상의 전체 그림을 놓치고 한쪽에 치우친 관점을 보이는 우를 범하게 된다. 그리고 이는 중독을 이해하고 관리하는 데에 하등 도움이 되지 않을 뿐더러 오히려 중독자(그리고 우리 안의 중독자)를 심각하게 소외시키고 고립시킴으로써 이들을 더 큰 중독의 구렁텅이에 빠뜨리게 된다. 우리가 중독의 전체 그림을 보려면 중독자뿐만 아니라 우리를 중독시키는 물질과 그 물질을 제공하는 환경도 있다는 점을 눈여겨 볼 필요가 있다.

생각해보라. 인터넷이 없던 시대에는 인터넷 중독이라는 말조차 없었고 마약 단속을 철저히 한다면 마약을 접할 기회가 원천 봉쇄되는 것이다. 원해도 얻을 수 없으니 자연히 그 행위는 중단될 수밖에 없다. 그래서 중독은 사회문화, 그리고 제도 역사와 밀접한 관련을 가지고 존재한다. 정부에서 카지노 사업을 허가한다면 그 사업이 번성함과 동시에 도박중독자들이 늘어난다. 또 인터넷 게임 사업을 주력 사업으로 발전시키는 것과 동시에 게임 중독으로 인한 폐해도 심각해진다. 마약에도 여러 가지 종류가 있지만 지역마다, 시대마다, 계층마다, 중독자들을 사로잡고 있는 마약의 종류도 다르다고 한다. 따라서 중독의 문제는 단지 개인이 가진 심리적 취약성뿐만 아니라 그 개인을 취약하게 만들고, 그 취약한 개인을 무너뜨릴 수 있는 중독성 물질을 버젓이 제공하는 환경의 맹점도 동시에 드러내는 문제라 할 수 있다.

환경에 대한 관점은 일상적 중독에 빠져 있음을 겸연쩍게 고백하는 우리 자신에게도 적용해볼 수 있다. 중독에서 벗어나려면 나 자신의 의지와 결단을 강화시키는 것도 중요하지만 환경을 살피는 것도 중요하다. 게임을 줄이겠다고 하면서도 사방을 컴퓨터로 채우고 있지는 않은지, 다이어트를 하겠다고 하면서도 환경은 그대로인지 점검해볼 필요가 있다. 환경에 대한 점검과 조정은 중독 물질에 대한 접근성을 줄여준다.

맹모삼천지교라는 말이 있다. 맹자의 어머니가 어린 맹자에게 좋은 환경을 제공해주기 위해 어려운 형편에도 여러 번 이사를 다녔음을 칭하는 말이다. 더 나은 환경이 더 나은 미래를 선물한다는 사실을 간파했던 지혜로운 어머니였던 것이다. 그 덕분에 맹자는 오랜 시간을 견디는 지혜를 설파하여 동양 최고의 학자가 될 수 있었다. 실제로 중독자들은 중독과 관련된 자극에 대한 접근성이 높고, 그와 관련된 사람들을 자주 만나는 경우가 많다. 우리 역시 스스로에게 더 나은 미래를 선물하기 위해 중독을 둘러싼 우리의 환경을 점검해보는 것은 어떨까?

완벽을 향한
처절한 갈망

>> 파괴를 통한 창조, 예술가의 속울음

"한 송이 국화꽃을 피우기 위해 봄부터 소쩍새는 그렇게 울었나보다."
영화〈블랙스완〉을 보고 길을 걷는데 문득 서정주의《국화 옆에서》라는 시 구절이 떠올랐다. 영화가 완벽한 무대를 열망하는 발레리나의 치열하고 위태로운 내면의 사투를 보여주고 있었기 때문일 것이다.

주인공 니나는 뉴욕발레단 소속 발레리나다. 그녀는 혹독한 연습을 통해 완벽하게 동작 하나하나를 완성해내는 끈기와 열정으로 오랫동안 자신이 무대의 중심이 되는 프리마돈나를 꿈꿔왔다. 그녀가 동경하던 선배 프리마돈나가 은퇴하면서 어렵게 그 자리를 얻게 된 그녀는 순수한 백조와 도발적인 흑조를 동시에 연기해내야 하는 과제에 부딪히게 된다. 백조 연기는 얼마든지 완벽하게 해낼 수 있지만 자기 안의 도발적이고 유혹적인 면모를 발현해야 하는 흑조 연기는 그녀에게 어렵게만 느껴진다.

잘못하면 어렵게 얻은 프리마돈나 자리를 내주어야 한다는 불안과 초조, 프리마돈나 자리에서 밀려난 선배에 대한 죄책감으로 혼란스러운 그녀는 심리적 압박감을 견디다 못해 우연히 친구가 건넨 환각물을 마시게 된다. 그 영향으로 인해 그녀의 내면은 단번에 무너져내린다. 그녀는 엄청난 환각과 환시를 경험하면서도 완벽에 대한 치열한 집착을 끝끝내 내려놓지 못한다. 결국 그녀는 무대 위에서 완벽한 흑조 연기를 해내지만, 엄청난 희열을 느낀 그 얼굴로 숨을 거두고 만다.

영화는 파괴를 통해 창조를 이룩해내야 하는 고독한 예술가의 속울음을 탁월하게 잡아내고 있다. 그녀는 완벽한 연기를 위해 뼈를 깎는 내적 갈등을 홀로 뚫고 지나가야 하고, 새로운 정체성을 확립하기 위해 지금까지는 억압하고 닫아두었던 자신의 모든 그림자들을 꺼내어 보듬어야 한다. 웬만큼 강한 자아를 가진 사람이 아니고서는 버텨내기 힘든 과정이다. 그러기에 깨질듯 약하고 예민한 자아를 품고 있는 그녀는 흑조 연기를 위해 스스로가 분열되는 경험을 할 정도로 힘들어진다. 그럼에도 작품과 배역에 대한 그녀의 열망은 커지면 커졌지 사그라지지 않는다. 그녀는 마치 자신이 삼키기 어려운 무언가를 억지로 삼켜내려고 작정한 사람처럼 보인다. 왜 그녀는 그토록 완벽함에 집착했던 것일까?

›› 타인이라는 거울을 통해서만 볼 수 있는 나

그녀의 인간관계는 매우 협소하다. 영화 속 인물들 중 단 네 사람만이 그녀에게 영향을 미치고 있지만 이들의 영향력은 지대하다. 그러나 그녀가 이들과 맺는 관계 가운데 어떤 관계도 니나에게 안정감을 주지는 못한다. 영화는 고집스럽게 니나의 내면만을 따라가고 점점 더 깊이 파고들며 그녀가 이들과 맺는 관계를 실제적이고 객관적인 눈으로 조명해 볼 기회는 전혀 주지 않는다. 오로지 그녀의 의식과 무의식만 쫓아가며 그녀의 주관적 세계에 투영된 환상적 상징적 심리적 관계 역동에 집중한다.

그녀뿐 아니라 우리는 모두 자신과 타인이 맺고 있는 관계를 실제적이고 객관적으로 받아들이기 불가능하게 하는 자기중심성의 갑옷을 입고 있다. 그러나 그녀의 경우, 이런 경향성은 보통 사람들보다 더 크게 왜곡된다. 자신을 중심에 두지 않고 언제나 타인이라는 거울을 통해서만 자신을 보고 있기 때문이다.

›› 니나, 이 모든 게 다 널 위해서야

먼저 그녀가 엄마와 맺은 관계를 보자. 이 관계는 그녀가 이 세상, 이 세상의 모든 사람들과 맺는 모든 관계의 출발선이자 기준선이었다는 점에서 그녀에게 매우 중요하다. 그녀의 엄마는 은퇴한 무용수로 겉으로 보기에는 다정하고 세심하게 그녀가 무용을 할 수 있도록 물심양면으로 지원하는 것 같다. 그러나 이들의 관계를 더 자세히 살펴보면 엄마의 다정함과 세심함 밑에는 섬뜩할 만큼 치명적인 심리적 덫이 쳐져 있다.

니나를 보는 엄마의 시선은 복잡하다. 그녀는 원치 않은 임신으로 인해 니나를 낳았고, 니나의 출생과 그녀의 은퇴는 서로 연결되어 있다. 그래서인지 그녀는 니나에게만 모든 것을 쏟고 니나를 품에서 놓지 못하고 있다. 그 자신이 성공하지 못한 무용수였던 만큼 그녀는 딸을 통해 자신의 실패와 좌절을 보상받고 싶었을 것이다. 그녀는 이 모든 것이 "다 너를 위해서"라는 말로 딸을 자신에게 더 가깝게 밀착시키고 다 큰 딸을 아이처럼 대하고 있지만 흑조를 연기해야 한다는 욕망을 품게 된 딸은 이런 엄마의 과잉보호와 간섭이 기필코 맞서 싸워야 할 폭력으로 느낀다.

›› 엄마, 난 이제 더 이상은 열두 살이 아냐

말 잘 듣고 순수하고 순진했던 착한 딸은 이제 자신이 못다 이룬 꿈을 대신 이루어주기를 원하는 엄마로부터 떨어져 나와 자기 목소리를 내고 싶다. 그녀는 "난 이제 더 이상은 열두 살이 아니야"라고 말하며 격렬하게 저항한다.

왜 하필 열두 살일까? 열두 살은 2차 성징이 급격하게 나타나고 소녀들은 이제 자신의 목소리를 찾기 위한 정체성의 여정을 떠나는 출발선에 선다. 몸은 동그래지고 월경을 하기 시작하고 성에 대한 관심이 생긴다. 이런 내외적인 변화로 인해 소녀들은 이 시기에 가장 예민해지고 또 가장 연약해진다. 발레리나인 니나에게 이 시기는 더욱 힘든 시기였을 것이다. 혹독한 몸의 단련을 통해 관객들의 시선을 만족시키는 연기를 온몸으로 해내야 하는 발레리나에게 있어 몸의 변화만큼 두려운 것이 있을까?

발레 동작은 둥글고 펑퍼짐한 여성성보다는 절도 있게 꼿꼿한 금욕성을 강조한다. 뜻하지 않은 임신으로 발레를 포기해야만 했던 그녀의 엄마는 그녀의 몸이 여성성을 드러내는 것, 그럼으로써 발레공연에 영향을 받고 임신을 할 가능성이 높아지는 것, 그녀가 성에 관심을 보이는 것을 몸서리치도록 싫어했을 것이다. 이런 엄마의 욕망과 기대에 강력하게 밀착된 삶을 살아온 니나는 열두 살 이후 더는 나이를 먹을 수가 없었을 것이다. 그러기에 그녀의 방은 열두 살 여자 아이의 방처럼 온갖 뽀송뽀송한 인형과 앙증맞은 소품으로 포위되어 있다. 그녀의 성장과 성숙을 막아 그녀가 영원히 엄마의 착한 딸로 머물기를 바라는 그녀 엄마의 염원과 그런 엄마의 간섭이 갑갑하면서도 이를 깨고 나갈 수는 없는 니나의 두려움이 만든 합작품이다.

그녀는 엄마로부터 자유로워지고 싶은 욕망이 빵빵하게 부풀어 오를 때마다 갈등을 느낄 때마다 화장실 문을 걸어 잠그고 너무 많이 긁어서 상처가 아물 날이 없는 등을 살펴보고, 두려운 순간마다 자해하는 상상을 한다. 이런 그녀의 모습은 모두 피의 이미지와 긴밀하게 연결이 되어 있다. 피를 흘리는 환시는 주체적인 성적 욕망을 가진 여성으로 성장하는 것, 그리고 답답한 엄마의 인형이 아닌 생생하게 살아 있는 사람임을 확인하고 싶은 욕망이 폭발할 때 나타나는 것 같다. 그녀의 엄마는 이런 그녀의 욕망을 저지하려는 듯 그녀를 거칠게 벌하고, 그녀의 옷을 강제로 벗기고 강박적으로 손톱을 잘라낸다. 그럼에도 그녀는 니나의 변화를 막을 수는 없을 것이다. 이미 니나의 내면에 잠재되어 있던 흑조는 서서히 몸을 일으키고 있기 때문이다.

니나에게 필요한 것은 엄마의 무조건적인 사랑이었겠지만 교묘하게 딸의 성장을 막는 엄마의 연약함은 니나를 철저하게 고립시킨다. 그녀는 붙잡아줄 그 누구의 손도 없이 무대 한복판으로 내몰리는 것이다. 어떻게든 작품을 완벽하게 완성해내야만 한다는 강박관념만을 안고.

››니나, 지금까지의 너를 다 버려

그녀의 엄마가 그녀에게 미치는 영향의 반대편 축을 팽팽하게 붙잡고 있는 사람은 바로 단장인 토마스다. 그는 그녀의 엄마가 애써 닫아두려고 했던 니나의 내면에 있는 판도라 상자를 열어 흑조를 꺼내고자 니나에게 압박을 가한다. 프리마돈나가 되고 싶고 그에게 인정받고 싶어하는 니나에게 있어 그가 가진 권력은 그녀를 죽일 수도, 살릴 수도 있는 막강한 카드다. 그는 시종일관 그녀가 너무 뻣뻣하며 성적인 매력이 없다는 이야기를 하며 그녀를 자극한다. 그녀가 부족한 그녀 안의 도발적이고 유혹적인 면을 발현하도록 한다는 빌미로 그녀를 성적으로 유혹하기도 한다.

그녀는 이제 지금까지 억압을 통해 막아왔던 내면의 어두운 욕망들을 끌어올려야 한다는 압박을 받게 된다. 그녀가 환각 속에서 만나는 수많은 검고 붉은 이미지들은 그녀 안에 있으나 억압하려고만 했던 그녀의 그림자들이다. 그녀는 이 그림자들의 가장 밑바닥까지 마주하고 나서야 흑조를 연기할 수 있게 된다.

〉〉네가 사라져줘야 내 차례가 와

엄마와 단장이 니나의 내면에서 그녀의 양다리를 붙잡고 양옆으로 줄다리기를 하고 있다면, 베쓰와 릴리는 그녀의 양팔을 붙잡고 앞뒤로 줄다리기를 하고 있는 것 같다. 니나는 각각 다른 이유로 이들을 동경하거나 시기하고 경계하기도 한다. 이들에 대한 그녀의 마음은 복잡다단할 수밖에 없다.

그녀는 선배 프리마돈나였던 베쓰를 밀어내고 자신의 차례가 오기를 은밀히 기다렸던 만큼 자신에게는 없는 흑조의 도발성을 가진 동료 발레리나 릴리가 자신을 시기하고 자신을 밀어낼지 모른다고 생각한다. 프리마돈나가 되는 자신의 욕망이 실현되는 것은 프리마돈나 자리를 유지하고 싶은 베쓰의 욕망을 좌절시키고 나서야 가능한 일이기 때문이다. 베쓰가 그 좌절감 때문에 일부러 자동차에 몸을 던졌다는 사실을 알고 나자 죄책감에서 쉽게 벗어나기가 힘들다. 자신의 시기심으로 인해 그녀가 파괴되었을지도 모른다는 생각을 하고 있는 것이다. 베쓰를 동경하며 그녀의 물건들을 훔쳐 분신처럼 가지고 다니며 차례를 기다렸던 니나에게 베쓰는 사실 사라져줘야 할 대상이었던 것이다. 네가 없어져야 내가 살겠는 것, 그것이 바로 시기심의 본질이니 말이다.

또한 그녀는 별다른 노력 없이 흑조 연기를 선보일 수 있는 그녀를 선망하기도 하지만 자신이 베쓰를 보며 그랬듯이 릴리 역시 자신의 자리를 욕망할 것이라고 추측하며 그녀를 경계한다. 시기하던 그녀는 타인이 자신을 시기할 것이라고 감정적으로 추측하고 이런 감정적 추측은 세상 그 어떤 추측보다 더 진하게 우리를 흔든다. 누군가를 강렬하게 시기해본 사람들은 타인이 같은 강도로 자신을 시기한다고 믿기 쉬운 것이다.

›› 더 분열될수록 더 완벽해지고 싶어한다

영화는 작고 분열된 목소리를 가지고 있던 소녀가 자신의 존재를 관통하는 변화를 온몸으로 경험하는 치열한 내적 사투를 통해 완벽을 이루어내는 과정을 숨 막히도록 흡입력 있게 그리고 있다. 그녀는 그 완벽을 죽도록 열망했다. 그래서 무대 위에서 흑조를 완벽하게 연기해낸 직후 "완벽을 느꼈다 I feel perfect"라는 말을 남기고 죽음을 맞이한다.

그녀가 말한 완벽의 느낌은 찰나의 감정인데, 그녀가 그토록 완벽을 지향했던 것은 그녀의 자아가 깨질듯 약하기 때문이 아니었을까 싶다. 그녀의 자아는 마치 수많은 거울에 비친 여러 명의 그녀처럼, 그녀가 환각 속에서 만나는 수많은 그녀의 분신들처럼, 그리고 그녀를 지켜보는 수많은 관객의 시선 아래 놓인 다양한 그녀의 모습처럼 쪼개지고 분열되어 있다. 그녀는 그렇게 분열된 자신을 이어붙이기 위해 완벽해지고 싶다. 분열될수록 완벽에 대한 갈망은 더 커지는 것이다.

흑조를 연기하기 전까지는 자신을 엄격하게 관리하고 억압해왔던 그녀가 단 한 번의 환각제 사용으로 무너지는 모습은 인상적이다. 철저하게 금욕적인 생활을 하며 자신을 좁은 틀에 넣었던 그녀의 자아가 그만큼 약했다는 것을 보여주는 것이 아닐까. 같은 중독물이라도 사람마다 다른 반응을 나타낸다. 어떤 사람은 중독되고 또 어떤 사람은 중독되지 않는 것은 자아 강도의 차이에서 비롯되는 것이다. 또한 그녀처럼 혹독한 단련을 통해 무대 위에서 최고로 추앙받다가 쓸쓸히 박수소리에서 멀어져 무대 뒤로 사라질 운명에 처한 스타들은 더 크게 영향받을 수 있다.

〉〉아무리 힘들어도 완벽한 백조가 되고 싶어요

영화를 보고 나오는 길에 완벽한 백조 연기를 하고 있는 것만 같다는 한 여학생의 말이 생각났다.

"물 밑에서는 다들 파닥거리면서 처절하고 치졸하게 있으면서도 물 위로는 온갖 긴장을 숨기고 도도한 척, 괜찮은 척하는 거죠."

그녀는 완벽해야 한다는 강박관념 때문에 불안해서 견딜 수 없다고 했다. 그런데 그렇게 힘들어도 백조이기를 포기하고 싶지는 않다고 했다. 아니 오히려 그 강박관념을 실현하고 완벽을 느낌으로써, 그 누구보다 멋지고 우아한 백조로 주목받고 싶다고 했다.

이 역시 겉과 속의 분열이 아닐까. 분열은 우리의 자아를 더 약하게 만들고 심리적 건강과 행복을 방해한다. 자신의 심리적 건강과 행복이 망가지는 한이 있더라도 완벽에 대한 지향을 내려놓기가 힘든 면이 있기에 이런 완벽감 역시 중독성이 강한 듯하다. 많은 사람들이 이런 지향성에 한번 사로잡히면 쉽게 내려놓기 힘들어한다. 그런 사실 그 때문인지 세상에는 완벽에 가까운 작품들이 차고 넘친다.

기질과 성격 :
선천적으로 중독에 취약한 기질과 성격이 있다

영화 속 중독자들은 평범함과 일관성, 단조로움을 견디기 힘들어한다. 그들은 살아 있다는 느낌을 얻기 위해 언제나 색다르고 자극적인 경험을 하길 원한다. 그런 그들의 모습을 보면 중독자들에게 그들 특유의 성격과 기질 특성이 있는 것은 아닌지 궁금해진다. 중독과 관련된 학자들의 연구를 종합해보면 다음과 같은 반응을 보이는 사람들은 중독에 더욱 취약하게 만드는 기질과 성격 특성은 다음과 같이 정리할 수 있다.

1. 새로운 자극 추구

클로닝거라는 미국의 기질 연구가는 TCITemperament and Character Inventory라는 기질 성격 검사를 만들면서 우리의 기질을 네 가지 기준-새로운 자극 추구novelty-seeking, 위험 회피harm-avoidence, 보상 의존성reward-dependence, 지속성persistence으로 나누었다. 그 가운데 가장 많은 연구가 된 '새로운 자극 추구'는 중독자들과 비중독자들을 구분 짓는 가장 중요한 특성인 것 같다. 자극 추구 수준이 높은 기질을 타고난 사람들은 보통 사람들보다 지루함을 쉽게 견디지 못하고 짜릿한 경험을 지속적으로 갈망하고 요구하는 경향이 있다. 또한 그가 제안한 기질 특성 가운데 낮은 '위험 회피' 수준 역시 중독이라는 위험한 상황에 자신을 빠뜨릴 가능성이 크다는 점을 보여준다.

2. 충동성

성격 특성 가운데 중독과 가장 큰 연관을 가진 특성이 바로 충동성impulsivity이다. 충동성이 높은 사람은 욕구가 생길 때마다 충동적으로 베팅하고 돈이 없을 때조차 카드를 긁고 나쁜 결과를 예상하면서도 지금 당장의 만족을 위해 중독 행위에 빠진다. 학자들은 중독과 관련해서뿐 아니라 다른 일상에서도 높은 충동성을 보인다면 성격상 결함이 있을 수도 있다고 말한다. 이들의 마음은 마치 브레이크가 고장 난 자동차와 같기에 사고를 내기 쉽고 위태롭다.

3. 신경증 경향성

신경증 경향성neurotism은 우리의 정서 경험과 스트레스 대처 방식에 영향을 미치기에 중독 경향성과 깊은 관련이 있다. 신경증 경향성이 높을수록 부정적 정서를 경험할 가능성이 크고 스트레스를 많이 받는다. 스트레스와 관련된 부정적 정서를 해소할 수 있는 건강한 방법을 찾지 못한다면 중독 경향성에 빠질 가능성이 커진다.

영화 〈블랙스완〉 속 니나가 그렇게 쉽게 중독의 영향 아래 무너진 것은 그녀 역시 기질적으로, 성격적으로 취약했기 때문이 아닐까. 그러나 학자들은 우리가 타고난 기질이나 형성된 성격의 영향을 받고 있기는 하지만 그래도 낙심하지 말라고 한다. 우리의 마음은 고정불변의 것이 아니기에 앞으로의 노력과 의지, 주변 환경의 지지와 도움에 따라 취약했던 사람도 강해지고, 강했던 사람도 취약해질 수 있기 때문이다.

Part 5

치유, 내 삶의 주인은 나

사랑하기에
해줄 수 없는 일

﹥﹥옷장 속, 찬장 속, 쓰레기통 안에 숨겨진 술병

"가정주부들의 알코올 중독 문제는 시간이 많이 지나고 증상이 심각해진 후에야 나타나는 경우가 많습니다. 배우자는 회사에 가고 자녀들은 학교에 가고, 홀로 보내는 시간이 많기 때문이지요. 이분들은 사람들이 곁에 없으면 혼자 술에 취해있다가, 사람들이 올 즈음엔 술을 숨기기 때문에 함께 살고 있는 사람들은 물론 자신도 중독이 심각하다는 사실을 인식하기가 어렵지요."

어느 강연회에서 알코올 중독 치료환자가 했던 말이다. 듣고 보면 그렇다. 다른 중독물과는 달리 술은 전 세계에서 합법적으로, 그리고 절찬리에 판매되고 있고 '사회생활'이라는 명목으로 은근히 강요되기도 한다. 이렇게 우리 생활 곳곳에 깔렸다 보니 술은 허허롭고 외로운 마음을 채워주는 좋은 친구가 되기 쉽다. 술보다 술만큼 가깝고 좋은 친구가 또 있다면 이 우정은 문제될 것이 없다. 하지만 술에만 너무 의존할 때 그 좋았던 친구는 어느 순간 최악의 친구로 변해간다. 그리고 그 최악의 친구를 차마 다른 사람에게 소개할 수 없어 어떻게든 숨겨두고 혼자 만나려고 하는 순간, 우리의 중독은 더 심각하고 병리적인 모습으로 변질된다. 이제 중독의 문제는 더 이상은 숨길 수 없이 커져 버려 중독자는 물론 그 주변 사람들까지 흔든다. 영화 〈남자가 사랑할 때〉는 옷장 속, 찬장 속, 쓰레기통 안에 숨겨진 술병을 통해 아내의 중독을 뒤늦게 발견하게 된 한 남자의 이야기를 따라간다.

〉〉더 사랑할수록 더 고통스럽다

비행사라는 직업의 특성상 며칠 동안 집을 비울 수밖에 없는 마이클은 사랑하는 아내 앨리스를 사랑하는 만큼 그녀의 중독 문제가 백일하에 드러나자 큰 충격과 비탄에 빠진다. 겉으로 보기에 앨리스의 삶은 평탄해 보인다. 그녀에게는 사랑이 넘치는 남편과 너무나 귀여운 두 딸이 있고, 그녀는 상담교사로서 안정적인 삶을 살고 있다. 그런데도 앨리스는 너무 취해 정신을 잃을 정도로 술을 마신다. 부족할 것 없어 보이는 그녀의 외면에 보이는 삶과 달리 그녀의 내면의 삶은 황폐화되고 허물어져 있었기 때문이다.

그녀는 반복적인 두려움과 외로움에 쉽게 압도된다. 두려움과 외로움을 이기기 위해 혼자 마시던 술은 약한 그녀의 내면을 서서히 잠식해 간다. 이런 그녀의 모습에 며칠 동안 집을 비웠다가 돌아오는 마이클보다 그녀의 두 딸은 엄마의 황폐화되고 허물어진 내면에 더 빨리, 더 쉽게 영향을 받는다. 이제 막 학교에 입학할 나이인 것 같은 예민한 첫째 딸은 앨리스가 '울고 있거나 피곤해보이거나, 자주 깜빡하거나, 화가 나 있거나, 짜증이 나 있는 모든 순간'이 알코올 기운 때문이라는 것을 마이클보다 더 빨리 감지한다.

  앨리스의 상태가 꽤 심각해지고 나서야 그녀가 알코올 중독이라는 사실을 알게 된 마이클은 그녀가 그전까지 보였던 모든 이해할 수 없는 행동과 감정적이며 무책임한 행동이 모두 중독 증상이라는 사실을 인식하게 된다. 그리고 그때부터 마이클은 헌신적인 노력으로 앨리스를 정상으로 되돌려 놓으려고 한다. 이 과정에서 그는 엄청난 희생을 해야 했다. 그는 앨리스를 재활센터로 보내고 홀로 아이들을 돌보는 동시에 자신의 직업생활도 함께해나간다. 아내의 빈자리를 채워야 한다는 부담도 있지만 아내의 중독이 남긴 잔재를 바라보는 것은 그를 더욱 고통스럽게 한다. 그는 옷장과 찬장, 쓰레기통 더미에 숨겨져 있는 술병들을 보며 그전까지 숨겨져 있던 아내의 중독 증상을 제대로 직시하게 된다.

  그 무엇보다 그를 더욱 힘들게 하는 것은 이제 막 세상을 이해하기 시작한 어린 딸이 그런 엄마의 모습을 자신보다도 먼저 지켜보고 있었다는 사실이다. 이런 그가 가족들에게 고통을 준 아내에 대한 실망감, 배신감, 분노를 느끼는 것은 지극히 당연한 일일 것이다. 그러나 그는 이런 불편한 감정을 모두 묻어두고라도 아내에 대한 사랑을 온전히 지키기 위해 헌신하고 노력한다. 영화의 제목 역시 〈남자가 사랑할 때〉를 말하고 있다. 너무 사랑하기에 자신에게 고통을 주는 아내를 묵묵히 바라보고 지켜내는 것이다.

>> 마음과 마음이 퍼뜨리는 미세한 불협화음

이 영화가 탁월한 이유는 이런 그의 사랑을 한 사람의 로맨스나, 희생 그리고 헌신으로만 묶어두지 않는다는 데에 있다. 대신 영화는 마음과 마음이 만나 퍼뜨리는 미세한 불협화음을 포착하여 보여주려 한다. 관계 속에는 언제나 두 사람, 두 마음, 그리고 그 두 마음이 만나 이루는 화음이 있기 마련이기 때문이다.

겉으로 보기에는 안정적이지만 내면으로는 황폐화되고 공허해지는 마음을 술로 채워야만 살 수 있었던 그의 아내처럼, 마이클 역시 겉으로 보이는 헌신적인 모습 밑에는 아내가 자신 없이는 혼자서 일어설 수는 없으리라는 불신이 숨겨져 있다. 바로 이런 이유 때문에 그의 헌신은 아내의 치유를 돕는 면도 있었지만 오히려 아내의 중독에서 벗어나 혼자서 일어서기 힘들게 하는 면 역시 있었다. 그래서 엄청난 고통을 주는 금단 현상을 이겨내고 재활센터에서 나온 앨리스는 마이클에게 이렇게 외치기도 한다.

"난 네가 풀어야 할 문제 덩어리가 아냐. 넌 풀면서 좋게 느낄지 몰라도 난 아냐!"

중독센터에서 돌아와 여전히 어렵지만 술이라는 친구를 버리고 혼자서 이겨내는 연습을 하고 싶었던 그녀에게 마이클은 지지자가 아닌 걸림돌처럼 느껴지는 것이다.
　마이클은 앨리스의 중독 문제에 자신의 모든 에너지를 쏟으며 희생적 역할을 자처한다. 겉으로 보기에는 애정이고 희생이지만 앨리스에게는 자신을 무력화시키는 간섭과 통제인 것처럼 느껴지기도 한다. 그녀는 이렇게 희생하는 마이클에게 실망을 안겨줘서는 안 된다는 두려움을 느끼는 동시에 자신이 혼자 힘으로 무언가를 선택하고 헤쳐나갈 기회조차 주지 않는 마이클에게 분노를 느낀다. 그들의 관계 속에서 앨리스는 언제나 문제를 일으키는 쪽이고, 마이클은 언제나 보호와 보살피는 역할을 하는 쪽이지만 이제 앨리스는 이 관계의 모습을 변화시키고 싶다.
　이제 그녀는 더 이상 현실에서 도망치지도 않고 일방적으로 보호와 보살핌을 받지도 않고 스스로 일어나고 싶지만 아이러니컬하게도 그런 자신의 변화에 가장 큰 걸림돌이 되는 사람이 마이클이라는 것을 알게 된다. 마이클은 그녀를 약하게만 보고 그녀가 현실을 부딪쳐나갈 힘이 없다고 보고 있기 때문이다. 그녀가 중독에 젖어 있는 동안에는 나타나지 않았던 그 둘 간의 관계 문제가 중독 문제가 잠잠해지자 나타나기 시작한다.
　급기야 그들은 별거를 하게 되고 고통 속에 잠긴 마이클은 앨리스의 권유로 마지못해 중독자 가족 모임에 참여하기 시작한다. 그러면서 그는 서서히 사랑하는 사람의 중독으로 인한 자신의 고통과 중독이 보여

준 아내의 황폐화된 마음을 진정으로 이해하게 된다. 그 모임에서 그는 아내의 문제에만 몰두하고 그녀의 기분을 통해서만 자신의 기분이 결정되고, 누군가에게 필요한 사람이 됨으로써 자신의 존재 가치를 인정받고 확인받을 수 있었던 자신의 모습을 직시하게 된다.

›› 경청, 스스로 일어날 수 있는 힘을 실어주다

이 영화에서 가장 강조되는 가족의 역할은 바로 '경청'이다. 중독이라는 문제에만 함몰된 마이클은 '왜 그런 문제가 나타나는가'를 직시하기보다는 문제가 생기면 해결하고 희생하기에 바빴다. 그리고 그 문제를 안고 있는 앨리스의 마음이 어떤지, 그녀가 진정 원하는 것이 무엇인지를 그녀에게 묻지 않았다. 아니 묻지 못했던 것 같다. 문제를 뚫고 나가기보다는 마치 그 문제가 없는 듯, 자신의 분노와 절망감을 안으로 삭히며 살고 싶었던 마음이 컸기 때문이다. 그러나 중독은 누군가의 공허하고 외로운 내면을 드러내는 징후라 할 수 있다. 간섭하고 통제하는 어머니와 알코올 중독자인 아버지 밑에서 자라면서 세상을 두려워하고 사람들 사이에서도 외로워하며 자라온 앨리스에게 필요했던 것은 자신의 약함과 상처를 이야기할 수 있는 대상, 더 나아가 자신이 스스로 세상에 부딪치며 문제를 헤쳐나갈 수 있다고 믿어주는 대상이었던 것이다. 우리 모두는 스스로를 엉망진창으로 여기는 순간일지라도 우리가 스스로 일어날 수 있다는 것을 믿어주는 누군가를 필요로 하기 때문이다.

중독 치유 과정 :
참된 변화를 위해서 반드시 거쳐야 할 단계가 있다

일상 속에서 이런저런 심리적 어려움에 시달릴 때 우리는 우리를 괴롭히고 속박시키는 심리 질환에서 벗어나는 변화를 원한다. 치료자마다 상담을 어떻게 정의하는가는 조금씩 차이가 있겠지만 모든 상담 및 심리치료는 원하는 변화를 이루도록 도와준다는 점에서 공통점을 보인다. 그리고 이는 중독 치료에 있어서도 마찬가지다. 중독 상태에 빠진 사람은 일련의 과정을 통해 원하는 변화, 즉 중독으로 인해 손상된 삶을 회복시키고 자신의 삶에서 중독이 차지하는 범위를 줄여나가는 변화를 이루고 싶다. 그럼으로써 결국 중독에서 벗어나 보다 생생한 삶을 살고 싶다.

심리학자인 프로체스카와 디클레멘티, 놀크로스는 이처럼 변화를 열망했고 변화하는 과정에서 시행착오를 겪었던 수많은 사람들을 인터뷰한 끝에 이를 토대로 변화에 대한 간결하고도 통찰력이 풍부한 모형을 세상에 내놓았다. 그들은 변화를 원하는 사람 누구나 거치게 되는 다섯 단계를 설명했는데, 이 모형을 보면 각 단계마다 다른 특성에 맞춰 변화 과정을 지지하고 해석할 필요가 있음을 밝혔다. 그들이 제안한 다섯 단계는 다음과 같다.

1. **전숙고 단계** precontemplation : 문제 행동의 결과나 위험에 대한 자각이 없고 변화할 수 있다는 가능성에 대해서 회의적이며 자신감이 없다.
2. **숙고단계** contemplation : 문제 행동을 인식하고 변화하고 싶은 마음은 있으나 변화하고 싶은 마음과 그렇지 않은 마음 사이에서 갈등한다.
3. **준비단계** preparation : 변화를 위해 계획은 세웠지만 아직 실행에 옮기지는 못하고 있다.
4. **실천단계** action : 계획한 변화를 적극적으로 실천하고 있다. 그러나 실천이 완벽하게 이루어지지는 않는다.
5. **유지단계** maintenance : 지금까지 성취한 변화를 유지하기 위해 노력하고 있다.

이 모형에서 중요한 점은 변화에 대한 동기가 없는 시점과 변화에 대해 머뭇거리며 양가 감정을 가지고 있는 시기가 변화가 본격적으로 겉으로 드러내기 시작하는 시기에 앞선다는 점이다. 우리는 누구나 변화를 원하고 특히나 중독과 같은 심리적 어려움에 처한 사람일수록 변화를 더 절실히 원할 것 같지만, 사실 막상 변화를 하려고 해도 쉽지가 않다는 것을 알게 된다. 두려움과 망설임, 압도감이 우리를 가로막을 때도 많고 원하는 변화가 쉽게 일어나지 않는다며 스스로에게 실망하고 좌절하기도 쉽다. 그만큼 변화를 위해서는 변화의 단계를 이해하고 끈기 있게 시간을 견디는 참을성을 필요로 한다.

그들이 선보인 변화 모형은 변화에 대한 동기가 없을 때에는 변화에 대한 동기가 생기기를 기다리고, 변화를 원하면서도 망설일 때에는 변화를 원하는 마음에 힘을 실어주는 시간이 필요하다고 이야기해준다. 그리고 변화가 겉으로 나타나지 않고 마음먹은 대로 되지 않는다고 해도 행동으로 나타나기 이전 마음으로 변화한 것도 역시 큰 의미에서는 이미 변화가 시작되었고, 진행 중이라는 점을 지적하며 격려해준다.

더불어 중독에 있어서는 이 모든 단계를 거치고 나서도 언제든 '재발relapse' 할 수 있다는 점을 기억할 필요가 있다. 중독은 우리 뇌 속에 각인될 만큼 강렬한 경험이라, 한 번 원하는 변화를 이루었다고 방심해서는 안 된다. 앞으로 절대 안하겠다고 장담하는 것보다 더 중요한 것은 그때그때 내가 어느 단계에 있는가를 스스로 인식하고 자신에게 필요한 것이 무엇인지 스스로에게 설명하고 그 과정에서 스스로를 격려하는 일이다.

이는 변화하고 싶어하는 사람들뿐 아니라 주변에서 누군가의 변화의 과정을 지지하고 있는 사람에게 있어서도 반드시 유념해야 할 사실이다. 변화의 과정은 결코 쉽지 않지만 그렇다고 완전히 어려운 일도 아니다. 함께 할수록 원하는 변화는 더 쉽게 얻을 수 있다.

변화를 위해
필요한 시간

▶▶술꾼의 고함소리에 잠을 깨다

며칠 동안 새벽에 잠에서 깬 적이 있었다. 악몽을 꿔서라서나 불면증이 있어서가 아니다. 위층에서 술 마시고 새벽에 들어온 중년 남자의 고함 소리와 그리고 그에 맞춰 무언가가 깨지고 누군가가 발을 쿵쿵 구르는 소리가 유난히 잠귀가 밝은 나를 깨웠기 때문이다. 잠에서 깨어난 나는 머리를 흔들며 주방으로 가서 냉장고 문을 열었다. 비몽사몽 흔들리는 나와는 달리 그 시간에도 냉장고는 아무 일도 없다는 듯 일관적인 몸짓으로 제 할 일을 하고 있는 듯했다.

찬물 한 컵을 마시고 여전히 소란스러운 위층의 중년 남자를 원망하고 있자니 동생도 그 불협화음에 잠이 깬 듯 제 방에서 나오며 이렇게 말했다.

"그 아저씨 알코올 중독이래. 일어나고 나면 기억도 못하고 말이야. 저번에 엘리베이터에서 마주쳤는데 혼자서 욕하고 있더라."

다시 침대로 돌아온 나는 생각에 잠겼다. 이런저런 질문들이 꼬리에 꼬리를 물고 이어졌다. 그 사람이 중독에서 벗어나고 그의 가족들이 매일 밤을 술에 절어 들어오는 가장의 모습에 위태로워지지 않으려면, 그리고 내가 잠을 편히 잘 수 있으려면 필요한 것은 무엇일까? 그리고 그 사람의 알코올 중독은 고쳐지리라는 희망이 있기는 한 걸까?

〉〉잃어버린 삶에 대한 통제력을 되찾기까지

영화 〈28일 동안〉은 그날 내가 품었던 질문들에 하나의 질문을 덧붙인다. "통제력을 상실한 한 사람의 알코올 중독자를 변화시키는 데에는 어느 정도의 시간이 필요할 것인가?"라는 질문이다. 중독 치료 전문가들에게 이 질문을 던진다면 그들은 아마도 각각의 알코올 중독자들마다 다르기 때문에 기간에 대해 단정 짓는 것은 곤란하다고 대답할 것이다. 중독의 정도가 얼마나 심각하며 그 사람이 자신의 중독 문제에 대해 문제의식을 느끼는가, 그리고 스스로 중독을 이기겠다는 동기와 의지가 얼마나 강하고 그를 도와주는 사람들이 있는가에 따라 변화에 필요한 시간은 달라질지 모른다. 일반적으로는 그렇다는 이야기다.

영화는 같은 질문에 답하기 위해 그웬의 사례를 들어 이야기를 펼쳐 놓는다. 그러면서 휘청이고 위태로운 알코올 중독자가 중독에서 벗어나는 데 필요한 시간과 그 시간을 채우기 위해 필요한 요소가 무엇인가를 보여준다. 그런데 이야기가 시작되기도 전에 우리는 주인공이 행패를 부리는 장면을 마주하게 된다. 적어도 이때 그녀의 모습만 보자면 그녀는 정말 구제불능 같다.

나이: 20대 후반에서 30대 초반.
직업: 작가(그러나 창작 활동을 하고 있지 않음).
가족력: 어머니가 심각한 알코올 중독으로 두 딸의 양육할 수 없기에 이룸. 아버지에 대해서는 밝혀진 바 없음. 알코올 문제로 인해 언니와 갈등 중.
현재 대인관계: 함께 술을 마시는 남자 친구와 친구들이 있으나 관계는 피상적임.
공존병리: 약물 중독.
문제인식: 전혀 없음.
비고: 최근 언니의 결혼식에 들러리임에도 45분 늦음. 결혼식장에서 소란을 피우고 취한 채로 신혼 여행지에 타고 갈 리무진을 운전해서 가정집에 들이 받음.

우리는 이런 모습을 보며 그녀가 변화하겠다는 의지를 갖게 된다고 해도 쉽게 알코올 중독에서 벗어나기는 어려울 것이라고 짐작하게 된다. 특히 그녀는 알코올 중독으로 다른 사람들에게 큰 피해를 주기 때문에 그나마 유일한 가족인 언니조차도 이제 더 이상은 그녀를 받아줄 수가 없다고 한다. 그러기에 그녀가 술을 끊는 것은 더욱 요원한 일처럼 보인다.

　법원은 결국 그녀에게 28일 동안 재활센터에서 치료를 받으라고 명령했고 그녀는 이제 궁지에 몰린다. 그 명령에 따르지 않으면 엄청난 금단 증상을 홀로 감옥에서 감내해야 할 테니 말이다. 영화는 그녀가 재활센터에서 보낸 28일간을 담담히 따라가며 중독자들의 마음속 아픔과 고통, 그리고 그 아픔과 고통을 뚫고 중독에서 벗어나기 위해 무엇이 필요한지를 보여준다. 28일 간 그녀에게 일어난 변화를 통해 아무리 구제 불능처럼 보이는 알코올 중독자들을 변화시키는 데에 필요한 것이 무엇인지를 잘 보여주고 있다.

　사실 그녀가 중독으로 흘려보낸 시간들에 비해서, 그리고 중독으로 망친 관계에 비해 28일은 터무니없이 짧게만 느껴지기도 한다. 그럼에도 그녀는 28일 동안 확실히 변화했다. 그렇다면 28일 동안 그녀에게는 어떤 일이 일어났던 것일까? 4주간의 짧은 시간 동안 중독이라는 저 깊은 심연에서 벗어나 완전히 새롭게 태어나려면 우리에게 필요한 것은 무엇일까?

〉〉제가 도움을 청할 수 있도록 도와주세요!

　영화 속 그웬의 변화 과정을 통해 우리가 얻을 수 있는 실마리는 바로 '관계'다. 중독에 빠진 그녀에게 있어서 '관계'는 처음에 그녀를 중독에 몰아넣은 이유였다. 알코올 중독자 어머니와의 위태로운 관계를 통해 어린 아이로서 당연히 받아야 할 적절한 보호와 양육을 경험하지 못했던 그녀는 공허하고 슬펐을 것이다. 그녀의 어머니는 술에 취해 그녀와 그녀의 언니를 방치하거나, 혹은 극도로 흥분해서 그들을 위험에 빠뜨렸다. 결국 그녀와 언니는 사회복지 정책의 보호를 받았기 때문에 중독자 어머니에게서 분리된 후에는 어머니를 만나지 못했다.

그녀보다 어머니로 인해 상처가 더 컸던 그녀의 언니는 아무 일도 없었던 듯, 그 뒤로 평범한 자기만의 인생을 살지만 그녀만은 술에서 벗어날 수가 없다. 술은 그녀에게 어린 시절 상처와 슬픔을 상기시키기도 하지만 그 상처와 슬픔에서 벗어나 즐거운 척하며 살 수 있게 해주는 해독제이기도 했던 것 같다. 더구나 그녀처럼 술을 좋아하는 남자 친구 제스퍼를 사귀면서 그녀는 더욱더 술과 약물이 주는 향락에 빠져 살게 된다. 과거나 미래 따위는 아무래도 좋고 그저 현재를 버틸 쾌락이 필요했던 것이다. 이런 그녀가 언니의 결혼식에서 보인 엉망진창의 모습을 보이는 것은 아마도 이제 결혼을 하면서 자신만 더 홀로 남겨지게 된다는 두려움 때문에 나타난 것일 지도 모른다.

자신의 슬픔과 공허, 두려움을 만나지 않으려고 매일같이 취해 살던 그녀는 술과 약물이 자신은 물론 자신의 슬픔과 공허, 두려움을 덜어줄 수 있는 관계를 망치고 있다는 사실을 인식하지 못한다. 그리고 자신과 함께 해줄 누군가를 절실히 원할수록 도움 따윈 필요 없다는 태도로 고개를 빳빳이 들고 다닌다. 그러나 재활센터에 온 이상 그녀는 자신의 불편한 진실을 인식하고 도움을 청할 필요가 있다.

재활센터는 알코올 중독자뿐 아니라 다양한 중독에 빠진 사람들이

모여 함께 생활하게 되어 있는 '치료공동체'의 모델을 따르고 있다. 이 공동체 안에서 이들은 중독이 각자 자신의 삶에 불러온 모습을 직면하고 함께 변화할 수 있도록 서로 격려하고 돕게 된다. 한 명의 치료사와 1:1 면담을 통해 이루어지는 상담치료에서 확장된 치료공동체는 그야말로 관계들을 통해 성장하고 변화할 수 있는 환경을 제공하는 것이다. 치료공동체라는 하나의 사회 속에서 그녀는 점차 관계 속 자신의 모습을 살펴보게 된다.

그녀가 관계 속에서 보이는 모습 가운데 가장 큰 문제는 도움이 필요한 순간에도 다른 사람에게 도움을 청하지 않는 데에 있었다. 스스로가 중독자였던 치료사(치료공동체에서 치료자로 활동하는 사람들 가운데에는 과거에는 중독자였으나, 스스로 중독을 극복한 이후 몇 년간의 중독 치료사 과정을 통해 치료사로 활동하는 치료사들이 있다. 그들은 흔히 중독 치료사ex-addict therapist라 불린다)는 이런 그녀의 이런 특성을 간파하고는 그녀와 같은 사람들에게 다음과 같은 푯말을 달고 다니게 한다.

"도움을 청하지 않으면 청하라고 말해주세요.Confront me if I don't ask for help."

이를 통해 재활센터에 와서도 도움을 받아 변화하겠다는 의지를 전혀 품지 않고 중독에 머물러 있고자 했던 그녀는 차차 사람들과 도움을 주고받는 다는 것이 자신에게 얼마나 필요했는가를 깨닫게 된다. 그녀는 언니와 화해하고 도움을 청한다. 그럼으로써 자기 자신과도 화해하고 스스로에게 도움을 청하게 되는 것이다.

〉〉중독에서 벗어나기 위해 버려야 할 관계도 있다

　중독 치료에 있어 그녀가 마지막으로 넘어야 할 산은 남자 친구와의 관계였다. 사랑하는 관계는 우리 스스로의 모습을 비추어보는 거울이나 다름없다. 그가 비춰주는 거울은 알코올 중독자로 취해있던 그녀의 과거 거울이나 다름없다. 그는 그녀의 중독 문제에 대한 인식이 없고 그녀가 취하기를 바란다. 그는 그녀가 재활센터에 있음에도 몰래 술을 가져오고 약물을 쥐어주고 청혼을 한다. 술과 약물 중독에 대한 문제인식을 터득하는 그녀와는 달리 그는 그녀가 괜찮다고 말한다. 다른 사람들은 인생의 참맛을 모르고 살기에 중독이 나쁘다고 한다는 것이다. 게다가 그는 그녀가 엉망진창인 모습이 좋다고 한다.

　그 엉망진창인 모습에서 벗어나 새로운 모습을 갖고 싶어하는 그녀는 이제 그와의 관계도 새롭게 보인다. 그래서 28일이 지나고 재활센터에서 나온 그녀는 이제 남자 친구와 함께 변화하거나, 헤어져야 한다는 것을 깨닫게 된다. 내가 변화하려면 관계가 변화해야 하고, 관계가 변화하면 나 자신도 변화하게 되기 때문이다.

　많은 사람들이 재활센터를 나간 이후에 다시 중독에 빠지는 이유는 재활센터와는 달리 본래의 생활 공간에 오면 중독에 대한 유혹이 크기 때문이다. 그녀에게 가장 중요했던 환경의 유혹은 바로 그 남자 친구와 친구들이었다. 그와 헤어지는 것은 그녀가 이제 과거를 정리하고 완전히 새로운 자신의 모습을 만들어가며 살겠다고 마음먹은 것을 의미한다. 그녀는 새로운 관계를 통해서 새로운 나를 기대하며 중독에 빠지게 만드는 관계에서 과감히 뒤돌아선다. 이런 그녀의 모습은 28일이 중독에서 벗어나 변화하기에 충분한 시간이었음을 잘 보여준다.

치료공동체:
너를 도움으로 나를 돕는다

임상심리학을 전공한 선배 중에 언젠가 중독 치료를 위한 치료공동체를 만드는 것을 꿈꾸고 있는 선배가 있다. 그가 구상하고 있는 치료공동체의 모습은 일반적인 치료공동체의 모습과 조금은 달랐다. 그는 마음이 아픈 중독자들과 몸이 불편한 장애인들이 함께 어우러져 서로가 서로에게 도움이 되는 치료공동체를 만들고 싶다고 했다.

"몸은 불편하지만 정신은 건강한 사람들이 중독자들을 일으켜 세워주고, 마음은 아프지만 몸은 성한 사람들이 장애인들과 함께 해준다면 이들이 가진 몸의 불편함과 마음의 불균형이 사라지지 않을까 싶어."

나는 그의 꿈을 듣고 꽤나 인상적이고 의미 있는 일이라고 생각했다. 한 사람이 넘어져도 일으켜줄 누군가가 있다는 든든함, 비록 나 자신이 온전치 않을지라도 누군가에게 도움이 될 수 있다는 뿌듯함을 실감할 때 우리가 가진 몸과 마음의 상처와 고통은 견딜만한 것이 되고, 우리는 원하는 변화를 더 쉽게 이루어낼 수 있지 않을까?

치료공동체Therapeutic Community는 비슷한 문제를 가진 사람들이 만나 서로의 변화와 치유를 지지하고 촉진하는 하나의 사회라고 할 수 있다. 가장 대표적인 치료공동체는 알코올 중독자 집단인 A.A(Alcoholics Anonymous)가 있다. A.A는 비주거형 환경에서 정기적인 모임의 형식으로 이루어지지만 주거형식의 치료공동체도 있다. 치료공동체마다 형식과 지향은 조금씩 다를 수 있지만 개인은 모두 치유와 변화의 힘이 있으며, 공동체 안에서 그 힘이 활성화된다는 점을 근간으로 한다는 점에서 공통적이다. 영화 속의 그웬 역시 치료공동체의 도움을 받고 재활에 성공하게 된다.

앞서 새로운 형식의 치료공동체를 꿈꾸던 선배는 대학원을 다닐 때 몸이 불편했던 한 동기를 보며 이런 생각을 하게 되었다고 했다. 그는 휠체어를 탄 장애인이었고, 몸이 불편하기 때문에 선배를 비롯한 다른 사람들의 도움을 받아 학업을 계속해나갈 수 있었다. 선배는 그를 가까이서 지켜보며 그가 다른 누구보다도 낙천적이고 에너지 넘치며 건강한 사람이라는 생각을 했다. 그리고 그 모습이 알코올 중독센터의 중독자들의 모습과 대조적이라는 점에서 강한 인상을 받았고, 그는 이런 새로운 형식의 치료공동체에 대한 영감과 비전을 갖게 되었다는 것이다. 그런데 몸이 불편한 그 선배의 동기 역시 처음부터 낙천적이고 에너지 넘친 모습을 보였던 것은 아니라고 한다. 불편한 몸 때문에 절망하고 있던 무렵, 우연히 자신보다 더 불편한 몸을 이끌고 의사가 되어 정열적으로 활동하고 있는 누군가의 모습을 TV를 통해 본 뒤에 깊은 인상을 받았다. "그 사람도 해냈는데 나라고 못할 것이 있을까, 절망하기보다는 누군가에게 도움이 되는 삶을 살자!"며 노력하고 희망을 실현하는 삶을 살기로 한 것이다. 그래서 그는 불편함 몸을 개의치 않고 심리학과 대학원에 진학해서 나의 선배를 만났고, 타인에게 희망과 영감을 선물하게 된 것이다.

그런 것을 보면 우리는 직접적이든 간접적이든, 의도했든 의도하지 않았든 서로가 서로에게 영향을 주고받으며 살고 있다. 누군가의 꿈이 또 다른 누군가의 가슴속에 전해지고 그 가슴속에 뿌려진 씨앗이 결실을 맺어 또 누군가의 꿈이 되고, 그 꿈이 널리 널리 퍼지는 이런 연쇄 반응을 통해 우리는 넘어졌다가도 다시 일어나고 넘어진 사람들에게 손을 내밀어 줄 수 있다. 치료공동체는 바로 이런 사람과 사람들 사이에 흐르는 꿈과 희망을 따뜻하고 지지하는 관계망을 통해 전해주기 위해 만들어졌다.

내 마음의 리모컨은 내가 조종한다

>> '일시정지'와 '되감기'가 필요한 시간

한꺼번에 많은 일이 동시에 일어나고 있어서 정신을 차리기가 어려울 때가 있다. 그럴 때면 우리네 삶에 가끔은 리모컨이 필요하다는 생각을 한다. 되감기와 빨리 감기, 일시 정지 버튼을 통해 못 보고 지나쳤던 장면을 다시 음미해보고 막혔던 숨을 천천히 다시 내쉬며 다시 앞으로 나아갈 힘을 얻고 방향을 제대로 잡기 위해서다.

우리에게 익숙한 인물 중에 이런 마음의 리모컨 조정을 통해 자신의 인생을 완전히 변화시킨 인물이 있다. 바로 《크리스마스 캐롤》이라는 이야기 속 스크루지 영감이다. 그는 삶의 리모컨을 잘 활용한 덕분에 자신의 과거, 미래, 그리고 다시 현재의 어느 한 지점을 면밀히 살펴보고 물질에만 집착하며 사람을 볼 줄 몰랐던 자신의 인색한 삶을 성찰했다.

그러므로 우리는 그가 이제 지금까지와는 다른 삶을 살 것이며, 그런 만큼 미래의 어느 날 찾아오는 사람 없이 쓸쓸히 이쪽 생의 삶을 마감하지는 않을 것이라는 사실을 예상할 수 있다.

스크루지 영감뿐만 아니라 우리에게도 자신에게 의미 있거나, 혹은 마음의 방해물이 쌓여 있는 과거 어느 한 지점을 살펴보기 위한 '되감기'와 '일시정지'를 할 시간을 필요로 한다. 대체 내 삶에서 지금 무슨 일이 일어나고 있는가를 알기 위해서다. 특히나 중독의 문제를 안고 있다면 이런 마음의 리모컨은 더더욱 필요하다.

중독될 때 우리는 과거도 없고 미래도 없고 오로지 현재 자신의 눈앞에 있는 행동과 물질에 집착한다. 그 집착은 가만히 두면 점점 가속도가 붙어 병리적인 모습을 띠게 된다. 처음에는 일상의 가벼운 중독이었던 것이 걷잡을 수 없어진다. 물질에만 집착하느라 처음에 왜 물질에 집착하게 되었는가를 잃어버리고 사람을 무시하던 스크루지 영감은 구제불능의 물질 중독에서 극적으로 구조된다. 운 좋게도 자신의 인생을 '일시정지'하고 '되감기'를 해서 돌아볼 기회가 주어졌기 때문이다.

>> 현재 안에 담긴 과거와 미래

우리에게 필요한 마음의 리모컨을 잘 보여주는 도구로써 영화만큼 탁월한 도구도 없다. 영화는 사람들의 이야기를 앞에서 뒤로, 뒤에서 앞으로, 접어가고 펼쳐가며 '앞으로 이 사람이 어떻게 될 것인가'를 함께 예상하도록 해주기도 하고 '왜 이런 삶의 결과가 나타날 수밖에 없었던가'를 고심하게 만들기도 한다. 또 때로는 순서를 뒤죽박죽 섞어가며 우리의 과거와 현재, 미래 간의 느슨한 연결성을 짐작하게 해준다.

영화 〈If Only〉의 경우 이런 영화의 묘미는 '구간 반복'을 통해 이루어진다. 영화는 오늘이라는 현재를 반복시킴으로써 현재 안에 담긴 과거와 미래를 보여준다. 일과 미래에만 집중하느라 지금 자기 옆에 있는 사랑과 현재를 돌보지 못하는 이안이 그 주인공이다. 그는 사고로 사랑하는 사만다를 잃고 후회와 절망에 휩싸인다. 그녀를 잃고 나서야 그는 삶의 진정한 의미가 사만다를 향한 사랑 속에 있었다는 것을 알게 되지만 이미 때는 늦었다. 사랑한다고 표현할 시간도 없이 일상을 일로 잠식시켰던 그는 'If Only'라는 제목처럼 정말 그럴 수만 있다면 과거로 되돌아가고 싶다. 일에 마음을 빼앗기기보다는 마음속 사랑을 전하고 싶다.

그의 절박함이 컸던 탓인지 아니면 그의 절망이 깊었던 탓인지 스크루지 영감에게 주어진 시간인 전복의 기회는 영화 속 이안에게도 찾아온다. 절망 속에서 잠이 든 그는 자신의 If Only가 실현되었다는 사실을 알게 된다. 그녀를 잃게 된 바로 그날을 다시 '현재'라는 시점으로 받게 된 것이다. 이제 그는 자신의 현재를 일로 함몰시키지 않고 사랑을 위해 온전히 쏟는다.

>> 중요하지 않은 문제에 신경 쓰느라
신경 써주지 못한 중요한 사람들

영화 속 이안의 모습은 삶에서 정말 중요한 것이 무엇인가를 잃어버리고 물질이나 일에 중독적으로 매달리는 우리의 모습을 그대로 보여준다. 사랑한다는 표현을 할 시간이 없을 정도로 산더미처럼 싸인 일에 모든 에너지를 쓰고, 가족들과 눈을 마주할 시간이 없을 만큼 TV와 인터넷에 마음을 빼앗긴 우리의 현재가 그의 모습에 녹아있는 것이다.

영화는 '다시 그때로 돌아간다면 우리는 어떻게 다르게 할 것인가' 라는 질문으로 우리를 초대한다. 이는 다분히 비현실적이다. 우리는 언제나 지나고 나서야 '그때 그럴 걸', 혹은 '그러지 말걸' 후회할 뿐 그때로 돌아가는 일은 불가능하기 때문이다. 그러나 수많은 영화들은 영화적 설정을 통해 과거로 돌아가서 현재와 미래의 변화를 시도한다. 그럼으로써 현실에서 이용해볼 수 없는 시간의 '되감기' 기능을 통해 우리의 마음을 달래주려는 것이다.

그렇다고 그 한계에 크게 절망할 필요는 없다. 영화 속 삶을 살고 있지 않은 우리에게는 현실적으로 과거로 돌아가는 일이 불가능하지만, 대신 우리는 과거를 바라보는 현재의 관점을 변화시키고, 현재할 수 있는 한 최선을 다함으로써 미래를 변화시킬 수 있다. 우리 마음속 바다에 잠긴 과거라는 난파선을 끌어올려 면밀히 살피고, 더 나은 미래를 상상하며 현재라는 공간에서 최선을 모색할 수 있는 것이다. 과거를 통해 배우고 현재를 통해 실천하고 미래를 통해 꿈꾸는 것이다.

지금 나의 일상을 지배하는 무언가에 중독되어 내 삶을 통제할 수 없다면 영화 속 주인공이 그리하듯 내 마음의 리모컨을 돌려보자. 뒤로 감기, 앞으로 감기, 일시정지를 자유자재로 해보며 내가 어느 지점을 구간 반복하며 자신을 제한하고 있는가에 대한 그림을 그려볼 수 있을 것이다. 그것이 어떤 모양 어떤 방식을 취하고 있든 이것 하나만은 기억하자. 우리 삶의 리모컨을 쥐고 있는 사람은 다른 누군가가 아닌 나 자신이라는 사실을.

기억과 중독 :
'한 번만'이라고 하기 전에 '한 번 더' 참자

학비를 벌기 위해 영어 과외를 하던 시절, 에빙하우스라는 심리학자의 실험을 자주 인용하곤 했다. 에빙하우스는 이미 오래전에 우리의 기억이 얼마나 쉽게 소멸되는지(혹은 얼마나 어렵게 유지되는가)에 관심을 가졌던 학자였다. 그 시기에 나는 기억이 얼마나 소멸되기 쉬운가를 경고하기 위해 에빙하우스의 기억 소멸 그래프를 자주 인용하곤 했다. 학생이 복습 과제를 소홀히 하거나 단어 시험 결과가 신통치 않을 때 나는 그래프를 그리며 으레 이런 말을 하곤 했다.

"자, 오늘 100개의 단어를 한 번 봤다고 해. 그럼 내일 자고 일어나면 50개만 머리에 남아. 그 다음 날엔 25개, 그 다음 날엔 12.5개, 그 다음 날엔 6개……. 그러다가 며칠 뒤, 내가 다시 와서 너에게 물어보면 하나도 제대로 기억이 안 나는 불상사가 발생하는 거야. 기억을 유지하기가 어려우니 우리가 이렇게 자주 반복 학습을 해야 하는 거야."

사실 에빙하우스가 자신을 피험자 삼아 직접 했던 실험에서 소멸률은 이와 달랐다. 그는 한 시간이 지났을 때 단지 44%만 기억해냈고, 일주일 후에는 21%를 기억했지만 투박하게 설명했던 에빙하우스의 원리는 학습뿐만 아니라, 우리가 기억하고 싶은(혹은 기억하고 싶지 않은) 다른 경험들에 대해서도 적용가능하다. 그리고 때로는 기억의 소멸과 보전은 보다 복잡하고 미묘한 방식으로 나타난다. 그러기에 에빙하우스 이후 많은 심리학자들은 기억에 대한 다양한 의문을 품고 저마다의 연구를 했고, 기억에 대한 지식과 통찰을 보다 정교하게 덧붙였다. 그러면서 그들은 우리가 반드시 기억하고 싶었던 영어 단어는 쉽게 잊어버리기도 하지만, 기억하지 말아야 할 경험을 끈질기게 간직하고 집착하게 되는 면도 있다는 점을 발견하기도 했다.

특히 중독 관련 전문가들은 중독자들의 뇌 영상을 면밀히 살펴본 후에 중독을 둘러싼 짜릿한 감각에 대한 기억이 우리 뇌에 지워지지 않는 선명한 자국을 남긴다고 보기도 했다. 중독물을 접하거나 중독 행위를 하는 순간, 우리 뇌의 쾌락 중추가 자극이 되어 많은 도파민이 분출되는데 이 짜릿하고 극적인 경험을 기억하게 된다는 것이다. 그렇게 학습된 중독은 에빙하우스의 기억 소멸 그래프가 무색할 정도로 쉽게 소멸되지 않는 것 같다.

중독과 같이 강렬한 정서를 유발했던 경험은 우리 기억 속에서 쉽게 사라지지 않는다. 그러니 우리는 끊은 지 오랜 시간이 지난다고 해도 중독과 관련된 기억이 자극되는 순간, 또다시 중독물을 갈망하게 되는데에 찰나의 시간도 걸리지 않게 된다. 이 기억은 불가역적이며 막강한 힘으로 우리를 흔든다. 마치 아주 사소한 단서 하나에 잃어버린 첫사랑을 그리워하는 마음의 스위치가 켜지고, 순간 울컥하게 되는 것처럼 말이다.

누구나 시간을 초월하는 강렬한 기억을 안고 살아가고 있지만 중독에 있어 기억은 시간과 공간, 상황을 초월한 힘을 보인다. 기억은 오묘한 것이라 사람마다 같은 사건도 다르게 기억하고, 또 같은 사람이라도 시간이 지나 경험을 쌓아감에 따라 같은 기억도 다르게 각색하고 재조직한다. 그러나 강렬한 정서가 덕지덕지 붙어 있는 기억은 마치 초강력 접착제라도 붙여놓은 듯 끈질기게 우리 안에 남아 우리를 흔든다.

기억의 불가역성과 보전성은 "한 번만 해보는 건데 어때", "오늘이 마지막이야."라는 말이 얼마나 무의미하고 덧없는가를 보여준다. 한 번의 경험으로 중독이 되는 것은 아니지만, 그 한 번을 통해 우리 뇌의 기억 저장고에 남게 된 기억은 앞으로도 끈질기게 우리를 흔들기 쉽기 때문이다. 대부분의 중독자들이 처음에는 그럴 의도 없이 중독의 세계에 발을 내딛었다가 다시 돌아가기 힘든 이유도 바로 여기에 있다.

다른 사람은 몰라도 나는 기억하고 있다. 그러니 어떤 행위를 하면서 '한 번만'이나, '마지막으로'이라는 표현으로 스스로를 정당화하기 전 '한 번 더' 마음을 가다듬어 보자. 나의 기억 저장고에 떳떳한 기억을 남길 것인가, 불편한 기억을 남길 것인가.

중독자와 그 가족들

>> 가족, 가장 사랑하기에 가장 상처 주는 관계

　제삿날이나 명절이 되면 평소에는 볼 수 없었던 먼 가족과 친지들이 한자리에 모인다. 그러면 우리는 옹기종기 모여앉아서 이런저런 이야기를 하면서 먹고, 마시고, 웃고 떠든다. 우리는 가족이니까. 가족이 모이면 즐거워야 하는 거니까. 그런데 오랜만에 가족이 만났다고 해서 꼭 즐겁고 자연스러운 분위기가 연출되는 것은 아니다. 어떤 때에 우리는 가족이라는 이유 때문에 피하고 싶고 껄끄러운 주제에 직면한다.

　이론상으로 가족은 우리가 취약한 순간 울타리를 제공해주는 베이스캠프 같은 것이다. 그래서 우리는 여기저기서 행복한 가족의 중요성을 잊지 않고 떠든다. 허나 가족이 항상 즐겁고 행복해야 한다는 것은 환상이고 허상이고 신화이고 오해다. 그런 이론적 설명에 미치지 못하는 현실의 균열은 가리기 힘들 정도로 적나라하게 우리를 흔들고 있을 때도 많기 때문이다. 그런 현실과 이론의 괴리를 인정하지 못하면 우리는 가족 안에서 더 큰 상처를 받게 될 지도 모른다.

　가족이란 우리에게 가장 큰 기대를 하면서, 우리의 모든 치부를 알고 있으면서, 또 우리가 잘되기를 바란다는 이유로 듣기 어려운 잔소리와 가장 아픈 채찍질을 하기도 하는 존재다. 그러기에 그들은 우리의 자율성과 독립성을 가장 많이 해하고 우리에게 가장 큰 상처를 주는 존재일 수도 있다. 그럼에도 우리는 너무도 자주 가족에 대한 이상적이고 비현실적인 기대를 포기하지 못하게 된다. 가장 이해받고 지지받기를 원하는 대상과 가장 나를 억압하고 갑갑하게 만드는 대상이 동일하다는 모순은 때문에 나타난 가족 안의 갈등은 그 어떤 갈등보다 우리를 힘들게 한다. 영화 〈레이첼, 결혼하다〉는 그런 전제 위에서 만들어진 영화다.

›› 가족이라는 관계망 저변에 흐르는 복잡다단한 감정

　영화는 자신의 사고로 남동생을 잃고, 중독센터와 정신병원을 들락날락하는 킴과 그녀의 가족에 대한 이야기를 그리고 있다. 영화의 제목은 레이첼의 결혼을 이야기하고 있지만, 영화는 그 결혼을 계기로 모인 과거의 가족과 그 결혼을 준비하는 현재의 가족과, 그 결혼을 계기로 합쳐지게 될 미래의 가족에 대한 이야기를 하고 싶은 것 같다. 그러면서 이 가족이 치명적으로, 그러나 담담하게 안고 있을 수밖에 없는 '상처'를 이야기하고 있다. 우리는 다 겉으로는 안 그런 척하고 있지만, 가족 때문에 얻게 된 상처가 가장 크다고 말하는 사람들이 종종 있다.

영화는 굳이 교훈이나 감동을 안겨주려 애쓰지 않는다. 카메라 앵글의 시선은 전략적으로 아마추어적인 모습을 띠고, 시선과 조명 역시 예쁘게 딱 맞아떨어지지 않는다. 마치 우리가 걸음마를 떼기 시작할 때 그 모습을 담으려고 동선에 대한 계획 없이 우리를 쫓아다니던 아버지의 캠코터에 담긴 영상처럼 가끔은 어지럽고, 가끔은 어색하다. 하지만 그러기에 또 다분히 현실적이고, 다분히 자연스럽다. 영화는 조금은 극단적인 가족의 상처를 이야기함으로써 가족이라는 관계망 저변에 흐르고 있는 사람과 사람 사이의 역동적이고 복잡다단한 감정을 그렇게 잡아내고 있다. 영화 속 인물들의 마음을 살펴보면 이 감정들을 좀 더 잘 이해할 수 있을 것 같다. 먼저 둘째 딸이자 마약 재활원에서 이제 막 나온 막내딸의 마음을 보자.

킴은 혼란스럽고 외롭다. 지금까지 해왔던 일들이 모두 뒤죽박죽인데다가 미안하다고 말해야 할 사람이 너무 많은 것 같아 그냥 감당하기가 어렵다. 그래서 언니의 결혼식에서도 마치 초대받지 못한 손님인 양 부적절감에 시달린다. 내가 뭔가 제대로 하고 있는 게 아닌가 하는 의구심과 자책감을 가장 많이 주는 존재란 가족이기 때문이다.

레이첼은 정작 결혼을 하는 당사자이자 주인공은 자신인데, 항상 킴을 걱정하고 과잉보호하는 아버지에게도 섭섭함을 느낀다. 그리고 남동생을 잃게 한 여동생 킴에 대한 분노를 안고 있으면서도 여동생이 애처롭기도 하고 언니로서 위기에 처한 여동생을 보호해줘야 한다는 묵직한 책임감 역시 느낀다. 그래서 그녀는 앞으로 사랑하는 사람과 만들어갈 가족에 대한 기대와 계획에 부풀어 있어야 할 결혼식 날에도 마냥 행복할 수만은 없다. 그녀는 혼란스럽다. 과거의 가족은 앞으로의 가족을 비춰주고 안내해주는 거울 같은 것이기 때문이다.

반면 아버지는 사랑하는 첫째 딸을 시집보내면서 대견하고, 기쁘기도 하지만, 중독센터에서 돌아온 둘째 딸을 보면서 어떻게 해야 할지 막막하다. 안타까운 마음에 과잉보호를 하기도 하고, 지금까지 이 아이가 해온 행동이 가족에게 안겨준 곤란함을 생각하면 무기력해지기도 한다. 더구나 시집가는 첫째 딸은 자꾸만 문제를 일으키는 여동생에게만 신경 쓴다는 생각에 자신에게는 관심과 사랑을 주지 않는다고 섭섭해한다. 이런 혼란과 죄책감, 섭섭함과 불안의 감정은 이들의 관계를 때로는 미묘하게 또 때로는 극적으로 술렁이게 만든다.

›› 가족이라는 이름의 모순과 역설 덩어리

자녀들은 부모를 이상화시키고 싶어 하고, 부모가 완벽하기를 기대하지만, 부모 역시 인간이다. 필요할 때 적절한 방식으로 자녀들을 완벽하게 양육할 수 있는 부모란 없다. 모든 부모는 자신만의 취약성을 가지고 있고 그 취약성은 자녀들에게 고스란히 전해져서 상처가 될 수밖에 없는 것이다.

부모들은 자신이 자녀에 대해 가지고 있는 기대를 내세우기 이전에 자녀가 가진 자율성과 독립성을 먼저 생각할 필요가 있지만 자녀를 위하는 마음으로 이 규칙을 자주 잊어버린다. 자녀를 위하는 마음으로 상처 주는 표현을 하기도 하는 것이다. 자녀들이 크고 성숙해져서 그 부모의 현실적이고 객관적인 모습과 조건을 이해하게 되면, 그들은 과거에 부모님께 받았던 상처를 이해하게 되면서 상처를 덜 받게 된다. 또한 자신의 자녀를 키우면서 부모로서 느끼는 한계와 고통을 절감하며 자신의 부모가 느꼈던 마음을 뒤늦게 느끼고 마음속 부모와 화해하기에 이르기도 한다.

›› 그럼에도 불구하고, 가족이니까

영화는 이런 가족들 간의 심리적 조율을 위해 진통을 겪는 한 가족의 여정을 가감하지 않고 애써 꾸미지 않는다. 또한 영화는 수많은 '그럼에도 불구하고' 가족 구성원들 간의 관계는 여전히 건재하다는 것을 보여주고 있다. 그들의 관계망 속에 언제 갑자기 촉발될지도 모르는 상처가 휴화산처럼 잠들어 있기는 하지만, 그들의 현재는 못 견딜 만큼 힘들지는 않고, 그들의 미래는 적어도 희망적이다.

이 영화 속에서 가족들은 어느 순간은 죽일 듯이 화내고 다툴지라도, 돌아서면 무슨 일이 있었냐는 듯이 끌어안고 담소를 나누기도 한다. 어쩌면 이 세상에서 가장 큰 모순이라고 할 수 있지만. 사람이 사는 게 다 그렇다. 모순과 역설이라도 그게 일상이 되면 다 살아지는 것. 남들은 이해 못할 거다 생각하고 입을 다물어도, 남들 역시 입을 다무는 진실이다. 친구에게는 '미안하다'고 말하는 게 크게 어렵지 않으면서, 가장 가까운 가족에게는 미안하다 말할 일을 가장 많이 쌓아가고, 그 말을 들을 일을 가장 많이 마주하면서, 그 말 한마디 건네는 게 그토록 어렵다. 이런저런 모순 덩어리를 안고도 가족은 여전히 굴러간다. 가족이니까.

공동의존 :
중독은 관계망을 타고 번진다

언젠가 동생과 함께 TV를 보는데 힘들게 살고 있는 엄마와 아이의 모습이 비춰졌다. 아이는 알코올 의존도가 높고 정서적으로 불안한 모습을 보이는 엄마와 함께 살고 있었는데 그녀는 술만 마시면 과격한 모습을 보였다. 엄마가 악을 쓰며 소동을 부릴 때마다 아이는 침착하고도 차분하게 엄마를 달랬다. 술에 취한 아이의 엄마가 "다 필요 없어! 누가 내 마음을 알아!" 하고 외치면 아이는 그대로 달려가 엄마를 안으며 "내가 알아요. 다 이해해요!" 라고 말하는 모습이 카메라에 포착되었다.

그 모습을 보던 동생은 "그래도 아이는 잘 자랐네. 착하다"고 말했다. 내 생각은 좀 달랐다. 이 모자관계에서 부모와 아이의 역할은 역전되어 있기 때문이다. 아이가 부모처럼 굴고 부모는 아이에게 돌봄을 암묵적으로든 직접적으로든 강요하고 아이는 어른처럼 그대로 실행하고 있었다. 그 아이는 착한 것이 아니라 아픈 것이었다.

우리는 주변에서 삶의 척박함에 짓눌려 너무 일찍 힘겨운 짐을 짊어지게 되는 아이 어른을 쉽게 볼 수 있다. 부모가 부모답지 못해 아이에게 적절하고 일관적인 돌봄과 보호를 주지 못할 때 아이는 아이 본연의 모습을 잃고 너무 빨리 어른 티를 낸다. 이런 아이들은 자신이 받고 싶고 응당 받아야 할 사랑과 보호, 돌봄을 받기보다는 어른스럽고 의젓하게, 그리고 묵묵히 자신이 받아야 할 것은 도리어 퍼준다. 그리고 이런 관계 속 패턴이 계속되다 보면 아이들은 자신이 사랑과 보호, 돌봄을 필요로 하고 존재한다는 사실마저 잊어버린다.

중독자 부모를 둔 아이들은 역시 이런 모습을 보이기 쉽다. 또한 이들이 어린 시절 부모와 맺은 관계 패턴은 고스란히 다른 사람들과의 관계에서도 나타나 문제가 되기도 한다. 이들은 자신의 관계 틀에 맞는 사람(중독자)를 택하거나 지금까지 관계 속에서 받지 못했던 사랑, 보호, 돌봄의 결핍과 부재에 대해 과도하게 집착하는 모습을 보이기도 한다.

영화〈레이첼, 결혼하다〉에서 나온 가족들 역시 비슷한 관계의 문제에 빠져 있다. TV 속 어머니가 아이에게 엄마다운 안정감을 보여주지 못하는 것처럼 레이첼의 아버지는 마약 중독에 빠진 그녀에게 아버지로서의 권위를 보여주지 못한다. 그리고 첫째 딸은 여동생 때문에 신경을 쓰는 부모님을 이해하며 양보하고 동생을 보살핀다. 아마도 첫째라는 이유와 자신마저 근심을 안겨주기 싫어서 힘들어도 힘든 티도 못 내고 살았을 것이다. 그런데 결혼식을 하는 날까지 자신이 중심이 되지 못하니 그녀의 인내심도 극에 달한 것은 어쩌면 당연한 일이다.

우리는 어떤 방식으로든 관계 속에서 서로에게 영향을 주고받으며 살고 있기에 중독의 폐해는 너와 나의 관계망 위에서 번지게 된다. 그래서 치료 전문가들은 가까운 사람의 중독 문제로 인해 나타나게 된 건강하지 못한 관계 패턴의 문제를 '공동의존codependency'라 칭하기도 한다. 특히 대부분의 사람들에게 가까운 사람이란 가족을 의미하므로 많은 학자들이 건강한 가족의 관계 패턴과 건강하지 못한 관계 패턴에 대해 관심을 기울였다. 그 가운데 크리츠버그라는 학자는 중독자 가족과 건강한 가족을 이렇게 구분한다.

중독자 가족	건강한 가족
• 엄격한 규율이 존재함. • 엄격한 역할체계가 존재함. • 가족 내에 비밀이 존재함. • 외부인이 가족체계에 들어옴을 저항함. • 가정 내 분위기가 매우 심각함. • 개인의 사생활이 허락되지 않고 개인의 경계선이 불분명함. • 가족에 대한 위장된 충성심이 있으며 가족원은 가족을 자유롭게 떠나지 못함. • 가족원들 간의 갈등이 부인되고 무시됨. • 가족은 변화에 저항함. • 가족 내의 통합성이 없고 뿔뿔이 흩어져 있음.	• 엄격한 규율이 없음. • 엄격한 역할체계가 없음. • 가족 내에 비밀이 없음. • 외부인이 가족체계에 들어옴을 허락함. • 유머 감각이 있음. • 개인의 사생활이 허락되고 자아 정체감이 개발됨. • 가족원은 '가족의식'을 가지고 있으며 가족을 떠남이 허락됨. • 가족 간의 갈등이 허락되고 해결됨. • 가족은 지속적인 변화를 함. • 가족 내의 통합성이 있음.

가족의 지대한 영향력 때문에 중독 치료에는 중독자뿐 아니라 중독에 영향을 받았을 가족 구성원들이 모두 참여하면 좋다고 한다. 중독의

폐해가 관계 속에서 번져가듯 중독을 이기는 힘 역시 관계 속에서 흐르기 마련이기 때문이다. 네가 변하면 나도 변하고 우리도 변하게 되는 관계의 모습이 폐해가 아닌 힘으로 흐르기 위해 가까운 사람의 모습을 제대로 직시하고, '아이는 아이답게, 어른은 어른답게'라는 '그답게'의 선을 지켜줄 필요가 있다.

일상의 중독에서
벗어나기 위한 만트라

>> 중독이라는 일상적 저주에 묶여 있는 우리

"우리는 모두 반복되는 일상, 역할, 그리고 그것으로 인해 굳어질 수밖에 없는 성격personality의 중독에 걸려 있다."

책을 읽다가 이 글귀가 유난히 마음에 와 박혀 노트에 적어두고 그 후로도 이따금씩 떠오르곤 했다. 우리가 반복되는 일상 속에서 권태와 무력감을 느낄 때, 변하지 않는 자신의 모습이 지겨워지고 답답해질 때, 어떤 의미에서 우리는 중독의 저주에 묶여 있는 것은 아닐까?

황폐해지고 무뎌진 마음으로 아무런 의욕 없이 하던 그대로를 반복하게 되는 일상의 매너리즘에 빠져 이건 아닌데 싶은 순간, 우리는 중독적 행위에 빠진다. 그리고 중독은 우리를 더 권태롭고 무력화시켜 삶의 균형을 잃어버리게 한다. 겉으로 보기에는 잘살고 있는 것처럼 보이지만 속으로는 이건 아닌데 싶은 순간, 무너진 우리 마음의 균형 감각을 되찾고 삶의 생기를 살리는 방법을 제시해주는 영화가 있다. 바로 〈먹고 기도하고 사랑하라〉다.

〉〉이름을 붙일 수 없는 문제

'먹고 기도하고 사랑하라'라는 특별할 것 없고 매우 간단명료한 일상의 처방을 제목으로 내걸고 주인공 리즈로 분한 줄리아 로버츠가 한가로이 공원에 앉아 아이스크림을 먹고 있는 포스터를 볼 때만 해도 나는 이 영화가 '중독'이라는 주제에 대해 어떤 말을 해줄 거라고는 상상도 못했다. 그런데 이 영화는 우리의 평범한 일상 속 중독의 저주에 걸린 우리의 마음을 자유롭게 풀어주는 마법의 주문이 무엇인가를 놀랄 만큼 생생하게 일러주고 있다.

그 주문은 이미 나왔다. 바로 먹고, 기도하고, 사랑하라는 것이다. 그러나 이 지극히 간단한 과제가 제대로 굴러가기란 얼마나 어려운가? 잘 먹고, 열심히 기도하고, 열렬히 사랑하는 삼박자를 잘 맞추고 있다고 당당히 자부할 수 있는 사람이 얼마나 많을 것인가? 바쁘게 돌아가는 사회 속에서 이런저런 의무와 기대, 후회로 점철된 과거와 너무나도 불투명한 미래를 생각하자면, 가장 간단해 보이는 이 세 가지가 사실은 가장 어려운 것일지도 모른다는 결론에 도달하기도 한다.

주인공 리즈는 그런 우리의 공통 난제를 온몸으로 느끼며 자신이 느끼는 '무기력과' 권태, 지긋지긋함과 답답함을 깨줄 해결책을 찾아 떠난다. 영화 초반 그녀가 느끼는 마음은 1960년대 여성학자가 묘사한 '이름 없는 문제problems with no name'의 문제와 비슷한 모습을 띤다.

베티 프리단은 자신이 원한다고 생각했던 모든 것을 다 가지고도 삶이 허망하고 가슴이 뻥 뚫린 것 같은 절박함과 집단 무기력에 빠진 그 시대 여성들의 마음을 《여성의 신비》(이매진, 2005)에 담아냈다. 그리고는 그들의 문제를 '이름 없는 문제'라 진단한 바 있다. 그녀는 그 시대 여성들이 타인이 기대하고 투사하는 이미지에서 벗어나기 어려워 경험하게 되는 정서적 공허감에 주목했던 것이다. 그녀들이 완벽하게 설계된 삶 속에서도 만족할 수 없었던 것처럼 리즈 역시 비슷한 정서적 문제에 부딪친다. 지금까지 그녀는 자신의 삶 속에 안착하여 잘 살아왔다. 아니, 그런 것처럼 보인다. 그러나 이제 그녀는 더 이상은 이렇게 살아갈 수 없다고 느낀다. 삶의 모든 것이 균형을 잃고 뒤뚱거리는 것만 같고 마음은 그저 혼란스럽기만 하다. 그래서 그녀는 남편과 이혼을 하고, 남자 친구와 헤어지고, 친구들의 만류에도 불구하고 자신이 몸담고 있던 세계를 홀연히 박차고 나온다. 그리고는 전혀 새로운 세계에 몸을 던진다.

영화는 겉으로 보기에는 '아무런 문제가 없지만 그럼에도 불구하고 아무것도 느낄 수 없는 일상'의 사슬 속에서 안으로 죽어가는 자신을 흔들어 깨우기 위해 한 여성이 떠나는 1년간의 여정을 따라간다. 그녀의 여행은 말 그대로 먹고 기도하고 사랑하는 삶의 과제를 제대로 실천해 나가는 모습을 띠고 있다. 이를 통해 그녀는 일상 속 중독으로 인해 무

여지고 사그라지고 있던 '나'를 다시 깨워나간다. 언제나 나와 함께 있었지만 거기에 있다는 것조차 인정해주지 못하고, 죽어가게 만들었던 '나'의 육체와 정신, 그리고 관계의 심폐소생술을 행하는 것이다. 영화를 통해 그녀의 여정을 따라가다 보면 우리는 우리 안의 무뎌지고 사그라져가는 순수한 삶에 대한 열정이 다시 깨어나는 것을 느끼게 된다.

〉〉이탈리아, 몸이 회복되는 공간

가장 먼저 도착한 이탈리아를 보자. 그곳에서 그녀는 향긋하고 먹음직스런 음식과 마주하게 된다. 그 음식은 앞으로 돌진하기만 하느라 찬찬히 바라보고 음미하지 못했던 시간 동안 육체는 원하나 머리로는 제지했던 모든 것을 상징한다. 맛있는 파스타는 그녀의 육체에 달콤한 휴식을 선사한다. 생산성을 강조하는 사회 속에 살면서 아무것도 하지 않고 먹기만 하는 것, 그래서 살이 찐다는 것에 대해 얼마나 큰 죄책감을 느꼈던가? 그녀는 이곳에서 먹고 싶은 만큼 먹고, 마시고 싶은 만큼 마시고, 떠들고 싶은 만큼 떠들며 죽어가던 육체를 소생시킨다. 육체만 회복되어도 그녀의 얼굴에는 생기가 돌고, 마음껏 먹어서 바지가 맞지 않는데도 그녀의 동작은 더욱 경쾌해졌다. 지친 우리 모두에게 필요한 육체의 심폐소생술이 이탈리아에서는 먹는 행위를 통해 실현된 것이다. 육체를 회복하고 나서야 그녀는 폐허가 된 아우구스티누스 황제의 터에 앉아 뉴욕에 놓고 온 자신의 삶을 제대로 직시한다.

"어쩌면 내 삶은 그렇게 엉망이 아닌 건지도 몰라…… 파괴는 선물이야. 파괴가 있어야 변화가 오지."

그녀는 자신의 삶이 엉망인 것 같아 위기감을 느꼈지만, 위기는 그야말로 기회였던 셈이다. 파괴 이후에는 변화가 나타날 터, 엉망이 되어버린 삶을 스스로 파괴할 줄 알아야 원하는 변화를 이룰 수 있는 것이다. 중요한 것은 엉망인 상태가 아니라 변화의 의지라는 것을 육체를 되찾은 그녀는 깨닫는다.

〉〉인도, 영혼이 회복되는 공간

그녀가 다음에 도착한 곳은 구루(현자)들이 있고 명상과 기도를 통해 영혼을 깨울 수 있는 곳, 인도다. 이탈리아 여행을 통해 그녀의 육체는 충만해졌고 이제 그녀는 자신이 엉망인 것만은 아니라는 것을 깨달았다. 하지만 아직 그녀가 스스로를 용서하고 자신을 찾은 것은 아니었다. 이곳에서 그녀는 그녀와 마찬가지로 영혼의 길을 잃어버리고 자신을 회복시키고자 노력하는 사람들의 모습에 자신을 투영시켜보면서 점점 자신을 찾아간다.

그녀는 과거에 사로잡히고 감정에 집착하는 것이 아니라 삶과 함께 흘러가는 것이 얼마나 중요한가를 배우게 된다. 그러다가 어느 순간 그녀는 "신은 내 모습 그대로 내 안에 존재한다"는 통찰에 도달한다. 그녀의 영성이 회복되는 순간이다.

>> 인도네시아, 사랑하기에 좋은 공간

　건강한 육체와 신실한 영혼을 회복하게 된 그녀에게는 이제 딱 한 가지 삶의 과제가 남아 있다. 바로 사랑하는 것이다. 인도네시아의 발리는 삶의 균형을 잃어버리고 방황하며, 자신이 사랑했던 사람과의 관계를 끊고 여행을 떠난 그녀가 관계성을 회복하고 진정한 사랑을 다시 하기에 좋은 곳이었다. 그러나 이제까지는 두려움 없이 새로운 현실에 몸을 던졌던 그녀는 유독 사랑 앞에서는 머뭇거린다. 어렵게 회복한 자기의 균형이 깨질까 봐 두렵기 때문이다.

　그녀의 두려움은 사랑의 기회 앞에서 머뭇거리게 되는 우리들의 두려움과 닮아 있다. 도망치려고 하는 그녀에게 발리의 현자는 이렇게 말한다.

　"사랑 때문에 균형을 깨는 것도 균형 있는 삶을 살아가는 과정이에요."

　처음에 그녀는 엉망진창이 된 그녀의 균형을 다시 바로잡기 위해 이 여행을 떠났다. 그러나 균형이 잡혔다고 생각하는 순간, 그녀는 다시 두려움에 사로잡힌다. 균형이 깨지는 변화가 두려운 것이다. 그러나 현자는 말한다. 균형이 깨졌다가 회복되고 또다시 깨지는 변화가 계속되는 것, 그게 삶이라고. 그러니 우리는 깨질까 봐 두려워 삶으로부터 도망쳐서는 안 된다는 것이다. 변화하지 않으려고 뻗대다가 우리 삶은 더 크게 깨어질 수도 있으니 말이다.

〉〉두려움에 얼지 말고 새로운 시도에 몸을 던지자

우리가 이 영화의 주인공인 리즈와 영화 속에 나오는 등장인물의 모습 속에서 스스로를 투영해볼 수 있는 것은 우리 역시 자주 두려움이라는 감정과 반복되는 매너리즘에 빠지게 된 자신을 발견하게 되기 때문일 것이다. 여행을 떠나기 전, 리즈의 삶은 어딘지 불만스럽고 갑갑하지만 두려움에 사로잡혀 자신의 삶을 어찌해보지 못하고 있다. 그녀는 자신을 둘러싼 관계가 엉망이고 자신이 엉망이라고 느끼고는 있지만 두려움 때문에 새로운 시도를 해볼 엄두조차 내지 못하고, 반복되는 매너리즘 속에 자신을 내맡기고 삶의 참된 주인공으로 살지 못했었다. 이런 두려움은 그녀뿐 아니라 우리 모두를 꽁꽁 얼게 하고 무감각하게 만든다. 리즈가 "아무것도 느낄 수 없다"고 절규하는 것은 바로 이 두려움 때문이다.

일상의 중독에 갇힌 순간, 우리도 리즈와 같은 두려움에 사로잡힌다. 더 이상 이렇게 계속 일상을 반복해나갈 수는 없지만 그렇다고 과감히 이 모든 것을 놓아버리기엔 너무나도 두렵다. 불행한 관계를 끊지 못할 때도 그렇고, 맞지 않는 회사를 떠나지 못할 때도 그렇다. 그리고 하고 싶다고 입버릇처럼 말하면서도 차마 하지 못하는 모든 새로운 시도를 가로막는 판 위에는 '두려움'이 칠해져 있다. 그 회색 칠은 우리의 시야를 불투명하게 가로막고 우리의 사지를 얼게 한다. 그럴 때 우리는 판을 뚫거나, 넘어가거나, 에둘러가는 시도를 해야 한다. 그러지 않고서는 우리가 원하는 변화를 이룰 수 없다.

영화는 '먹고 기도하고 사랑하라'는 단순한 명제를 실천하기 위해 그 회색 칠을 넘어 투명하게 자신과 타인에게 도달한 한 여성의 용기 있는 시도를 보여준다. 그럼으로써 두려움의 호령에 맞춰 계속되는 우리 일상의 반복적이고 지지부진한 중독에 묶여있지 말고 이 두려움을 뛰어넘으라고 속삭인다. 이 두려움을 뛰어넘으면 우리의 새로운 시도에 응답해주는 가능성이 우리를 기다리고 있으며, 부서짐을 통해 더 단단한 마음의 새살이 돋아날 것이며, 더 생생한 삶을 누릴 수 있을 것이라고. 그러니 중독에서 벗어나려면 일단 두려움에 얼어붙은 자신을 해동시키는 새로운 시도에 몸을 던져보라고.

실천:
일상의 중독에서 벗어나기 위한 여섯 가지 전략

　지난 십년 동안 하루에 한 잔 이상 커피를 마셔온 나는 이 책을 쓰면서 커피를 끊어보기로 결심했다. 그런데 커피를 끊는 일은 생각보다 어려웠다. 일단 마시지 말아야 한다고 결심하고 나자 커피에 대한 갈망은 예전보다 더 부풀어 올랐고 커피를 마시라는 외부의 유혹 역시 커졌다. 커피를 끊겠다고 결심하고 나자 골목골목마다 들어선 커피숍, 마트에 진열된 인스턴트 커피, 거리마다 늘어선 커피 자동판매기, 만나는 사람들마다 권하는 커피 한 잔, 가만히 앉아 있어도 어디선가 배어 나오는 향긋한 커피의 유혹은 견디기 힘들 정도로 강력해졌다. 그전까지 의식하지 못했을 뿐 커피는 내 일상의 많은 장면, 장면마다 스며들어 있었던 것이다.
　나는 마치 헤어지고 나서야 소중했음을 절감하게 되는 친밀한 관계처럼, 끊기로 결심하고 나서야 커피가 내 일상에서 얼마나 친숙하고 정다운 존재였던가를 절감하게 되었다. 10년 동안 매일 만나던 좋은 친구와 생이별을 하는 고통은 이런 것이구나 싶었다. 그러면서 깨달았다. 이런 일상의 사소한 도전조차 이겨내기 힘든데, 중독으로 인해 일상이 무너진 사람들은 이 도전을 이겨내기가 얼마나 힘이 들까? 스스로에게 부과한 커피 끊기 도전 과제를 치르는 동안 나는 중독 치료의 어려움과 필요성을 동시에 느꼈다.

중독 치료에 적용되는 여러 치료 전략들은 커피를 끊는 것과 같은 일상의 사소한 습관을 바꾸는 일에도 적용이 된다. 나는 다음과 같은 다음과 같은 여섯 가지 전략의 도움을 받았다.

첫 번째, 중독물을 대신할 수 있는 대체물을 찾아라

중독물은 생각보다 더 깊이 더 넓게 우리의 일상에 관여하고 있다. 중독물을 갑자기 일상에서 제거하는 것은 마치 집을 떠받들고 있던 큰 기둥을 제거하는 것과 같이 우리를 크게 흔들 수 있다. 그러니 우리는 중독물을 대신할, 중독물의 기능을 하면서도 중독물만큼 좋지만 우리의 욕구를 보다 효율적이고 건강한 방식으로 해소할 수 있는 대체물을 찾을 필요가 있다. 나의 경우에는 커피의 대체물로 물, 주스나 우유와 같은 다른 음료를 선택했다. 커피를 마시고 싶을 때마다 다른 음료를 마시면서 나는 커피를 마시고 싶은 욕망을 달랠 수 있는 것이다.

자녀의 인터넷 중독 때문에 고민하는 부모님은 바로 이 점을 기억할 필요가 있다. 흔히 부모님들은 인터넷에 빠진 아이가 무조건 인터넷을 그만두고 공부를 하기를 바라시지만 공부가 인터넷의 대체물이 되기는 힘들다. 아이에게 인터넷이 부여하는 의미와 공부가 부여하는 의미는 완전히 다르기 때문이다. 공부는 인터넷의 대체물이 될 수 없다. 그러니 아이에게 인터넷이 어떤 의미인가를 생각해서 적절한 대체물을 찾을 수 있도록 도와주려는 자세를 견지하는 것이 필요하다.

대체물을 찾을 때에도 주의할 점은 있다. 학자들은 하나의 중독이 다른 중독으로 내용만 바뀌어 전이될 수 있다는 점을 경고한다. 예를 들어 이전에는 인터넷 게임에 중독되어 있던 사람이 도박 중독에 빠지는 경우다. 그러니 무작정 다른 대체물이나 대체 활동을 찾기보다는 그 대체물의 특성을 파악해서 해로운 중독을 건강한 중독으로 바꾸어주는 것이 필요하다.

두 번째, 서서히 장기적인 관점을 가진다

커피가 나의 10년 지기 친구나 다름없고 매일 만나던 친구와 갑자기 이별하는 것이 어려운 것처럼 중독을 한 번에 끊는 것은 어렵다. 그리고 한 번에 끊겠다고 생각하면 중독을 해결하는 데에 도움이 되지 않는다. 중독이 되는 데에도 단계가 있었던 것처럼 중독을 끊는 데에도 단계가 있다는 점을 인정하고 서서히 끈기를 가지고 대처하는 것이 필요하다. 장기적인 관점으로 접근해야 보다 합리적이고 현실적으로 중독을 해결할 수 있고 좌절감도 쉽게 극복할 수 있다.

세 번째, 숨기지 말고 솔직하게 표현하라

중독에서 벗어나는 길은 자신의 욕망과 갈망에 대해 보다 솔직해지는 길이기도 하다. 대부분의 중독자들은 자신의 중독 사실을 주변 사람들에게 숨기고 은폐하거나 거짓말을 하게 된다. 뿐만 아니라 자신의 욕망과 갈망에 대해 죄책감을 안고 자기 자신에게 조차 거짓말을 일삼게 된다. 그럴수록 관계는 소원해지고 스스로에 대한 자신감은 떨어지게 된다. 그러니 중독에서 벗어나고 싶다면 중독을 숨기지 말고 자기 자신에게는 물론 다른 사람들에게도 솔직하게 표현하는 것이 중요하다. 필요할 때에는 도움을 요청할 수 있는 것도 필요하다.

나는 누군가가 커피를 권할 때마다 나의 결심과 도전을 설명했고 커피를 끊을 수 있도록 도움을 요청했다. 덕분에 필요한 지지는 물론 애정 어린 감시도 받게 되었다. 금연상담사들 역시 금연하고 싶어하는 흡연자들에게 같은 전략을 권고한다. "나 오늘부터 담배 끊기로 했어"라고 많은 사람들에게 공표하라고. 주변 사람들에게 공표함으로써 흡연을 하고 싶은 유혹을 바로잡아줄 감시망 역할을 해 줄 것이다.

네 번째, 마음먹은 대로 되지 않아도 스스로를 원망하지 마라

중독자들이 가장 견디기 힘들어하는 것은 다른 무엇보다도 자기 비난과 자기혐오가 아닐까 싶다. 다른 누군가의 비난이나 거절보다도 스스로에게 하는 비난과 거절은 더 아프고 견딜 수 없게 다가온다. 그럴 때 우리는 중독에서 벗어나는 것뿐 아니라 다른 일상의 행복도 누리기 어렵게 된다. "나는 안 돼", "이렇게 의지가 약하다니……."라는 내면의 비판자는 작은 실수에도 혹독해진다. 그러나 중독에 있어서 우리는 스스로에게 보다 관대해질 필요가 있다.

어떤 학자들은 중독의 완치가 불가능하다고 말하기도 한다. 그만큼 재발되기가 쉽기에 마치 당뇨병과 같은 만성질환을 앓고 있는 것처럼 장기적으로 내다봐야 한다는 것이다. 그러므로 한 번의 실수와 단기간의 성취에 일희일비하며 자신을 혹독하게 내몰기보다는 스스로를 잘 다독여 나가는 것이 중요하다.

다섯 번째, 중독 뒤에 숨지 말고 현실적 과제를 직면할 용기를 키운다

심리치료를 통한 마음 변화 과정을 깊이 들어가다 보면 우리는 자신이 가진 증상 뒤로 숨고 더 변화하며 전진해나가기를 머뭇거리는 지점에 이르게 된다. 이는 중독 치료에 있어서는 더더욱 그러한 것 같다. 중독 치료는 때론 나라는 사람 전체를 재배열하는 어려움을 뚫고 이루어지기에 많은 사람들이 변화를 원한다고 말하면서도 변화하기를 두려워하기 때문이다. 그래서 어떤 중독자는 중독이라는 문제를 마치 자신의 간판처럼 내걸고 중독 뒤로 숨는 모습을 보인다. 예를 들어 어떤 다이어트 중독자들의 경우, 모든 일상의 과제를 뒤로하고 다이어트에만 맹목적으로 매달림으로써 자신의 일상을 단순화한다. 이들은 오로지 중독 안에서만 편안함을 느끼기에 다른 시도를 해보기가 두렵다. 중독에서 빠져나오고 싶다고 말하면서도 사실은 빠져나오기를 거부하는 것이다.

중독 치료 가운데 가장 효과적인 치료법 가운데 하나인 '동기강화 상담Motivational Interviewing'을 제안한 심리학자 윌리엄 밀러는 우리 모두가 지금 당장은 편한 것과 멀리 보면 이로울 수 있는 것 사이에서 끊임없이 선택하면서 느끼는 딜레마에 주목한다. 그는 중독자들이 변화를 하고 싶으면서도 또 한편으로는 하고 싶지 않은 양가감정에 시달리고 있음을 이해하고 변화를 스스로 선택하고 동기화하도록 돕는 것이 필요하다고 한다. 그러니 우리가 진정 변화를 원한다면 중독을 둘러싼 다양한 사고와 감정을 고려하고 숨기보다는 앞으로 나아갈 필요가 있다는 것이다. 그럴 때 우리는 가장 안전하다고 생각했던 그 중독의 공간이 사실은 가장 불안한 공간이었음을 이해하게 될 것이다.

여섯 번째, 갈망을 느낄 때마다 간단한 체조와 운동을 한다

중독자들은 중독물을 통해 지리멸렬한 지금의 기분과 감각, 부정적인 생각들로부터 단숨에 벗어나기를 기대한다. 말하자면 전환과 환기가 필요할 때 중독물에 손을 뻗게 되는 것이다. 그러니 우리가 중독물이 아닌 보다 건강한 전환과 환기의 방법을 찾을 수 있다면 중독에서 벗어나기는 더 쉬워진다. 많은 학자들은 대부분의 사람들에게 전환과 환기를 선물하는 최고의 방법이 바로 신체의 움직임 특히, 걷기라고 이야기한다.

우리가 걸을 때 느끼는 땅과 발바닥의 접촉은 중독이라는 저수지에 고여 있던 우리의 죽은 피를 우리의 뇌로 돌고 돌게 만들어 우리를 생기 있게 만들어준다. 그러니 마법과 같은 전환과 환기를 주면서 우리의 신체와 마음을 건강하게 하고 싶다면 걸어야 한다. 중독뿐 아니라 우울증

또는 불안증 같은 다른 심리적 어려움에 대응하기 위해서도 신체를 움직이는 활동은 우리의 마음도 움직인다. 그러니 더 걷자. 우리의 몸과 마음이 더 건강해지도록.

결국 우리에게 필요한 건,
사랑

번지점프를 하러 간 적이 있다. 두려움과 긴장 때문인지 번지점프대가 있는 높다란 꼭대기로 올라가는 시간은 길게만 느껴졌다. 털털거리는 소리를 내며 그 높이가 얼마나 높은가를 알려주겠다는 듯 느릿느릿 올라가는 철제 엘리베이터를 타고 꼭대기에 도착한 나는 보호대를 착용하고도 여러 번 확인을 했다. 그리고 차례를 기다리는 동안 나는 그곳에 깔린 매트에서 뛰어내리는 연습을 하라는 지시를 받았다. 아마도 기다리는 동안 느끼는 긴장을 해소하라는 배려인 것 같았다.

도톰한 매트 위로 내 몸을 던지는 연습을 하고 있는데 옆에 있던 한 남자가 긴장감으로 완전히 뻣뻣해진 나를 보며 말을 건넨다.

"떨리죠? 저는 전 세계를 돌아다니면서 500번도 넘게 뛰었는데 그때마다 떨려요."

에필로그

나는 500번이라는 숫자에 압도되어 어떤 말도 할 수 없었다.

그는 삶이 지루하고 단조롭다 싶을 때마다 번지점프를 한다고 했다. 어떻게 그렇게 많이 뛰어내렸는지를 물으니 그는 장난스런 표정으로 말한다.

"이걸 해야 진짜 살아 있는 게 뭔지를 느낄 수 있거든요."

번지점프대 앞에 서기 전까지 기다린 떨림의 시간과 번지대 앞에서 먼 곳을 바라보며 머뭇거리는 두려움의 시간에 비해 점프대에서 두 발을 떼고 몸을 던져 땅으로 뛰어내린 허공의 시간은 매우 짧았다. 점프하는 그 찰나의 순간, 나는 귀를 스치고 지나가는 바람소리와 허공을 뚫고 돌진하는 내 몸의 부피, 그리고 내 몸을 지탱하는 밧줄의 감각을 동시에 느꼈다. 그전까지 나를 얼어붙게 하던 두려움의 자리에는 커다란 희열감이 들어섰다. 나는 앞으로 오랫동안 이 짧은 순간을 기억하게 되리라는 것을 알았다. 극도의 긴장과 떨림, 그리고 그 이후 밀려오는 커다란 희열감과 안도감은 내가 생생하게 살아 있다는 사실을 실감하게 만들어주니 말이다. 나는 그제야 꼭대기에서 들었던 그 남자의 말을 이해했다. 그리고 그가 왜 전 세계를 돌아다니며 500번이 넘게 뛰어내려야 하는지 알아들었다.

지금에 와서 생각해보면 그 남자는 번지점프 중독이었을지도 모른다는 생각을 해본다. 만약 그가 번지점프를 하는 순간을 빼고는 다른 삶의 장면에서 생생하게 살아 있다는 감각을 느낄 수 없다면(혹은 번지점프와 같은 극단적인 삶의 체험을 통해서만 살아 있다고 느낀다면) 그는 점프에 중독된 것이라고 할 수 있다. 그렇다면 번지점프를 500번 이상 뛴 것을 경이롭게 볼 것이 아니라 걱정스럽게 봐야 하는 것인지도 모른다.

그가 그 후에도 번지점프를 뛰기 위해 전 세계를 돌아다니고 있는지, 아니면 자신의 다른 일상 속에서 행복과 기쁨을 느끼며 살고 있는지는 모르겠다. 하지만 나는 그가 번지점프를 한 순간의 짜릿한 감각뿐 아니라 소소한 일상과 관계 속에서 느끼는 행복을 자주 느끼기를 바란다. 그래야 보다 생생한 삶을 살 수 있기 때문이다.

우리 사회에 점점 짜릿하고 즉각적인 욕구 만족을 보장하는 일들은 늘어나고 있지만 정작 많은 사람들이 더 큰 불행과 불만족, 그리고 중독에 빠져 있다. 진짜 내가 원하는 것이 무엇인지 잃어버리고 진짜 나의 욕망을 만족하게 하기보다는 욕망인 척 행세하는 가짜 욕망들에 휘둘리며 살기 때문에 그런 것이 아닌가 생각한다. 우리가 살아 있다는 것을 생생하게 느끼는 삶을 살기 위해서는 강렬한 희열감과 짜릿함을 주는 경험에 우리를 맡기기보다는 소소한 일상과 뭉근히 마음을 나누는 관계에 집중할 필요가 있다. 희열감과 짜릿함을 쫓다보면 우리 마음은 점점 더 무뎌지고 우리는 스스로를 깨우기 위해 강렬한 중독만을 추구하게 된다. 내가 진정 원하는 것에서 멀어지게 되는 것이다.

우리 안의 모든 중독은 좌절감을 사랑으로 어루만짐으로써 치유될 수 있다. 우리는 소소하게 나누는 뭉근한 사랑의 힘으로 지금 여기에 살아 있음을 확인하고 흔들리는 순간마다 우리 스스로를 붙들 수가 있다. 진정 살아 있음을 느끼며 행복하기 위해서는 짜릿한 경험이나 즉각적인 욕구 만족이 필요한 것이 아니라 오히려 해가 된다는 것이다.

  이 책을 쓰기 전에 나는 모든 중독의 원인과 치료를 관통하는 하나의 가설을 마음에 품고 있었다. 그것은 모든 중독은 사랑받고 싶은 마음이 좌절되어 나타나고, 또 모든 중독의 치유는 사랑을 통해 가능하다는 것이다. 이는 중독뿐만 아니라 다른 심리적 어려움을 경험하는 사람들을 만나면서도 거듭 확인하는(이제 나에게는 기정사실이 된) 가설이었기에 나는 이 책 전체를 관통하는 메시지를 '관계 속, 사랑'에서 찾고 싶다는 생각을 했었다. 그런데 중독의 문제에 있어서 이 가설은 다른 어떤 때보다 더 단단한 지표가 되는 것 같았다. 나는 사랑이 얼마나 중요한지 또 한 번 확인했다. 이 책을 마무리하는 지금, 이를 기억하며 중독이라는 사슬에 묶여 있는 우리의 일상을 사랑으로 함께 흔들어 깨어나게 하길 바란다.

  중독에 빠지지 않도록 나를 보듬어주는 가족과 친구들, 훌륭한 지침이 되는 지식을 아낌없이 전해주신 선생님들의 사랑 덕분에 이 책을 쓸 수 있었다. 중독과 관련하여 좋은 강연도 해주시고 흔쾌히 추천사를 써주신 이계성 선생님과 좋은 책을 만들기 위해 힘써준 신원문화사 식구들에게 특별히 감사의 마음을 전한다. 그리고 부디 그 모든 사랑의 힘으로 만들어진 이 책이 취해 있지도, 빠져 있지도 않고 내 삶의 진정한 주인으로 살아가는 데에 도움이 되었으면 한다.

중독 심리치유 에세이

나를 사랑해야 치유된다

초판 1쇄 인쇄 2011년 8월 10일
초판 1쇄 발행 2011년 8월 15일

지은이 선안남
펴낸이 신원영
펴낸곳 (주)신원문화사

편 집 김광자 김순선 최미임
디자인 송효영.
영 업 이정민
총 무 강희정 신주환 신미숙 유영실
관 리 조경화 김용권 박윤식
경영지원 윤석원

주 소 서울시 영등포구 당산동 121-245 신원빌딩 3층
전 화 3664-2131~4 팩 스 3664-2130
이메일 bookii7@nate.com
출판등록 1976년 9월 16일 제5-68호

* 파본은 본사나 서점에서 교환해 드립니다.

ISBN 978-89-359-1570-5 03810